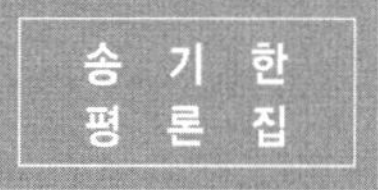

문학비평의 경계

문학비평의 경계

송 기 한

역락

　문학이 진정 어떻게 규정되고 또 올곧게 정의될까 하는 문제는 지금 여기서 당장 결론낼 성질의 것은 아니다. 그것은 문학을 응시하고 정의하는 양상에 따라 다르고 또 사람마다 가지고 있는 각자의 세계관에 따라서도 달라지기 때문이다. 그러나 한 가지 분명한 것이 있다면 그것은 시대의 흐름과 무관하지 않다는 것, 또 시인의 의식 속에서 굴절되는 양상에 따라 달라질 수 있다는 사실이다.

　한국의 근대 문학이 형성되고 그 지나온 흐름을 관찰하고 이를 자리매김하는 것은 매우 의미 있는 일이고 또 즐거운 일이 아닐 수 없다. 그들의 내면 속에서 시대의 고민을 읽어내고, 현실과 반응해나가는 문학의 생산물들, 결과물들을 현재의 나와 시대적 문맥 속에서 의미화하는 것 또한 여간 유쾌한 일이 아닐 수 없는 것이다.

　한국의 근대문학은 많은 굴절을 겪고 성장해 왔다. 근대의 제반 토양이 제대로 갖추어지지 못한 채 형성, 발전되어 왔다거나 그것이 제국주의 일본을 거쳐 들어온, 굴절된 채 이식되었다는 이야기도 있었다. 그러나 그것이 어떤 경우의 것이든 간에 한국 문학은 꾸준히 발전해왔고, 이제는 어느 누구도 부정할 수 없는 고유의 영역을 나름대로 개척해왔다는 것은 틀림없는 사실일 것이다.

　이런 이해를 바탕으로 우리가 우리 자신에게 다음과 같은 질문을 던지는 것도 매우 흥미있는 일이 될 것이다. 문학이 지향하는 것은 것, 그 궁극의 목적은 무엇일까하는 것. 이 지극히 평범한 질문에 쉽게 대답할 수 있는 것도 가능하지만, 그러나 이 질문은 그리 만만한 것이 못된다. 그리하여 이런 의문에 대해서 가장 먼저 떠오르는 것은 에이브람즈가 말한 도식 가운데 하나인 문학과 독자와의 관계설정에서 오는 문학의 정의방식, 혹은 해석방식이다. 문학이란 작가와 독자의 대화라는 관점에서 보면, 문학자의 임무란 일단 열정으로 이해해야 맞을 듯싶다. 그런데 문제는 어떤 열정이냐 하는 것에 달려 있다. 시인은 한편의 작품이 독자에게 이해되고 독자의 경험과 정서에 깊이 파고들어 오래, 아니 영원히 각인되길 원한다. 그러한 영원성이 명시라는 반열에 드는 것은 물론이거니와 대부분의 시인들의 고뇌는 여기서 시작된다. 이럴 경우 이들의 사유는 임무라기보다는 욕심이고 명예욕이 될 것이다. 그리고 그것이 시인으로서의 존재의 이유에 해당될 것이다. 실상 자신이 쓴 시가 인구에 회자되고 영원히 남길 원하지 않는 시인이란 없을 것이다. 밤잠을 설쳐가며 시의 한 구절, 한 단어를 고치고 또 고치는 이유도 여기에 그 원인이 있다. 시인들은 흔히 토로하기를, "자신의 시 작품이 독자의 뇌리 속에서 사라지거나 독자로부터 영원히 외면당할 수 있다는 생각을 하면, 몸서리쳐 진다"고 이야기 한다. 이런 담론이야말로 진정 솔직한 자기고백이라 하지 않을 수 없다.

독자란 시인과 경험의 영역을 공유하고자 한다. 독자의 경험영역이 시인의 그것과 합치되면 될수록 독자들은 읽을 만한 시로 이해한다. 따라서 좋은 시의 조건은 일차적으로 독자의 체험영역에 가까이 가면 되는 것이다. 그렇다면 체험이 공유되기만 하면 모든 것은 다 간과해도 되는 것일까. 이 물음에는 문학의 형식적 요건을 되묻는 일과 어느 정도 상관관계에 놓인다. 익히 잘려진 대로 문학은 내용과 형식의 통일에서 그 진정성이 확보된다. 어느 하나의 국면이 과도하게 우세한 문학을 두고 완결된 형식이라든가 완결된 내용이라는 말로 치부하면서 문학의 완결성을 이야기하는 것은 매우 어려운 일이다. 이 둘 사이의 완벽한 조화라는 일원론적인 사유야말로 문학의 문학성을 담보하는 진정한 요체이기 때문이다.

그리고 두 번째는 시대성과의 관련양상이다. 물론 독자의 경험과 시인의 경험이라는 것이 어느 지점에서 합치될 것인가 하는 것은 매우 포괄적인 영역이어서 쉽게 답할 성질의 것은 아니다. 그것이 사회의 진보적 성향의 장에서 만날 수도 있을 것이고, 보수적 성향의 지대에서 만날 수도 있기 때문이다. 이 차질에 따라서 시인과 독자의 영역이 무리를 지어서 갈라질 수도 있을 것이다. 그러나 여기서 말하고자 하는 시대성은 진보나 보수와 같은 이분법적 논리를 이야기 하는 것은 아니다. 사회에는 다양한 이념들이 산재하고 있어서 어느 것을 지배적 요소로 내세우는 것은 매우 어려운 일일 뿐만 아니라 그것이 시 본래의 영역도 아닐 것이다. 시는 순간의 정서를 포착해서 언어화해야 하는 것이기 때문에 사회의 다양한 그물 속에 짜인 이념의 실태를 모두 감아내는 것은 불가능하다.

시대성이란 진보라든가 보수와 같은 해묵은 이데올로기를 벗어나는 것이다. 그것은 단지 우리가 살아가고 있는 모습일 뿐이다. 이런 대단한 보편주의로 예민한 문제를 피해가면서 모든 것을 그냥 두루뭉실 넘어가자는 뜻은 아니다. 언제고 현실에 대해 눈을 돌리지 않으면 안된다. 우리가 이 시대를 살아가면서 쉽게 간과할 수 없는 부분이 우리가 호흡하고 부대끼며 살아가야 하는 지금 이곳의 현실이기 때문이다. 여기의 삶들을 반영하지 못하고서 우리 시대의 시정신을 이야기하는 것은 불가능하다. 우리 시대의 시정신이란 우리가 딛고 있는 지금 여기의 현실을 떠나서는 성립할 수 없는 것이다. 이런 시대성을 표현해야만 그것이 이후의 세대와 구별되는 현시대의 특성을 이야기할 수 있는 부분이 된다.

여기에 실린 글들은 필자가 지난 몇 년 동안 우리 문학에 대한 사유를 담아서 쓴 것들이다. 더러는 시대에 부응하는 것도 있고, 더러는 시대에 뒤떨어진 것도 있다. 그러나 그 어떤 것이든 간에 이는 지난날의 한국 시사와 현재의 문학적 흐름을 조망할 수 있는 것들이라 생각한다. 문학사 연구는 시대를 초월하는 것에 의미가 있으며, 경우에 따라서는 연구자의 주관을 벗어나 있는 영역이기도 하다. 그럼에도 그것은 또한 연구자의 세계관과 범위를 벗어날 수 없다는 점에서 지극히 주관화된 영역에 갇혀 있는 것이기도 하다. 이 주관과 객관의 범주를 변증법적으로 통일해서 보다 근접화된 연구 영역을 만드는 것, 그것이야말로 문학연구에서 연구자가 지난하게 모색해야 할 부분이 아닌가 한다.

2012 봄이 오는 길목에서

차례

제1부

문명과 반문명의 변증법

문명이 진화되고 또 그에 비례해서 인간의 삶의 수준이 보다 나은 방향으로 나아갈 때마다 인간은 자신의 존재를 성찰해보고, 그것이 진정 자신이 꿈꾸어온 유토피아인가에 대해 반문하게 된다. 지나온 삶과 현재의 삶이 어떤 면에서 차질되고 개선되어 있는가, 또 어떤 면에서 이전보다 더 뒤떨어졌는가에 대해 항상 되묻게 되는 것이다. 이런 질문 앞에 서게 되면 우리는 과연 무엇이고, 우리를 둘러싼 환경이란 무엇이며, 현재를 이끌어가는 근본 동인은 무엇인가에 대해 곰곰이 생각하게 된다.

물론 이러한 문제제기 배경에는 현재의 삶이 지난 과거의 그것과 비교할 때, 지극히 진보되어있다는 전제가 깔려 있다. 실상 인간의 삶 자체는 태초이후 거듭거듭 나아간 것이 사실이다. 특히 인간의 삶의 조건이 보다 개선된 방향으로 나아갈 수 있다면, 기타의 것들은 모두 그 희생양이 되어도 무방하다는 과감한 사유를 해 온 것이 현실이다.

그러한 사유의 끝에 걸린 것 가운데 하나가 소위 근대에 대한 것이었다. 근대는 개발과 문명 없이는 성립불가능한 것이었고, 그 역 또한 성립하는 것이었다. 근대의 근본토양인 과학이라든가 문명을 무소불위한 전능자로 인식하는 것이 당연하게 받아들여지고 있는 것이 오늘의 현실이고 보면, 과거나 현재의 위기로 인식되었던 것들은 하등 문제될 것이 없어 보인다.

밤하늘의 어두운 곳에서 나아갈 방향을 상실한 인간에게 원인과 결과를 알 수 있게 해주는 것은 일견 혁명이 아닐 수 없었다. 그것은 다음과 같은 이유 때문이다. 소위 인과론에 대해 무지했을 때, 몽매한 민중들에게 신비롭게 느껴질 수밖에 없는 담론 하나를 던지고 사라지는 성직자들의 담론이야말로 공포의 대상일 수밖에 없었을 것이다. 그러나 미신을 추방한 계몽은 더 이상 이런 신비주의를 가능하지 않게 했을 뿐만 아니라 막연한 직관도 허락하지 않았다. 오직 경험에서 얻어지는 확실성만이 그들을 현실의 장으로 이끌리도록 만들었다. 이러한 중세의 미혹을 경험하지 못한 현시대의 인간들이 이전 세대가 맛보았던 황홀경에 대해 알지는 못했을 것이다. 그것은 정말 과학의 매혹이었을 것이다.

그러나 이런 절정의 과정들도 그것이 순간의 짧은 것이었음을 알기까지에는 그리 많은 시간이 걸리지 않았다. 과학의 전능이야말로 또 다른 과학의 전능을 불어온 것은 물론이거니와 그것은 지나치게 인간 중심적인 측면에서만 이해되었다. 특히 욕망이 결부된 과학이야말로 가장 위험한 것이 되었을 뿐만 아니라 근대성을 위기의 관점으로만 이해하게 되는 근본 원인이 되었다.

계몽의 미덕은 더 이상 아름다움으로만 간주되지 않았다. 인간의 타고난 욕망, 인간만을 위한, 인간의 사회를 위한 과학은 더욱더 많은 진보를 거듭해야 했다. 그 진보된 결과 세상은 이전과 달리 더없이 문명화되었고, 인간 자신만을 위한 고유한 세계들을 만들어갔다. 그런데 이렇게 문명화되고 과학화되면서 오히려 비인간적인 것들은 점점 늘어만 가는 또 다른 역설이 펼쳐지게 되는 아이러니를 맞게 된다. 이런 아이러니 속에서 근대성에 대한 반성과 안티테제들이 생겨났음은 잘 알려진 일이다. 과학에 대한 맹신이 가져온 결과에 대해 인간들은 역으로 과학을 불신하는 계기로 이해했다. 물론 과학이라든가 계몽이라든가 하는 것이 잘못되었다거나 부정성을 갖고 있다는 것은 분명 오해에서 빚어진 것일 수 있다. 그것은 지극히 상식에 속하는 것이긴 하지만 운용상의 문제, 인식의 문제에 불과한 것일 수 있기 때문이다. 그러나 그것이 어떤 원인에 의해 기초된 것이든 간에 궁극적으로는 인간의 사유했던 것과는 정반대의 결과를 가져왔다는 데 있다. 그 대표적인 것이 전쟁과 같은 것이 아닌가 한다.

현시대에 있어 전쟁과 같은 극단의 경우뿐만 아니라 다른 사례도 똑같은 위기로 다가오는 것은 마찬가지의 경우이다. 이 시기를 위기로 진단하지 않는 사람은 아무도 없는 것이다. 얼마 전에 있었던 일본 지진과 후쿠시마 원전 파괴를 두고 많은 이야기가 오간 적이 있다. 문명을 맹신한 인간들에 대한 지구의 보복으로 이해한 사람도 있고, 지극히 평범한 자연의 섭리로 이해한 사람도 있다. 또 그 이유를 인간들 내부의 복잡한 감정의 결과로 이해한 사람도 있다. 그러나 어떤 방식으로 이해하든 간에 그것은 분명 근대이전에는 상상할 수 없었던 일이라는 점이다. 지진과 같은 것은 이 이전에도 분명 있었을 터인데, 그것이 왜 지금에서 문제가 되고 혼란스럽게 다가오는 것일까. 그것은 아마도 그 원인이 인간의 욕망과 밀접한 관련이 있다는 점 때문일 것과 인간의 궁극적 관계는 무엇이고, 이 둘의 관계 설정은 어떻게 할 것인가 등등. 이런 다양한 형태의 문제제기에 대해 어떤 특별한 답이 있을 수는 없을 것이다. 각각의 문화와 그 민족이 처한 경우에 따라 다양한 형태의 해결책이 제시될 수 있을 것이기 때문이다.

근대성이란 커다란 주제 속에는 각 문화마다 가지고 있는 다양한 형태의 소주제가 있을 수 있다는 뜻이다. 이를 문화의 차이에서 이해할 수 있을 것이고, 역사의 차이라 해도 좋으며, 각각의 시인마다 가지고 있는 개성의 차이라고 해도 무방할 것이다.

서구의 몇몇 국가들은 반근대성에 대한 정립테제를 주로 역사적인 것에서 찾고 있다. 중세의 천년왕국이나 영국 정교회와 같은 것들이 바로 그것이다. 그러나 실상 이러한 것들은 인간의 욕망과 분리된 자연적인 것들이 아니다. 서구인들이 반근대의 유토피아적 저장소를 문화적인 것에서 이해하는 데에는 몇 가지 이유가 있는 듯하다. 그 하나가 종교적인 것이다. 아담과 이브로 표상되는 파라다이스는 서구인들이 가장 이상으로 생각하고 있는 유토피아이다. 종교적인 전통과 그 이해의 심화정도가 다른 어느 지역보다 강하기에 그들이 생각하는 유토피아가 반자연에 가까운 것에서 찾아지는 것이 오히려 당연한 일이 아닐까.

또 하나는 그들의 체험의 영역이다. 인간들에게는 현재의 삶에서 경험하지 못하는 막연한 이상을 가지고 있다. 그런데 그것이 실제로 구현된 것이었다면 이에 대한 향수가 있는 것은 당연한 이치가 될 것이다. 서구인들의 감수성에 남아있는 실제의 유토피아는 흔히 이야기되는 것처럼 그리이스 사회이다. 동양의 경우 유토피아가 주로 무릉도원이나 청산과 같은 관념적인 영역에 위치해 있다면 서구의 경우는 이와 매우 다른 영역에 놓인다. 동양의 유토피아는 그들이 실제로 경험한 세계가 아니다. 따라서 항상 관념 속에서만 구현되고 문학 속에서 비현실적으로 이상화된다. 반면 서구는 이와 정반대의 경우이다. 그들은 계급없는 사회, 모든 시민이 참여하는 참여민주정치를 경험했고, 그러한 사회야말로 그들이 일찍이 경험하지 못한 가장 이상화된, 실제의 사회로 보는 것이다. 이런 관점은 실상 서구 철학에 있어서 하나의 원상으로 자리 잡혀 있다. 낭만적 동경의 문제가 철학이나 문학의 주제들로 현현할 때마다 그들은 실재의 이상화된 공간으로 그리이스 사회를 자신의 철학적 주제로 삼았고, 문학적 주제로 구현시켜온 것은 여기에 그 원인이 있다.

근대에 대한 이러한 선망적 의식과 달리, 근대는 매우 큰 부정성을 담보로 한다. 그러한 부정성에 대한 안티테제가 자연적인 것과 관련되어 있음은 익히 알려진 일이다. 동양 사회가 모두 그러한 것처럼, 한국의 역사에서 유토피아라고 인식될 만한 경험적 현실이 별반 전무한 까닭이다. 일부 시인들이 특정 역사나 문화에서 근대성에 대한 반성적 과제와 그 대항담론으로서 유토피아를 제시하고 있긴 하지만, 그것이 한국인들의 정서에 하나의 대세라고 인정하기에는 많은 문제점이 있다. 그렇기에 한국 시사에서 유토피아로 구현되는 공간은 주로 역사적인 것에서 찾아지지 않고, 관념적인 것에서 사유된다. 가령, 1920년대 소월이 절창으로 노래했던 '강변'같은 것이나 파인이 그리워했던 '산너머 남촌' 등이 그러하다. 이는 역사적 공간과는 무관할뿐더러 또 실제로 존재하는 공간과도 무관하다. 단지 시인의 의식 속에서 구현된 주관화된 공간일 뿐이다.

이런 관념화된 공간 이외에 반근대성의 사유로 제시된 것이 자연이다. 자연이 반근대성의 사유로 인식하게 된 것에 대해서는 다음 몇 가지 이유가 있었을 것이다. 하나는 한국문학사에서 뿌리 깊게 자리 잡고 있는 자연관이고 다른 하나는 동양철학의 근간을 이루고 있는 노장사상의 영향이다. 잘 알려진 것처럼, 자연이 한국문학사에서 등장한 것은 거의 한국문학이 시작한 초기에서부터이다. 가령, 공무도하가 같은 것, 황조가 같은 것이 그러하지 않은가. 그런 역사적 배경에다가 조선시대부터는 유교철학이 가미되면서 자연은 성리학의 또 다른 뒷면을 구성할정도로 밀접한 연관성을 갖고 있었다. 마치 자연을 알아야만 문학이 형성되는 것처럼 보였고 그 반대의 경우는 예외적인 것처럼 인식되었다.

그리고 또 다른 하나는 노장사상의 영향이다. 노장사상이 하나의 강력한 철학으로 자리하게 된 이유는 그것이 정치적인 담론과 밀접한 상관관계를 갖고 있었기 때문이다. 정치로부터 외면 받았던 대부분의 사람들은 그 대안으로 자연을 가까이 했다. 그런데 그러한 자연들은 자연에 대한 예찬이나 완상이 아니라 자신의 정치적 불운을 한탄하는 매개로 기능했다는 사실이다. 그러다보니 자연은 반정치적인 것, 궁극적으로는 반인간적인 것의 상징이 되어 버렸다. 따라서 노장적 자연을 애호한다는 것은 곧 정치로부터 그 스스로가 분리되었다는 것을 의미하며, 궁극에 가서는 인간의 세계로부터 절연되었다는 것을 의미했다.

이러한 자연관을 바탕으로 한 반근대적 사유는 근대의 제반 모순과 더불어 더욱 견고한 철학적 테제가 되어 현대인의 인식론적 사유로 자리 잡게 된 것이 근대 이후의 현실이다. 근대란 것이 자연을 딛고 일어섰다는 것, 자연과 모순적 길항관계에 있는 것이 자연이었기에 근대의 모순이 제기될 때마다 자연은 상대적인 우월성을 갖고 수면위로 떠오르게 된 것이다. 한국 시사에서 반근대적 자연관의 형성은 이런 맥락에서 이해될 수 있을 것이다.

현대시의 서정적 기반

시가 일인칭 독백에 의해 일궈지는 장르라는 데에 이의를 달 사람은 아무도 없다. 대상을 통한 자아의 회감으로 서정 장르를 규정한 슈타이거의 정의도 그 연장선에 놓인 말이다. 그런데 시가 일인칭 자기고백으로 창작된다는 것은 어떤 대상이나 삶에 대한 객관성을 확보하기가 그리 녹록하지 않다는 뜻이 되기도 한다. 사회적 맥락이나 역사 발전에 대한 실천의 장으로부터 시를 분리시키려는 하는 이유도 이와 무관하지 않다. 그만큼 시 속에서 대상에 대한 객관적 시각을 확보하기란 쉽지 않다고 하겠다.

시의 가장 보편화된 주제가 서정적 자아의 문제, 혹은 존재에 관한 문제로 국한될 수밖에 없음도 그 장르적 특성에서 기인한다. 실상 이런 내성화된 모양새를 시 이외의 다른 장르에서 찾아보기란 쉽지 않은 일이다. 서정적 자아의 내밀한 인생문제, 존재나 자아의 문제, 또 이를 둘러싼 환경의 문제가 끊임없이 자맥질되어 되올라오는, 아니 되살아나는 이유도 여기에 있다.

한국 근대시가 이 땅에 도입된 지도 한 세기가 지났다. 그동안 한국 서정시는 많은 변화와 발전을 거듭거듭 해왔다. 세월의 경과란 곧 시의 양적 변화뿐만 아니라 시의 질적 변화를 의미하는 것이기도 하다. 한 시기를 구획 짓는 자기다짐과 내성이 갖는 장르적 특성이 맞물리면서 존재라든가 자아에 관한 시들이 많아진 것이다. 그러한 변화들 가운데 변하지 않는 것들이 있다면 인간의 근본적인 성정이라든가 본질에 관한 것들일 것이다. 사회의 근본적 반응양상에 따라 솟구쳐 나오는 현실정향적인 시가 있는가 하면, 그 반대의 경우도 있다.

시대가 많이 변했으니 시와 현실의 문제 보다는 시와 개인의 문제, 곧 시 본래의 영역이었던 개인의 서정 문제가 아닐까 한다. 오늘날 많은 시인들이 이 문제에 대해 집요하게 매달리는 것도 이 때문이 아닐까. 근래에 나온 서정시들 가운데 몇몇의 작품들을 살펴보아도 이 문제는 금방 알 수가 있다. 가령, 가장 최근에 발표된 다음의 작품들을 통해서 이를 확인해보도록 하자.

> 내가 기르는 희망은 이따금 악몽을 꾼다. 안절부절이다. 따스한 혀와 이빨, 늘, 입맛을 다신다. 희망이 자라면 나를 잡아먹을 수도 있으리라. 희망은 나를 짖어 부르고 물어뜯는다. 희망은 요구사항이 많다, 희망은 사납다.
>
> —이수정, 「희망은 사납다 2」

이 짧은 시가 말하고자 하는 것은 인간의 근원에 관한 것이다. 우선 시의 문맥을 따라가 보면, 시인은 희망에 대해 많은 기대를 하고 있는 듯하다. 그러나 그것이 많기에 걱정도 앞선다. 많은 희망은 자칫하면 악몽이 될 수 있기 때문인데, 여기서 악몽이란 과도한 희망과 그로 인

한 좌절이 아닐까 한다. 실상 인간에게 희망이라는 삶의 추동체가 없
다면, 인간으로의 존재 의미를 상실할 것이다. 그렇게 된다면, 어떤 일
이 벌어질까. 희망이란 인간에겐 없어서는 안되는 필요충분조건이다.
희망없는 인간을 상상해보라. 그가 과연 인간으로서의 구실을 제대로
할 수 있는지를. 그렇기에 희망은 인간에게 삶의 요건을 충족시켜주는
긍정적인 기능을 한다.

그러나 희망이 과도하면 그것은 인간의 삶에 순기능적인 역할을 하
지 못한다. 필요이상으로 오버하게 되면, 서정적 자아를 소모시키고
궁극적으로는 좌절시키기 때문이다. "희망이 나를 짖어 부르고 물어뜯
는다"라는 것이 바로 그러한데, 이 지경에 이르면 그것은 서정적 자아
에게는 역기능적이 된다. "희망이 사납다"는 이유도 여기에 있다.

'희망'이란 중용의 것이야 한다는 것인데, 이런 시각에서 보면, 희망
은 인간의 욕망이라 보아도 무방하지 않을까. 시인은 희망이라 했을
뿐이지만 그 내면을 들여다보면, 욕망의 또 다른 이름에 불과하기 때
문이다. 이런 맥락에서 인용시는 인간의 존재론적 문제를 다룬 시라고
할 수 있다. 인간은 욕망이 있기에 삶의 역동성이 있는 것이고, 또 억
압도 존재하는 것이다. 그럼에도 시인은 굳이 욕망이란 말을 쓰지 않
고 희망이란 말로 표현했다. 이는 인간의 근원 문제를 사변적으로 풀
이하지 않고, 대중적으로 풀이한 한 의도로 이해된다. 욕망과 같은 철
학적 사유의 문제를 논리나 이성과 같은 딱딱한 사유의 틀 속에서 풀
어내지 않고 이를 대중화시킨 것이 이 시의 최대 강점이다.

누군가 내 안에 길을 내고 있다.

반쯤 묻혀 있던 큰 돌이 캐어지고
덩치 큰 갈참나무가 쓰러지고
홀로 숨어 살던 늙은 쥐와
몇 마리의 바퀴벌레가 황급히 도망친다.

어디서 날아 왔는지
금빛 독수리 한 마리가 머리 위를 선회한다.

마침내 굳게 못질된, 숲 속의 헛간마저 무너지고
풀풀거리며 먼지가 인다. 비닐에 싸여 버려진
목 없는 오욕, 피 묻은 침묵
얼굴 없는 비수에 등을 찔린 날선 분노

대체 넌 어떻게 살아온 거니?

길을 내고 있는
장엄한 새벽놀 같은 음성이 내게 물었다.

─손종호, 「새벽 두 시의 비망(備忘)」 전문

하루를 정리하는 반성의 시간 가운데 가장 적절한 것은 밤이다. 아무런 소리도 들리지 않는 정적이야말로 의도했건 그렇지 않았건 간에 나를 되돌아보게끔 추동하는 강력한 힘이 아닐 수 없다. 모든 반성적 사유들이 어둠과 쌍생아를 이루는 것은 이 때문이다. 내성을 주제로 하고 있는 손종호의 시적 발상도 여기서 시작된다. 반성이란 어떤 자발적 동인이나 외적 계기에 의해 이루어지는 것이 보통인데, 시인의 경우는 좀더 예외적이다. 시인으로 하여금 내성의 계기를 준 것은 내적 계기가 아니라 외적 계기이기 때문이다. 그런데 이 작품은 그 외적 계기가 내성을 자극하는 것이 아니고, 이타성이 그것을 자극하는 특이한 구조를 보여준다. 이 작품에 나와 있는 대로 시인을 내성으로 몰고 간 것은 시의 표현대로 '누군가'이다. 그 누구란 나에게 절대적인 존재로 군림하면서 나를 둘러싼 환경들을, 내가 쌓아온 이력들을 마음껏 열어젖히는 매개체이다.

반성이란 지나온 길을 되돌아보고, 앞으로 나아갈 길을 조명하는 안내자 역할을 한다. 과거를 반추한다는 것은 무의식의 저편에 남아있는 어떤 흠결을 끄집어낸다는 것과 같다. 그런데 이런 오류들은 대개 인생이라는 긴 항로에서 부정적인 요인으로 남아있는 것들이 대부분이다. 삶의 긍정성들은 반성적 대상이 아닌 까닭이다. "반쯤 묻혀 있던 큰 돌이 캐어지고/덩치 큰 갈참나무가 쓰러지는" 일들은 그 가역적인 반응들이다. "홀로 숨어 살던 늙은 쥐와/몇 마리의 바퀴벌레가 황급히 도망치는 것" 또한 마찬가지의 경우이다.

나는 이 시에서 가장 돋보이는 부분이 2연과 3연이라고 생각한다. 내성이 자기흠결을 성장엔진으로 삼는다고 할 때, 4연의 인식적 행위들은 일반화된 클리쉐에 가깝다. 반성적 사유치고 "목없는 오욕, 피묻은 침묵"과 무관한 것은 없으며, 또한 "얼굴 없는 비수에 등을 찔린 날선 분노"처럼 위악적인 것도 없는 까닭이다. 반면 이런 위악성에 이르게 한 2연의 배음은 절창에 가깝다. 특히 "홀로 숨어 살던 늙은 쥐와 몇 마리의 바퀴벌레가 황급히 도망가는" 절박한 상황은 무의식의 심연에 꼭꼭 깃들어있던 각성의 혼을 일깨우는 동인이기 때문이다. 여기에다가 서정적 자아는 "금빛 독수리 한 마리가 머리 위를 선회"하는 경고 내지는 경계의 자극을 받는다. 내성의 진정성에 대한 자기 채찍을 추동받는 것이다. 삶에 대한 이런 솔직성과 가열성이 있기에 이 시는 내성으로서의 가치를 보장받는다. 이것이 이 작품이 갖는 아름다

움이고 진정성에 대한 성실한 자기 탐색이 돋보이는 시라고 감히 말
하고 싶다.

> 시간의 서랍 열고 닫던 소리
> 귓가에서 점점이 멀어져
> 풍경으로 남은 소리
> 들쩍지근한 내 앞세워
> 순한 저녁이 올 때
> 문득, 적막을 크게 흔들어
> 밑바닥에 갈앉은 생의 본적
> 떠오르게 하는
> 물빛 그렁그렁한 평화

> ─ 이재무, 「워낭소리」 전문

이재무의 「워낭소리」는 최근 히트한 영화 '워낭소리'를 소재한 한
작품이다. 이 영화를 보고 어떤 이는 눈물을 흘렸다고 하고, 어떤 이
는 과거의 삶이 떠올려졌다고 하고, 또 어떤 이는 효의 근본에 대해
되짚어보는 계기가 되었다고도 했다. 자신이 살아온 경험의 코드가 어
느 부분과 일치하느냐에 따라 나온 각각 반응들이기에 정오(正誤)를 따
지는 것은 불가능하다. 이 영화의 기본 줄거리는 동물과 인간의 끈적끈
적한 관계를 다룬 것이지만, 그 속에 내포된 함의들은 실로 다대하다.
이 영화를 통해서 우리는 정지용의 「향수」처럼 삶의 근원과 노스탈쟈
를, 소월의 「부모」처럼 효를, 모든 생명체가 공존하는 박두진의 「향현」
을 떠올릴 수 있을 것이다. 뿐만 아니라 웃음이 부채살처럼 퍼지는 서
정주의 「상리과원」이나 요들송이 흐드러지게 울리는 중세의 훈훈한
전원의 풍경도 연상할 수 있으리라. 그러나 무엇보다 중요한 것은 '흙'

에 대한 짙은 페이소스일 것이다. '흙'이란 인간의 생태적 본향과 관련된 구경의 것이기에 더욱 그러하다.

이재무가 주목하는 부분도 여기에 있다. 시인은 인간의 아련한 기억 저편에서 뭉게뭉게 피어오르는 향수라는 연기를 끊임없이 피워올린다. 그것을 영원히 잊어서는 안된다고. 그런데 인간들은 그것을 왜 잊으면 안되는 것일까. 시인은 이 감각이 인간의 기본 존재 조건이기에 그렇다는 것, 곧 '생의 본적'이기 때문이라는 것이다. 그러하기에 더욱더 무의식의 심연에 남아있는 향수의 불길을 지피고, 이를 활활 타오르게 만들어야 한다는 것이다.

생의 본적이 '흙'에 있다는 것을 부인할 사람은 아무도 없다. 인간의 기억 저편에 가물가물 남아있는 것을 우리는 그저 잊고, 아니 잊으면서 살고 있을 뿐이다. 그것이 삶의 건강성을 추동하는 매개임은 분명하지만, 현실의 제반 조건은 언제나 그러했듯이 그런 여가를 주지 못했다. 그런데 영화는 시각을 통해서 그 유현한 기억을 일깨워주었다. 시「워낭소리」는 그것을 문자를 통해서 보여주었다. 아니 문자라기보다는 청각을 통해서라는 편이 더 옳을 듯하다. 사실 이 작품이 의미 있는 것은 청각이 주는 시적 의장에 있다고 해도 과언이 아닐 것이다. 시인은 '워낭소리'를 서랍을 열고 닫았던 소리, 곧 '풍경소리'로 청각화시켰다. 그런데 이 소리는 너무 감각적이어서 누구에게나 심연에 남아있던 저 고향의 소리를 되살아나게끔 한다. 아니 되살아나게 하는 것이 아니라 지금 여기에서 곧바로 들리는 듯한 현장감이 느껴질 정도이다. 이런 감각성이 이 시의 맛이 아닐까 한다.

게다가 이 시는 그런 감각을 일차원적인 물질성의 이미지로만 남겨놓지 않았다. 시인은 여기에 덧붙여 형이상학적 관념으로 승화시켰다.

"생의 본적을 떠올리게 하는 풍경소리"를 "물빛 그렁그렁한 평화"로
관념화시고 있는 것이다. 감각화된 관념이야말로 전달이라는 측면에서
혹은 인식이라는 측면에서 가장 효과적인 방법적 자각이 아닐까 한다.
그것이 이 작품의 매력이다.

자세히 들여다보면,
모든 집에는 나름의 역사가 꼬물거리고 있듯
그 집만의 냄새가 우물처럼 고여 있다
집의 냄새는 사람의 냄새다 아니, 삶이 응축된 냄새다

이쪽 골짜기 김노인의 오두막에는 무어라 이름할 수 없는 기묘한 냄
새가 배어있다 찌든 내 나는 싸구려 이불과 그 속에서 뜨고 있는 메주,
백태낀 스텐 요강, 말린 고추 포대기, 먹다 남긴 밥상 위의 고추장, 말라
비틀어진 사과 껍질, 움푹 들어간 호박, 반쯤 썩어가는 모과, 색 바랜 가
족사진, 쥐 오줌이 누우렇게 말라버린 푸른 색 벽지, 빗물이 새는 쓰레
트 지붕, 오줌으로 질척거리는 돼지우리, 쓰다 버린 농약병, 썩은 볏짚
냄새들이 김노인과 식솔들의 숨 냄새에 한데 버무려져 있다 三冬내내
이 골짜기 오리나무 이파리 삭는 냄새로 발효되고 있다

깨어지기 쉬운 꿈들과 곰삭은 냄새들을 알처럼 품고 있는 까치둥지
같은 집.
구멍 많은 그 집에 처음으로 들어온 사람조차도
금방 그 냄새들과 한 가족처럼 둥글게 섞일 수가 있다
시간을 타고 비집고 들어오는 모든 딱딱하고 날이 선 것들을 뭉그러
뜨리고
죄다 밀어내고 있는 영양이 풍부하고 힘이 센 냄새들.
여물 같은 말과 늑골 속에 박혀 있는 그 냄새들을
燔祭연기처럼 감싸고 올라가는 두러두런 인간의 소리

－최서림, 「둥지」 전문

둥지란 삶의 보금자리이지만, 통상적인 관점에서 볼 때 새들의 안식처로 통용되는 말이다. 그럼에도 시인은 인간의 삶의 터전을 둥지라는 말로 표현했다. 이성보다는 감성을 중요시한 탓이다. 감성이란 논리의 세계를 뛰어넘는 것이어서 형상을 설명하는 데 있어 비조직적이고 비체계적이라는 장점이 있다. 그저 감각하는 대로, 혹은 눈에 들어오는 대로 느끼고 설명하면 그뿐이기 때문이다. 최서림이 펼쳐보이고 있는 인용시를 보라. 그가 응시하는 김노인의 집에는 삶의 찌꺼기가 아무런 여과장치 없이 그냥 나열되어 있다. 이 모습들은 어떤 정열이나 냉철한 응시의 장치를 거친 것이 아니다. 그냥 드러나 있을 뿐이고, 시인은 단지 그것을 볼 뿐이다. 이런 비논리성을 기본 배음으로 해서 인간적 체취들이 저녁 연기처럼 자연스럽게 뿌려지고 있는 것이 이 작품의 특징이다.

삶의 체취에 의해 휩싸인 인간의 둥지란 대체 무엇인데 이토록 소중한 것일까. 그것의 기능적 가치를 말하고 있는 이 작품에서 우리가 기대하는 어떤 서정의 맛을 느끼기란 대단히 어려운 일이다. 그것을 벌충하는 것이 이 시의 문맥에 드러난 것처럼 인간적인 현실이다. 인간적이란 말은 그 어사 자체가 포지하고 있듯이 다수의 공약수를 갖지 않고는 성립하기 어렵다. 가령 모든 사람이 경험했을 법한 체험이나 정서가 없이는 인간적이란 말을 붙이기가 쉽지 않기 때문이다. 그러나 시인이 응시하는 '둥지'는 지극히 인간적이다. 많은 공통 분모를 갖고 있는 까닭이다. 그것을 삶의 편린이라 해도 좋고, 아픈 추억이나 현재의 고난이라 해도 좋다. 중요한 것은 세월의 무게만큼이나 인간적 체취가 그 속에 배어나 있고, 발효되고 있다는 것, 그럼으로써 삶의 공약수들은 더욱 늘어나고 있다는 점만 강조하도록 하자.

　동물들은 분비물을 뿌림으로써 자신만의 영역을 표시한다고 한다. 이런 맥락에서 보면 「둥지」가 말하고 있는 것도 이와 유사하다. 서정적 자아만이 디자인해왔던 삶의 공간들이 이타성을 거부한 채 온존히 보존되어 있는 까닭이다. 그럼에도 이 둥지는 동물들의 영역과 달리 배타성을 그 기본 속성으로 하지는 않는다. "구멍 많은 그 집에 처음으로 들어온 사람조차도/금방 그 냄새들과 한 가족처럼 둥글게 섞일 수가 있"기 때문이고, "시간을 타고 비집고 들어오는 모든 딱딱하고 날이 선 것들을 뭉그러뜨리고/죄다 밀어" 낼 수 있을 정도로 " 영양이 풍부하고 힘이 센 냄새들"이 있는 까닭이다. 사람과 사람 사이를 연결하는 이 조화감각이야말로 그 어떤 체취보다도 인간적이지 않은가. 모든 이질성을 연기처럼 휘감고 하나의 뭉게구름으로 솟아오르는 것, 그러한 구름을 만들 수 있는 것은 오직 인간뿐이지 않은가. 온갖 날선 소리와 비동일적 감각들이 넘쳐나도 이를 하나의 "燔祭연기처럼 감싸고 올라가는 두러두런 인간의 소리"로 단일화시키는 것, 그런 인간의 화음을 시인은 「둥지」 속에서 그려내고 있는 것이다.

> 장엄하고 붉은 형상으로
> 큰 날개를 웅비하여 아메리카에 앉아 있는
> 억만년 풍화를 견디어 온
> 그랜드 캐년이
> 구름 아래 펼쳐져 있는데
>
> 콘트라베이스의 저음으로
> 무너지듯 내려앉은 협곡 사이로
> 흐르는 콜로라도

캐년의 포식자 까마귀는
검은 깃을 자랑하며
비너스의 몸을 뽐내고
권력의 발톱을 남용하는데

없는 듯
바닥을 실같이 기어
낭비 없이 고요히 흐르고 있는
콜로라도여

─최찬수, 「그랜드 캐년의 콜로라도」 전문

　최찬수의 이 시는 자연을 통해서 삶의 법칙 혹은 삶의 교훈을 일러주고 있는 시이다. 이시는 크게 세부분으로 구성되어 있는데, 그랜드 캐년의 자연 풍경을 묘사한 1연과 2연, 그리고 동물상징을 통해서 인간의 모습을 표상한 3연, 자연의 이법이라는 교훈을 일러주는 4연이 그것이다.

　자연을 소재로 시가 만들어진 것은 어제 오늘의 일이 아니다. 이런 유형의 시들이 인간에게 말해주는 교훈이란 그것이 가르쳐주는 대로의 삶 곧, 순리대로 살아가라는 것이다. 특히 자연에 대한 기술적 지배가 절정에 달한 근대 이후에 그러한 교훈적 담론들은 더욱 기승을 부려왔다. 분열된 인간의 인식을 완결코자 한 모더니즘의 사유들이 자연에 매달린 아우성들을 우리는 잘 기억하고 있지 않은가. 「그랜드 캐년의 콜로라도」가 내포하는 의미도 여기서 크게 벗어나지 않는다. 넘칠 듯하면서 넘치지 않는 자연의 균형잡힌 법칙을 이 시에서 읽어내는 것이 어렵지 않은 까닭이다("없는 듯/바닥을 실같이 기어/낭비 없이 고요히 흐르고 있는/콜로라도여").

반면 까마귀의 경우는 어떠한가. 이 동물도 자연의 일부이긴 하나 여기서는 거칠 것 없는 인간의 욕망을 상징한다. '검은 깃'과 '비너스의 몸'은 사치를 추구하는 인간의 내포이며, '권력의 발톱'은 무한 증식하는 인간의 끝없는 욕망을 함축한다. 이런 인간의 속성에 비하면 자연의 그것이란 무엇인가. 앞서 언급대로 자연은 과유불급과 같은 중용의 상징이다. 그러한 중용을 통해서 인간의 욕망을 경계하자는 것이 이 시의 주제이다.

그러나 나는 이 시의 특장을 다소 일반화된 이런 주제의식에서 찾고 싶지 않다. 이 시의 백미는 작품 저변에 깔린 배음의 효과에 있다고 할 수 있다. 시의 문맥대로 장엄하게 펼쳐진 콜로라도의 협곡은 원시성의 극치이며, 창조의 근원적 공간이다. 그러하기에 여기는 숨이 막힐 정도로 고요가 지배하는 곳이다. 반면 그 위를 선회하는 까마귀의 째질 듯한 소리는 그러한 정적을 무너뜨리는 양육강식의 처절한 함성이다. 정밀(靜謐)한 고요와 생존의 처절한 음성이 주는 팽팽한 긴장관계야말로 이 시를 역동적으로 이끄는 기본 매개가 아닐 수 없다. 자연과 인간의 끝없는 대립과 줄다리기를 소리의 팽팽한 긴장관계를 통해 풀어낸 시인의 솜씨가 압권이지 않은가.

> 절 뒷마당 두꺼비 한 마리
> 지렁이에 달려드는 개미를 보고 있다
> 순간 무언가 번쩍 스치더니
> 두꺼비 아래턱이 우물우물한다
> 겨울잠에서 막 깨어난
> 저 우물거리는 입 속에서 혓바닥은 얼마나 오래
> 갇혀 있다 웅크리며 뛰었을까
> 껌벅껌벅 보채는 주인의 허기를 달래려

하루에도 몇 번씩 저 너른 입 속에서 물구나무섰을 것이다
천수천안도 어쩌지 못하는 저 식욕!

—장정자, 「식욕」 전문

　본능과 이성의 줄다리기는 인간사의 끝없는 고통이며, 해결되지 않는, 아니 해결할 수 없는 철학적 난제의 하나로 자리 잡아 왔다. 특히 삶의 영역에서 어느 것을 더 우위에 둘 것인가의 문제는 역사철학의 사유와 폭에 따라 다르게 인식되어 왔다. 근대 초기에는 이성의 영역이 좀더 우위에 있다가 근대 후기에 이르러서는 본능의 영역이 더 많은 가치를 부여받아왔다.

　이성이 표나게 강조된 것은 근대 이후의 일이라는 점, 그 짧은 역사만큼이나 사유의 파장 또한 길지 않았음은 인정해야 할 것이다. 실상 이성의 전능이라는 철학의 테제는 근대 초기 이후에는 거의 주목을 받지 못했다. 그 원인이 어디에 있는가에 대한 자세한 회의와 해법들을 여기서 자세히 논할 수는 없지만, 한 가지 원인을 꼽으라면 그것이 갖는 기계적 메카니즘에 있었던 것이 아닌가 한다. 인간을 이성적 동물로 인식하고, 이에 따라 인간의 다양한 사유 양태를 이 맥락으로 분석하는 것은 인간을 쉽게 단선화시키는 오류를 범하기 쉽다. 특히 다양한 정서가 소용돌이치는 감성의 영역을 이성의 잣대만으로 획일화하는 것이 쉽지 않음은 누누이 보아온 터이다. 역사발전이나 사회의 제반 양상을 설명해낼 때조차도 주관적 영역을 굳이 끌어내는 이유도 여기에 있을 있다.

　장정자 시인의 「식욕」이 말하고자 하는 부분도 이 욕망에 관한 것이다. 자연이 만든 법칙 가운데 가장 일반화된 것이 양육강식이다. 인

간뿐만 아니라 지구상의 모든 생명체들이 이 법칙을 아무런 거부감 없이 자연스럽게 받아들여 왔다. 그러나 신이 처음에 의도한 자연의 세계란 양육강식의 세계와는 상관없는 유토피아였다. 신은 주종관계의 자연이 아니라 수평관계의 자연을 만들었을 뿐이다. 그런데 인간이 죄로부터 자유롭지 않았던 것처럼, 자연 역시 그러한 수평적 관계를 유지시키지 못했다. 즉 그 본연의 상태를 잃고 주종의 관계로 바뀌어버린 것이다. 이를 유토피아의 상실이라 한다면, 그러한 상실의 이면에는 본능의 영역의 부상과 무관하지 않다. 이렇게 본다면, 본능이란 신화적인 것이고, 근원적인 것이며, 모든 생명체들의 역사와 같이한 것이라 할 수 있다.

「식욕」은 그런 본능의 기능적 장치와 메카니즘을 다루고 있는 작품이다. 그렇기에 이 작품 속에는 양육강식의 자연스러움도 묻어나 있고, 본능에 의해 길들여진 육체의 기계성도 무늬 지어져 있다. 본능에 의해 좌지우지되는 육체의 순수성이 이 작품의 기본 방향이다. 따라서 이에 근거하면, 육체란 이성에 의해 제어되는 것이 아니고 본능에 의해 제어된다는 것이 이 작품의 주제가 될 것이다.

가장 최근이랄 수 있는 시들을 통해서 얻을 수 있는 것은 현대시의 서정적 기반이 현저하게 개인과 관련되어 있다는 것, 뿐만 아니라 거대담론보다는 좀더 작은 영역과 밀접한 관계를 맺고 있다는 것을 알 수 있었다. 시대의 변화란 이렇듯 서정의 영역과 그 기반에 많은 변화를 가져오게 했다. 시가 시대의 완벽한 반영형식일 수는 없어도 그로부터 어느 정도 자유롭지 않음도 이를 통해 유추할 수 있다고 하겠다.

현대시에서의 사랑

인간의 정서 가운데 사랑만큼 마음을 설레게 하는 단어도 없다. 아담과 이브의 사랑에서 보듯 인류 최초의 사건도 사랑이었다. 그렇기에 사랑은 어쩌면 인간이 태어나서 느끼는 감각 가운데 첫 번째 놓인다고 해도 과언이 아니다. 사랑은 대상에 따라 헤아릴 수 없을 정도로 많은 양상이 존재한다. 이기적 사랑과 이타적 사랑이 있는가 하면, 에로스와 아가페적인 사랑도 있다. 또 이런 추상화된 형태 이외에도 부모와 자식 간의 사랑, 스승과 제자 그리고 형제들 사이의 사랑이 있으며, 동료들 사이의 사랑도 있다. 뿐만 아니라 역사 철학적 맥락에서 사유되는 사랑이 있을 수 있고, 존재론적 맥락에서 사유되는 사랑도 있다. 사랑이 이토록 많다는 것은 그것이 삶의 존재방식 가운데 중요한 요인으로 작용하고 있기 때문이다.

사랑의 감정이나 그 구현의 방식들이 문학의 주요 소재나 주제 혹은 방법임은 잘 알려진 일이다. 그것은 사랑의 구현방식 등이 문학의 본질과 불가분의 관계에 놓여있기 때문이다. 자아와 세계의 거리화된 감각이 문학의 일차적인 존재 조건이다. 거리화된 대상과 서정적 자아의 근접이야말로 문학의 존재 이유이자 목적이다. 대상과의 거리 좁힘이란 서정적 자아에게는 분열된 인식의 통일과 동일한 맥락에 놓이는 감각이다. 따라서 벌어진 간극을 좁히기 위해서는, 혹은 대상과 합일하기 위해서는 대상의 자아화나 자아의 대상화가 이루어져야 한다. 그것이 곧 서정적 동일화인데, 여기에 이르는 길은 은유와 같은 시의 방법적 장치 등에서도 가능하고, 서정적 자아의 정서에 의해서도 가능하다. 특히 후자의 경우는 정서의 내적 통일이 중요한데, 사랑은 그 중에서도 가장 중요한 감성이 아닌가 한다. 자아와 세계의 화해할 수 없는 간격을 좁히려는 시적 자아의 열망을 사랑만큼 훌륭하게 채워주는 시적 기제도 없기 때문이다. 의식과 무의식의 궁극적 합일이 사랑충동이라는 프로이트의 말처럼, 이 충동이야말로 대상과의 간격을 무화시키는 가장 순일한 정서라 할 수 있다.

사랑은 여러 이질적 감각을 하나로 모으는, 그리하여 내적 질서를 회복시키고 유지하는 총체적 감각이다. 사랑을 보편성이나 영원성의 또 다른 이름으로 부르는 이유도 여기에 있고, 문학의 가장 일반화된 주제 가운데 하나로 치부하는 이유도 여기에 있다. 그것은 누구에게나 있는 것이며, 또 누구에게나 동일한 호소력을 갖고 있는 지극히 보편적인 것이었기 때문이다.

> 담장은 높았다 수세미 같은 해는 쉽게 졌고, 나는 또 우두커니 서 있었다 단 한번 열린 적 없는 대문 앞, 나는 그 앞에서 오래도록 우두커니 기다렸다
>
> 세월 지나고 그 여자애도 몇 번이고 지나갔지만 나 바보같이 단 한번

부르지 못했다. 누르려다 도망치고 누르려다 도망치고를 반복하였다 누,
르, 지, 마, 누군가 빗나간 세월처럼 소리라도 치고 나올 성 싶으면 서둘
러 도망치기 바빴다 나 자고 일어날 때마다 키가 한치씩 자랐지만 그
집 앞에선 도로 키 작은 민들레가 돼버리곤 했다

　담장 너머에선 잊을만하면 감미로운 피아노연주 소리가 들려오곤 하
였는데 누가 연주하는 것인지 모를 그 소리를 나는 오래도록 우두커니
서서 들었다 어쩌면 그 여자애와 아무 관계없을지도 모를 그 피아노 소
리에 홀려 나는, 사춘기 그 힘든 때를 보내었는지 모른다

　한번쯤은 그래 한번쯤은 그 여자애가 나를 보아 줄 거라고 멈춰 서서
내게 말을 걸어 줄 거라고 믿는 사이 전봇대는 몇 번이나 교체되어 갔고
불어 닥친 바람에 나무는 몇 번이고 기우뚱 쓰러졌다 일어서곤 하였다
서둘러 지던 해는 나를 그 집에서 되도록 멀리 등 떠밀어 놓곤 하였지만
나는 언제나 그 집 앞에 우두커니 서 있곤 하였다

　이제는 어디인지 기억도 가물가물한, 내가 처음 누군가를 막연히 기
다리던 거기——몇 년의 시간이 훌쩍 지나고 집이 있던 자리에는 덩그
라니 빈 공터 들어서 있지만 가끔 불어온 바람이 기억의 음률들 내게
전해와 우두커니 나를 세워두곤 한다 내가 누군가를 좋아하던 거기

　그, 집, 앞——

－유창성, 「그 집 앞」 전문

　이 작품은 사랑의 가장 원초적인 감각을 담고 있는 작품이다. 이 시
에서 풍기는 정서들은 초등학교 시절 즐겨 불렀던 현제명의 '그집앞'
의 세계와 닿아 있음을 쉽게 짐작할 수 있을 것이다. 그만큼 이 작품
은 유년의 정서로부터 자유롭지 못하다. 그럼에도 아름다움이라는 감
각을 잃지 않는다면, 이 시를 능가하는 작품도 없을 것이다. 이성에

처음 눈뜨는 시기에 인간은 가장 설레는 감수성을 갖는다고 한다. 이때의 감성을 매우 특별한 정서라고 생각하는 것은 그것이 즉자적이기는 하되 유보적인 상태에 놓여있는 것이기 때문이리라. 이런 상반되는 감성의 교묘한 줄타기는 야생적인 것이기에 더더욱 짜릿한 맛이 묻어난다. 첫사랑에 젖어있을 때에는 세상의 모든 것이 아름다워진다. 심지어 자신에게 가장 좋지 않은 기억으로 남아있는 것조차도 그 애틋함의 아우라 속에 갇혀 빠져나올 줄 모른다. 이 세상의 모든 것은 나를 위해 존재하고 또 나를 축복하기 위해 있는 것이라는 환각에 젖어든다. 그리하여 이 세상의 사물들을 전부 자기화하여 나를 축복해 달라고, 내 속으로 몰려들어서 축가의 나팔, 승리의 행진곡을 불러달라고 외쳐댄다. 그 얼마나 아름다운 축제의 장인가.

인용시의 화자 역시 누구나 경험할 수 있었던 것처럼, 어린 시절 누군가를 지독히 짝사랑한 듯싶다. 사랑에의 열정은 강했지만 그러나 그것을 직접 표현할 길은 쉽게 찾지 못한 듯 보인다. 소심함이라든가 순진함이라든가 용기없음 등이 그 앞을 가로 막고 있었던 때문은 아닌가. 그리고 그것은 아득한 추억이 되어 "그, 집, 앞"이란 표현에서 보듯 회한의 정서로만 현재화되어 있을 뿐이다.

첫사랑은 그 말 자체 속에 이미 실패가 전제되어 있는 것처럼, 당시에 느꼈던 애틋한 감수성들은 성장기를 거치면서 반복되는 학습효과에 의해 서서히 반감되기 시작한다. 그럼에도 첫 번째의 이 감각이 인간으로부터 쉽게 사라지는 것은 아니다. 첫사랑의 정서만큼 자아와 대상이 통일된 상태도 찾기 어려울 뿐만 아니라 그것은 이미 영원의 감각 속에 자리하고 있기 때문이다. 그것은 기억의 저편 속에 흘러 들어가 이미 하나의 영원한 과거가 된 지 오래이다. 그러나 그것은 불활성

의 퇴적물로 남아 있는 것이 아니라 생의 고비마다 계속 환기되어 서
정적 자아에게 계속 통일의 정서를 부여할 것이다. 순간순간 환기되는
그 완결성이야말로 분열을 치유하는 신비한 영약으로 계속 되살아 나
오게 되는 것이다. 순일한 첫사랑의 정서가 소중한 것은 바로 이런 이
유 때문이다.

    지상의 어딘가에서 막 생성된 듯한 세 개의 손과 혀가
    통정을 누르고 있는,

    페퍼로 문지른 듯 희미한 셀루리언 블루의 남녀가
    입을 맞추고 있었어
    눈을 꼭 감고 있는 남자의 오목한 뺨, 뺨 속에
    이미 혀가 들어 간 형상이었어
    어떤 사랑이 저토록 깊숙이 혀를 불러내었을까
    몰입이나 도취?
    꿈틀거리는 혀가 생각하기도 전에 여자의 손가락이
    남자의 목을 조였어
    입 속에 혀를 가둔 절정의 순간이었어

    사랑은 절지동물의 꼬리만 가둔 미증유의 감옥,

    남자 혹은 여자에게 눈 먼 다른 혀가 있었어
    뺨과 뺨 사이 돋은 혀, 재갈 물린 여자는 고백의 말 대신
    눈물로 그 눈을 바라보는 수밖에
    생각이 눈이 되는 순간,
    남자의 각막이 우물처럼 깊어졌어
    남자는 턱을 부드럽게 받쳐 든 여자의 손을 어루만졌지만
    여자의 키스는 정면을 바라보고 있었어
    텅 빈 우물 같은 남자의 동공,

> 영원한 미개척지, 혹은 홀로그램?
>
> 눈 감거나 눈 먼 남녀의 눈 속에 서로가 빠져 죽었어
> 즐겁게 춤을 추다가 그대로 멈춘 것처럼,
>
> 세 개의 손과 세 개의 혀를 가진 에로스는 아가페를 죽였고
> 아가페는 나를 죽였어
>
> 지블라스 백진스키의 그림처럼 편안히,
>
> —강영은, 「제3의 혀」 전문

앞에서 사랑의 몰입을 정서의 통일로 설명한 바 있다. 사랑을 장미나 빨간색 등으로 비유할 수 있음은 그것이 열정적이기에 그러한 것이고, 또 이 열정이야말로 감정의 몰입 없이는 불가능할 것이다. 강영은의 「제3의 혀」는 이런 면에서 의미 있는 작품이다. 이 시는 매우 괴기적이고, 또 우스꽝스럽기조차 하고 환상적인 분위기 또한 자아낸다. 그렇기에 피카소의 그림이 연상되기도 하고 달리의 그림이 떠올려지기도 한다. 이런 그로테스크한 장면과 사랑이란 과연 어떤 관계망으로 놓여지는 것일까.

강영은의 시에서 사랑은 매우 독특한 방식으로 구현되는데, 무엇보다 눈에 띄는 것은 그것을 구현시키는 기법이다. 우선, 의식과 무의식을 자유롭게 넘나드는 사유, 인간의 경계를 초월하는 발랄한 상상력이 매우 참신하다. 세 개의 손과 혀라든가 오목한 뺨 속에 들어간 혀의 모습을 보라. 또한 뺨과 뺨 사이 돋은 혀나 재갈 물린 여자 또한 얼마나 괴기스럽고 우스꽝스러운가. 구분지어진 경계없이 상상력의 날개를 달고 서로가 자유롭게 넘나들며 사랑의 양상을 다양하게 표출시키고

있는 모습은 또 어떠한가. 이렇게 상호간의 경계가 없다는 것은 어떤 몰입의 정서 없이는 불가능하다. 이런 정서적 효과의 극대화를 위해 시인은 이미지를 돌발적으로 결합시키거나 의식으로부터 차단된 무의식의 저항선을 힘차게 무너뜨리고 있는 것이다.

그리고 다른 하나는 사랑에 이르는 방식 혹은 그것의 상태이다. 이 작품에서 사랑은 어떤 기억에 의존하고 있지 않다. 사랑은 기억의 심연 어딘가에 박혀 있다가 계기적으로 나타나는 것이 아니라 오직 지금 여기의 감각에서 만들어진다. 이는 그것이 분열의 통일과 같은 치유의 감각과는 거리가 있다는 뜻이 된다. 순간의 몰입이라는 관점에서 보면 이 시는 포스트모던적이다. 지나온 과거와 다가올 미래가 이 작품에서는 전혀 발견되지 않기 때문이다. 현재의 시간 속에 빠져서 허우적거리고 있을 뿐이다. 또한 사랑의 종류 또한 전혀 문제되지 않는다. "세 개의 손과 세 개의 혀를 가진 에로스는 아가페를 죽였고/아가페는 나를 죽였어"에서 보듯 개체화된 사랑은 별 의미가 없다. 사랑만이 나를, 작품을 압도하고 있을 뿐이다. 거기에 몰입된 자아는 자립화된 존재가 아니다. 지금 여기의 순간적 감각만이 서정적 자아를 감싸고 있을 따름이다.

사랑에 몰입된 이런 상태는 몽환적 분위기를 통해서 더욱 극단화되는데, '지블라스 백진스키'의 그림과 오버랩시키는 장면이 바로 그러하다. 사랑의 절정이 죽음과 동일시되는 것은 잘 알려진 일이지만, 이 작품에서도 그러한 정점은 "즐겁게 춤을 추다가 그대로 멈춘 것처럼" 정지된 그림으로 표상된다. 마치 몽환에 빠져드는 듯한 환상을 그린 백진스키의 그림처럼 말이다. 요컨대, 인용시는 사랑은 간극없는 동일화이며, 그 일체화된 상태를 그로테스크한 그림과 정서로 풀어낸 작품이다. 사랑의 격정과 몰입을 시의 의장이나 정서의 측면에서 이렇게 효과적으로 형상화한 작품을 찾는 것도 쉬운 일은 아니다. 이는 전적으로 작가의 역량에 해당되는 문제이다.

첫사랑의 여자가 있었다 짐승처럼 나만을 사랑해 주었다 어엿한 젊고 잘 생긴 남편이 있는 유부녀인 나의 첫사랑 여자는 부끄러움도 없었다

남편이 밤낮으로 사랑해주는데도 서툴고 미숙했던 내가 해주는 사랑을 남편의 능숙한 사랑보다 더 좋아했으며 순수한 사랑이라고 했다

남편과의 사랑은 껍질만 남아 있다고 속삭였다 남편이 죽으면 따라서 죽을 수는 없어도 내가 죽으면 따라서 죽는다고 약속했었다

첫사랑 여자와 입도 맞추었고 옷을 헤집고 젖도 만지고 밤새도록 안아주어야 잠을 잤다 한 때는 첫사랑 여자가 없으면 나도 죽는다고 다짐했었다

첫사랑 여자보다 젊고 예쁜 여자의 매력을 느낄 줄 알면서부터 나는 첫사랑 여자를 미워했으며 젊고 예쁜 여자와 연애를 하고 결혼을 했다

보기도 싫게 늙어만 가는 첫사랑 여자는 병들어 죽어가면서도 나에게 끝까지 집착했었다 그 여자가 첫사랑의 여자 나의 어머니! 어머니이시다!

– 허의행, 「첫사랑」 전문

허의행의 「첫사랑」을 읽다보면 언뜻 불륜의 경험을 담고 있는 시가 아닐까 하는 생각이 들 정도로 매우 사실적이고 육감적으로 다가온다. 그러나 마지막에 이르면, 마치 추리소설의 범인이 잡힌 것처럼, 사랑

의 대상이 명쾌하게 밝혀진다. 바로 이성이 아니라 어머니이다. 사랑 가운데 가장 흔한 것은 에로스적인 것이긴 하지만 이에 못지않은 것이 모성적인 사랑이다. 이 작품이 다루고 있는 것은 어머니에 관한 것이다.

이성간의 사랑과 모성적 사랑 가운데 어느 것이 소중하다든가 하는 경중을 따지거나 선후를 묻는 것은 의미가 없다. 사랑의 기능이라는 관점에서 볼 때, 그것이 수행하는 역할은 동일하기 때문이다. 서정적 주체에게 사랑은 분열된 인식을 완결해주는 구실을 한다. 심리적인 국면에서 이성적 사랑충동이란 결국 모성적인 것에 다가가려는 결핍된 자아의 영원한 충동과 동일항에 놓이는 것이다. 그런 면에서 이 두 사랑은 동일한 것이 된다.

그럼에도 이 작품은 인식의 완결과 같은 어떤 형이상의 주제를 담고 있지는 않다. 그저 어머니에 대한 그리움 정도를 표현해내고 있을 뿐이다. 아니 어쩌면 그런 통상의 모성적 상상력을 담아낸 시들과는 거리가 있어 보이기까지 한다. 이 작품에서 사랑의 주체는 나가 아니라 어머니이다. 이런 면들은 일반적인 모성 감각과는 거리가 있다. 이 감각은 통상 불구화된 존재, 분열된 존재가 통합의 세계로 회귀하고자 노력하는 것, 대상과의 영원한 합일을 그리워하는 것과 깊은 관련이 있다. 서정적 자아는 그곳에 기투함으로써 존재론적 고독이나 문명의 세례를 초월하려 한다. 그런데 인용시에서 주로 다룬 것은 어머니의, 자식에 대한 사랑이다. 자식에 대해서 가질 수밖에 없는 어머니의 한없는 사랑만이 그려져 있을 뿐이다. 여기서 그녀는 시적 자아에게 긴장의 자장이나 어떤 흡인력있는 어머니의 모습은 아니다. 아름답게 미화된 어머니의 초상화가 그를 그리워하는 자식의 얼굴에 잔잔히 비추

고 있는 모습, 그것이 이 시의 주제이다. 그런 만큼 치유능력으로서의
모성적 상상력과는 어느 정도 비껴서 있다고 할 수 있다.

    적어도 10년 전에
    누군가, 참 잘 생긴 그놈과 여린 사랑을 할 때
    개미 지나가는 소리 같은
    붉은 꽃망울 벌어지는 소리 같은
    멀리서 별똥별이 길게 쓸려가는 소리 같은
    그런 낌새 몰랐다
    살갑게, 애틋하게, 서럽게
    온 몸 오그라드는 진저리를 몰랐다
    그냥 잘 살았다
    어쩌다가
    늦바람이 나서
    눈빛 서늘한 그놈과 눈이 맞아서,
    아득한 시공쯤이야 가볍게 뛰어 넘어야
    진짜 사랑인 거라고
    염문 같은
    끈끈한 치정에 목이 졸리고
    지독한 투기심에 눈멀고 귀멀어
    새카맣게 속이 탄다
    세상의 눈치란 눈치 다 보아가며
    속절없이 바람난,
    부끄러운 사랑을 변명한다

– 한보경, 「시, 그놈」 전문

　　속된 말로 세상에는 고칠 수 있는 병이 있는가 하면 고칠 수 없는
병이 있다. 그 난치병 가운데 하나가 소위 문학이라는 병이다. 그런데
이 문학병은 너무 질기고 끈덕져서 쉽게 떨궈내지 못하는 것이 하나

의 상식으로 굳어져 왔다. 이 병은 한 시기만의 순간에서 그치는 일회적인 것이 아니라 끊임없이 계속 자아 내부에 잔존하면서 자아를 괴롭힌다. 문학청소년기를 거치고 신춘문예의 시절이 오고, 결국은 등단을 한 뒤에도 이 병은 쉽게 고쳐지지 않는다. 더 좋은 작품을 위한 그 끝없는 싸움을 누가 말릴 것인가.

한보경의 「시, 그놈」이 말하고자 하는 것도 쉽게 고쳐지지 않는, 아니 고칠 수 없는 문학병에 관한 것이다. 여기서 병이라 했지만 실상은 문학에 대한 사랑법에 가깝다. 사랑은 이성들 간이나 혹은 인간들 사이에서만 성립하는 것은 아니다. 시를 사랑하는 것에서 보듯 비인간적인 영역에서도 그것은 얼마든지 촉발된다. 그럼에도 그것이 갖는 순기능은 다르지 않다. 이성간의 사랑이든 모성에 대한 사랑이든 혹은 시에 대한 사랑이든 간에 그 열정에 있어서는 동일한 까닭이다. 훼손되지 않은 자아에의 일체성이야말로 이런 열정적 사랑 없이는 불가능하지 않은가.

시인이 문학에 열정을 갖게 된 것은 적어도 10년쯤은 된 것 같다. "참 잘 생긴 그놈과 여린 사랑을 할 때"가 그때였으니까 말이다. 그런데 이때의 사랑은 너무 큰 것이어서 "개미 지나가는 소리 같은/붉은 꽃망울 벌어지는 소리 같은/멀리서 별똥별이 길게 쓸려가는 소리 같은/그런 낌새"조차 모를 정도로 정밀하고 강렬한 것이었다. 또한 세상의 모든 눈치를 뒤로 하고 오직 시에 대한 사랑에만 매달렸다. 사랑이란 눈치보기도 아니고 치정에 목이 졸릴 정도로 절대적이어야 했다. 지독한 투기심이 없는 사랑은 그저 가벼운 유희에 지나지 않을 뿐이다. 시인은 그렁그렁 적당히 넘어가는 사랑, 곧 그저 그런 문학에의 열정만으로는 자신의 문학이 성립될 수 없음을 속된 이성적인 사랑에 비유하여 설명하고 있다. 시에 대한 사랑이 지독한 이성적 사랑과 등가에 놓인다는 표현만큼 문학과 시에 대한 강렬한 사랑법이 또 있을까.

나는 뺄셈이고
너는 덧셈이다
또한, 너는 뺄셈이고
나는 덧셈이다
내가 네게로 흘러간다
네가 내게로 흘러든다
점점이 스민다
너와 나는 도무지 이름할 수 없는 형질이어서
날 받아들인 네 영혼에
널 받아들인 내 영혼에
알레르기 같은 열꽃이 돋는다

만개!

내가 네게로 갈수록
네가 내게로 올수록
우리는 만발하고 시든다
차오르고 비워진다
이 빈번한 삼투압
흘러가는 길은 언제나
뜨거운 곳에서 차가운 곳으로
뇌수와 골수 침 땀 눈물이 범벅으로 섞여든
너와 나 낱낱이 해체되어 녹아든
진하고 단, 쓴 피
오늘도 우리는 나누어 마신다
피의 러브 샷

—강기원, 「사랑, 혹은 흡혈」 전문

사랑은 사랑하는 대상에 강력하게 빨려드는 흡입력을 갖는다. 그래서 사랑을 흔히 플러스극과 마이너스 극에 비유하여 강력한 자장의 회오리로 설명한다. 그런데 사랑을 뺄셈과 덧셈으로 인유하면서 "내가 네게로 흘러간다/네가 내게로 흘러든다"고 했다. 플러스와 마이너스와 같은 흡인력의 관계가 아니라 뺄셈, 덧셈과 같은 수학적 정식으로 사랑의 오묘한 힘을 설명하고 있는데, 이런 자연과학적 사랑법이란 실상 매우 낯설게 다가오는 것이 사실이다. 따라서 사랑에 대한 이 작품의 묘미 역시 이 수학적 계산법의 비밀과 어느 정도 상관있는 것은 아닐까.

우선, 사랑의 뺄셈과 덧셈과 같은 수학적 공식으로 정식화하는 것을 질투나 배타성 정도로 설명하는 것은 어떨까. 질투가 전제되지 않는 사랑은 가짜이고 허위라는 사실을 염두에 둔다면, 이는 충분히 납득할 만한 일이 아닌가. 가령, 유일한 사랑을 위해서는 당파적 결속이 필요하고 그러려면 이타적 눈돌림이란 불필요한 것이 아닌가. 하나를 위한, 그리하여 그 나머지 군상에 대한 실상이나 정서들에 대한 뺄셈은 꼭 필요한 것이 아닐까. 반대로 덧셈 또한 그 기능적 측면에서 뺄셈과 거의 등가의 가치를 갖는다고 할 수 있다. 사랑의 획득을 위해서는 상대방에 대한 과대포장 또한 필요한 요소이기 때문이다. 이런 과잉충만의 상태가 되어야만 "날 받아들인 네 영혼에/널 받아들인 내 영혼에/알레르기 같은 열꽃이 돋"아서 드디어는 "만개!"하는 형상으로 가지 않겠는가.

다음으로는 사랑의 원리이다. 한번 달아오른 정서가 늘 충만한 채로 남아 있는 것은 불가능하며, 또 그렇지 않은 상태로 있는 사랑 또한 성립하기 어렵다. 채워지고 비워지고, 흘러들어오고 흘러나가는 자연스런 삼투압과정처럼, 건강한 정서란 끊임없이 피드백의 과정을 유지해야 사랑의 공존이 이루어지는 것이 아닐까. 깊으면서도 깊지 않은 사랑, 그것이 작별이 잦은 현대 사회에서, 이미 조병화가 체득한 사랑이 공존하는 이유가 아닐까.

「사랑, 혹은 흡혈」은 우리 시대의 또 다른 사랑법이다. 그것이 이성간의 애절한 사랑이든, 존재론적 고독을 치유하는 사랑이든, 아니면 역사철학적인 맥락에서 사유되는 사랑이든 하는 것은 그리 중요하지 않다. 사랑이란 자의식의 과잉에서 이루어지는 것이고, 그 충만한 정서의 상태란 항상 덧셈과 뺄셈의 기능적 장치에 더욱더 극적으로 고양되어져야 한다는 것이다. 이 작품은 그런 면에서 지나치게 극단화되고 한쪽으로 쉽게 치우치는 사랑의 미몽상태를 새롭게 일깨워주는 이 시대의 진정한 사랑법을 제시한 시라고 할 수 있다.

신서정을 계승한 현대시의 틀과 판

새로운 밀레니엄의 시작을 알리며 새천년이 시작된 지도 10년이 지났다. 모든 시기가 다 비슷한 설레임으로 다가오는 것이겠지만 새롭게 맞이한 이번 새천년에 대해 많은 사람들이 다른 어느 시기보다도 기대와 희망을 꿈꾸었다. 그리하여 지난 세기에 몸살을 앓아왔던, 우리가 당면했던 제반 문제점들이 치유되고 회복되기를 바랐다. 그 꿈들에 대한 열망을 담아내면서 우리는 새천년으로의 길고 긴 도정에 힘찬 발걸음을 내디뎠던 것이다. 적어도 지난 세기에 우리를 괴롭혔던 굵직굵직한 문제점들은 해소될 것이라는 믿음을 간직하면서 말이다.

이런 기대와 희망은 비단 사회에만 국한되는 문제는 아니었다. 사회의 제반 양상을 일정정도 반영하는 문학도 여기서 예외가 되지는 못했다. 새로운 밀레니엄이 시작되기 전 우리 문단을 지배했던 경향이 무엇이었던가를 회고해보면 그 첨예한 문제점들은 사회의 그것과 거의 상동관계를 이루어왔기 때문이다. 잘 알려진 것처럼, 지난 몇 십년간 우리 문단을 지배해온 것은 사회가 그러했듯이 이데올로기의 문제였다. 집단의 허위의식에서 생성된 이데올로기의 망령들은 우리 사회와 문단을, 그리고 문학을 여러 갈래로 분산시켜 놓았다. 남북이 분단된 것처럼, 또 남한 사회가 여러 이념의 촉수를 내세우고 그 깃발아래 이합집산했던 것처럼, 이데올로기는 하나의 중심 집단을 만들기는커녕 분열의 양상만을 드러내 놓았다. 한국 사회에서 이런 이념의 끈으로부터 자유로웠던 사람들은 아무도 없었다. 이데올로기의 끈적한 혀에 빨려들어간 사람뿐만 아니라 그 대항적 위치에 있던 사람들도 이로부터 자유롭지 못했기 때문이다. 끌어당김이 있으면, 똑같은 힘으로 저항하는 반발력이 작용했기에 한쪽에 서 있다고 해서 상대방의 힘으로부터 벗어나 있는 것은 아니었던 것이다.

현실과 일정 정도의 길항관계에 있었던 문학도 이런 이데올로기의 힘으로부터 벗어나지 못했다. 특히 1980년대 초의 광주체험 이후 이 땅을 지배한 논리는 철저하게 이데올로기적인 것이어서 문학판은 이 이데올로기의 강을 사이에 두고 서로 대립하고 있었다. 소위 참여냐 비참여냐 하는 60년대식의 소박한 사회 관심도가 아니라 저항이냐 아니냐하는 밀도 있는 대립을 놓고 첨예하게 대립했다. 견고한 자아를 바탕으로 한 발전 사관으로 무장한 주체뿐 아니라 그 반대편의 놓인 해체적 자아도 무늬는 철저하게 이데올로기적인 것에서 출발했다. 이 숨막히는 긴장의 강에서 순수서정이라든가 존재론적 고민과 같은 근원적 사유들은 반민중적인, 반사회적인 것으로 치부되었을 뿐이다.

이런 첨예한 대립이 지난 10여 년간에 펼쳐진 한국 문단의 지배적 흐름이었다. 그러나 소위 거대담론의 퇴조로 특징지어지던 저 80년대식 대립도 1989년 '베를린 장벽'의 붕괴와 더불어 막을 내리게 된다. 베를린 장벽의 붕괴는 어느 특정 국가의 물리적 통합에서 그치는 문제가 아니었다. 이는 지난 반세기동안 전 지구촌을 지배해왔던 냉전체제의 붕괴를 의미하는 것이었고, 새로운 자유주의로의 출발을 알리는 서막의 상징이었다. 이런 다원주의의 흐름들은 문학의 경우에도 그대로 반영되어 나타났다. 90년대 초를 풍미한 이른바 신서정주의라는 레테르의 등장이 바로 그것이었다. 여기서 신서정이란 어떤 주의나 이념을 표방하는 집단의 이데올로기를 대변하는 말이 아니다. 시 본연의 장르적 특징을 찾자는 취지이고, 서정시의 맛을 되살리자는 것에 불과했다. 지극히도 뻔할 수밖에 없는 이런 말이 나올 수밖에 없었던 것은 부채살처럼 펼쳐져있던 문학적 혼란을 되도록 빨리 정비하자는 취지에서 나온 것이었다.

익히 알려진 바대로 80년대를 풍미한 서정시의 방향내지 흐름은 크게 두 가지였다. 하나가 리얼리즘이라면, 다른 하나는 모더니즘, 보다 정확하게는 포스트모더니즘이었다. 매우 상이한 이 두 문예학적 흐름은, 그러나 실제 창작주체나 비평가의 눈에는 동전의 앞뒤처럼 거의 동일한 양상으로 비춰졌다. 체제저항이라는 비슷한 동기에 의해 시도된 것이기에 그 근원내지 뿌리는 동일하다는 것이다. 역사발전의 힘을 믿은 주체는 자아를 올곧게 세울 수 있었지만, 그렇지 않은 주체는 자아의 해체만으로도 그러한 역사의식을 충분히 감내했다는 것이 이들의 논리였다. 그 결과 전자는 서정시의 영역에 극렬한 세계인식을 끌어들였고, 후자는 현실과 격렬히 저항하는 자아를 서정의 틀 속에 가둔 채 몸부림시켰다. 그리하여 서정시는 그 본연의 모양새를 잃어버리고, 하나는 내용의 파괴에 의해서 다른 하나는 형식의 파괴에 의해서 해체되었다. 이른바 서정시의 위기가 도래한 것이다.

내용과 형식의 그러한 위기와 혼란에서 출발한 것이 신서정의 깃발이었다. 따라서 신서정이란 한편으로는 편내용주의의 극복이고 편형식주의의 극복을 그 목표로 삼았다. 특히 후자와 관련한 신서정의 방법적 의장들은 괄목한 만한 진전을 이루어냈는데, 의미의 회복으로 규명된 은유의 회복이야말로 이들이 발견해낸 신서정의 최대 공과였다.

90년대식 신서정의 깃발을 넘겨받고 출발한 것이 2000년대 서정시였다. 앞에서 서정성의 회복이 은유의 회복과 같은 건강한 의미론적 국면의 해석내지 이해라고 했다. 서정시는 자아와 세계의 대결이고 궁극적으로는 이들의 화해를 최종 목표로 삼는 장르적 특성을 갖고 있다. 서정성이 강화된다는 말이야말로 건강한 사회가 뒷받침되지 않고는 성립될 수 없는 것이었다.

그렇다면 2000년대를 선도할 건강한 사회란 무엇인가. 지난 과거의 한 세기를 풍미했던 것이 이데올로기의 극심한 혼란내지 대결이라고 했다. 그러나 오늘 여기의 세계를 지배하는 것은 이데올로기가 아니다. 특히 냉전체제에 바탕을 둔 이념의 대결시대는 베를린 장벽의 붕괴이후 서서히 그 자취를 감춰 가고 있다.

치열한 갈등의 장을 이끌었던 이데올로기가 사라졌다고 해서 2000년대의 사회는 진정 평화가 정착되었고 건강한 사회로의 진입을 성취했는가. 결과는 오히려 그 반대가 될 정도로 혼란의 늪은 끝이 보이지 않아 보인다. 2000년대는 이데올로기가 지배했던 시절보다 오히려 더 극심한 갈등의 장이 펼쳐지고 있는 것이 아닌가하는 의구심이 들 정도로 많은 혼란이 펼쳐지고 있기 때문이다. 미국을 공포로 몰고 갔던 9·11테러는 2000년대식 갈등의 서장에 불과했다. 이를 계기로 벌어진 아프가니스탄 침공과 이라크와의 전쟁은 이 시대의 대표적인 모순의 장이었다. 뿐만 아니라 세계 곳곳에서는 벌어지고 있는 크고 작은 전쟁과 갈등의 양상 또한 빚어지고 있다. 지난 10년간에 벌어진 일들치고는 너무 많은 전쟁과 사건들이 이 시기를 물들이고 있는 것이다. 이런 갈등 양상을 보면 모든 인간이 꿈꾸어 온 유토피아가 여전히 멀리 있음을 알게 해 준다.

서정으로의 회귀와 힘은 대상과 자아의 통합에 있다. 이런 갈등 양상을 치유하고 봉합하는 데 서정정신이 필요한 것은 이 때문이다. 자아와 세계의 합일과 그 서정적 통합이 서정의 본질이기에 우리 시대에 서정시가 담당해야할 역할이 매우 큰 이유도 여기서 찾을 수 있다. 서정시에서의 서정성은 이런 임무를 띠고 전진해 왔고, 또 나아갈 것이다. 서정시가 지난 10여년에 펼쳐놓은 역사와 업적 또한 이것에 집중되어 왔는데, 그 대략의 양상은 다음과 같다.

첫째는 보다 심화된 은유의 보다 심화된 회복 양상이다. 지난 10년간 펼쳐진 서정시의 역사와 흐름을 단 몇 마디로 단선화하는 것은 불가능한 일이긴 하지만, 은유적 의장의 회복이야말로 지난 세기와 지금의 세계를 구분하는 가장 뚜렷한 양상이 아닌가 한다. 이런 회복이 말해주는 것은 건강한 담론의 구현이다. 지난 80년대를 풍미한 키치라든가 패러디, 페스티쉬라는 말들은 기호를 구성할 능력을 상실한 모더니스트들의 아픈 단면들이다. 그것은 은유를 회복하지 못한, 그리하여 의미를 만들어내지 못한 모더니스트들의 불구성에서 기인한 결과들이다. 시인들은 이제 기호의 온건한 주체가 되었고, 기호의 의미작용역시 활발하게 이루어지고 있다. 그렇기에 은유의 회복이야말로 서정성이 제자리로 잡아가는 가장 좋은 예가 될 것이다. 90년대 이후 지금에 이르기까지 서정성을 운위할 때 은유의 회복이라는 방법적 의장을 가장 큰 성과로 인식되는 것도 이런 이유 때문이다. 90년대 이후 꾸준히 서정성의 회복을 자신의 시세계에 담아온 최서림의 시들이 주목되는 이유도 여기서 찾을 수 있다.

둘째는 문명에 대한 시인들의 보다 냉철화된 시각이다. 문명에 대한 폐해와 그 역기능에 대한 문제 인식은 어제 오늘의 일이 아니다. 근대 초기 엘리어트의 「황무지」는 '황무지'라는 그 상징적 언표로서 근대의 폐해를 읽은바 있거니와 우리 근대 문학사의 본질적 화두 역시 문명이었다. 김기림의 「기상도」를 비롯한 일련의 모더니스트들이 감각했던 것도 모두 이 문명에 관한 것이었기 때문이다. 그럼에도 이 주제는 우리 시사의 감초같은 주제이긴 하지만 동어반복적인 것으로 표출되지는 않았다. 시기와 모양을 새로 단장한 채 거듭거듭 새롭게 태어나고 있기 때문이다. 하나의 주제가 계속 탐색의 대상이 된다는 것이야말로 시대성과 당면성을 담보해주는 말일 뿐만 아니라 가장 첨예한 것이 아닐 수가 없는 것이다.

문명은 지극히도 계륵과 같은 것이다. 없으면 답답하고 있으면 부담스러운, 필요악같은 것이 문명이다. 그러나 지금은 오히려 후자의 성격이 더 부각되는 추세이다. 몇 년 전에 한반도에서 벌어진 기름 유출은 단지 하나의 현상일 뿐이며, 지금 전지구촌을 위협하는 지구온난화 현상은 문명의 심각성이 어디까지 와 있나 하는 사실을 잘 보여주는 단적인 사례가 아닐 수 없다. 최근 오세영의 문명비판과 이재무의 문명에 대한 경각심 환기는 이런 면에서 의미가 있는 경우이다.

셋째는 그러한 문명에 대한 안티테제이다. 하나의 문제점이 드러나면 이에 대한 대항담론은 필연적으로 탐색될 수밖에 없는 바, 반문명적 사유들은 그 연장선에서 촉발된 것들이다. 문명이전의 모든 것들이 문명의 폐해에 대한 치유의 바로미터로 다가왔다. 그 가운데 가장 반문명적인 자연같은 테마들은 매우 주목의 대상이 되었다. 자연이 인간을 지배할 때의 자연과 그 반대편의 경우는 매우 다른 사례에 속하는 것이 아닐 수 없다. 자연이란 지극히 평범하고 뻔한 주제임에도 모더니스트들에게 예외적인 것으로 다가온 것은 반문명적 사유와 밀접한 관련이 있기 때문이다. 최근의 송찬호가 보여주었던 자연의 새로운 탐색과 그 시적 의미화는 이런 의미에서 매우 시사적 가치가 있는 것이라 할 수 있다.

넷째는 근원에 대한 향수로서의 서정성의 강화현상이다. 자연 역시 근원의 한 요인임에는 틀림없는 것이긴 하지만, 여기서 말하는 근원이란 보다 포괄적인 의미에서의 근원을 말하는 것이다. 또한 그것은 문명과 같은 시대성의 의미와 걸리는 것이기도 하지만, 존재론적 고독과 같은 데서 빚어지는 관념의 영역과 관련되는 것이기도 하다. 따라서 근원이란 반명문적인 색채를 짙게 드리우는 문제이기도 하면서 관념의 늪으로부터도 자유롭지 않은 성격 또한 갖고 있다.

2000년대의 시인들이 근원에 대해 관심을 가지면서 표출시켰던 주제들은 다음과 같은 것들을 꼽을 수가 있다. 모성이라든가 사랑, 그리고 본능, 고향 등등과 같은 소위 원초적인 것들이다. 물론 이런 주제들은 이 시대 이전에도 충분히 주목을 받아왔고, 시화되었던 주제들이다. 그럼에도 또다시 이들 주제가 의미를 갖는 것은 그것이 범지구적인 문제와 분리시켜 논의할 수 없는 의미항을 갖고 있기 때문이다. 근원이란 항구성과 영속성을 갖는 것이며, 본원적인 어떤 성격을 갖는다. 이는 달리 말하면 휘발적 속성을 갖는 현대의 특징과는 전혀 다른 성질의 것이다. 서정적 자아에게 정신적 혼돈과 분열의 계기를 마련해준 것들은 모두 일회성내지 순간성의 속성과 관련된 것들이다. 근대란 속도이다. 컴퓨터와 같은 아이티 분야나 고속철도와 같은 물리적 속도야말로 근대를 대표하는 것이 아닐 수 없다. 문제는 그러한 순간성이나 일시성이 물리적인 국면에만 국한되지 않는다는 사실이다. 정신의 영역 또한 이러한 휘발성에서 자유롭지 못한 까닭이다. 그리하여 빠르지 않으면 오히려 이상할 정도로 인간의 정신은 비가역적으로 세뇌되어 있다. 그러한 세뇌가 인간을 불안케 했고, 궁극적으로는 변하지 않게 하는 항구성을 찾게 만든 계기가 되었다. 이른바 척도로서의 항구성이 일시성을 제어하고 치유할 수 있다는 기대가 바로 그것이다. 2000년대 들어 김남조가 끊임없이 탐색해 들어가는 사랑의 주제가 그러하고, 나태주의 고향과 뿌리에 대한 감각 모색 또한 이 연장선에 놓이는 경우이다. 뿐만 아니라 어머니에 대한 그리움, 유년에 대한 그리움과 자연의 영원한 안식처 등을 노래한 서정시들이야말로 이 시대의 가장 훌륭한 성과라 할 수 있을 것이다.

과거 어느 시기가 그러했듯이 현재를 기준으로 지나온 세월이 평탄했던 것은 아니다. 또 앞으로 10년, 아니 그보다 더 많은 세월이 지난 과거보다 개선되리라는 보장 또한 없다. 역사는 언제나 그랬듯이 갈등의 장이었고 투쟁의 장이었기 때문이다. 그럼에도 한 가지 확실한 것은 서정시의 임무와 그 역할은 더욱 증대되리는 사실이다. 자아와 세계의 화해할 수 없는 간극의 통합을 서정의 본질로 인식하는 서정시의 역할은 시대가 그러할수록 더욱 적극적으로 그 본연의 역할을 하려 들기 때문이다. 그것이 서정시 존재하는 이유이고, 서정시인이 존재하는 이유이다.

타자와 자아를 드러내는 의장으로서의 서정시

서정시는 자기 고백의 장르이다. 자기 혼자의 내성적 목소리는 일차적으로 타자의 존재나 생각, 세계관 등을 거부한다. 시에서 타자의 말이나 사건, 인물의 성격화 등을 볼 수 없는 이유는 여기에 그 원인이 있다. 서사 장르가 등장인물이나 사건 등을 통해 여러 상황을 제시하면서 열린 세계로 나아갈 수 있음은 상호 대화적 관계에 있기 때문이다. 그러나 시는 서사의 경우처럼 그러한 대화관계가 존재하지 않는다. 대화성의 부재는 서정시에서 내성이나 고백과 같은 자아의 문제로만 축소되게 만든다.

서정시가 외적 상황 제시의 부재에 있기 때문에, 자아 이외의 문제를 다루는 것은 매우 난감한 일이 아닐 수 없다. 특히 이러한 장르적 한계는 사회의 문제와 같은 보다 큰 담론 체계를 말하는 데에 있어서도 큰 어려움이 따른다. 서정시가 자아의 감옥이라는 비난을 받는 것도 이와 무관하지 않다.

그럼에도 서정시에서 자아 이외의 문제가 전연 도외시되는 것은 아니다. 자아를 포괄하는 보편사의 문제나 타자의 경험을 묘사하는 방식을 통해서 서정시는 그러한 한계를 초월하기도 한다. 물론 이러한 형상화 방식이 역사의 전망이나 인물의 성격화같은 서사 특유의 장르적 경계를 넘어서 이루어지지는 않는다.

자아를 드러내는 방식과 타자를 드러내는 방식은 일인칭 화자로 직조되는 서정시에 있어서 결코 소홀히 할 수 없는 문제이다. 이는 시의 하위 분류에 속하는 것이면서 시 본래의 영역에 속하는 것이기도 하다. 이는 시대성과도 불가분의 관계를 갖고 있기도 하고, 시인의 세계관에 관련되는 문제이기도 하다. 이런 관계를 염두에 두면서, 최근에 발표된 시를 중심으로 자아와 타자를 다루어가는 방식의 차이를 통해 서정시 본래의 장르적 성격을 되짚어보고 확인하는 것이 이 글의 목적이다.

> 인류가 기록될 것인가
> 현생인류들이 유럽을 중심으로 20만년 이상 번성했다는
> 네안데르탈인을 잡아먹었다는 기록
> 네안데르탈인의 턱뼈에 난 예리한 돌칼자국에 대하여
> 상세하게 기술하고 있지만
> 현생인류는 아주 오랜 시간 동안 번성하다가 천천히 사라져간 디노
> 사우르에 대해
> 더 기록하겠지만
>
> "인간이란 종이 고정된 것도 영원한 것도 아니다"는 오래된 소식
> 인류가 기록될 것인가
> 인류가 스스로 기록하고 있다 하더라도
> 기록된 인류를 다시 기록하는 종이 있을 것인가
> 네안데르탈인을 돌칼로 발라먹었다는 현생인류

우리를 잡아먹는 종이 기록하는 종이 되어갈 것인가
네안데르탈인이 기록하지 못했듯이
디노사우르가 기록하지 못했듯이
인류가 잊혀지게 될 것인가

－박찬일, 「인류에 대한 관심」, 『시를 사랑하는 사람들』 7~8월호

인용시는 인류라는 거대 집단을 소재로 하고 있지만 실상은 인간의 문제, 보다 구체적으로는 자아와 비자아의 문제를 다루고 있는 작품이다. 우선 이 시가 말하고자 하는 바는 익명화된 현실에 관한 것이다. 이런 소재는 시의 문제라기보다는 철학의 문제, 형이상학의 문제에 가까운 것이다. 자아와 비자아, 존재와 비존재, 의식과 무의식의 문제를 총체적으로 언급하고 있는 까닭이다.

이런 주제의식들은 개별적 인간과 집단화된 인간의 문제를 언급하고 있다는 점에서 푸코의 사유와 가깝다. 일찍이 구조주의적 사유체계를 바탕으로 자아문제나 의식의 문제를 다룬 푸코는 인간의 주체를 거의 인정하지 않았다. 그는 역사의 사유방식을 하나의 단위, 곧 에피스테메로 보면서, 자아들의 구조에 의해 직조되는 커다란 틀인 이 인식성을 사유의 공식체계로 인정했다. 가령 어느 특정시기에 지배적인 에피스테메가 있으면, 그것의 구조화 양상과 유폐적 규율망만을 고려에 넣어둔 것이다. 인간은 단지 그런 규율망 속에서 작동하는 비자율적 실체에 불과할 뿐이다. 이런 사유방식에 기대게 되면, 주체의 힘과 역동성은 거의 기능적 가치를 잃어버리게 된다.

인용시에서 푸코적 사유를 읽어낼 수 있는 부분은 익명성이다. 이 시에서 사유되는 익명의 문제는 서정시 본연의 자아라든가 주체의 그것이 아니다. 인류라는 거대 집단을 소재로 하고 있을 뿐만 아니라 그

들의 역사에 대해 말하고 있기 때문이다. 여기에 나오는 소재는 크게 세 가지이다. 네안데르탈인과 디노사우르, 그리고 현생인류이다. 개별적 주체들의 욕망이나 서정적 자아의 내밀한 문제와 같은 서정시 특유의 소재적 특성은 찾아볼 수가 없다. 또한 그 주체들의 주변에서 길러지는 사유의 끈들도 끄집어내기가 매우 어렵다. 거대 단위들만이 사유의 편린을 남기지 않은 채 이 작품들을 이끌어 가고 있을 뿐이다.

그러나 익명의 역사를 다루고 있다는 점에서 이 작품은 푸코적 사유의 범주에 넣을 수 있지만, 역사의 단위가 구체성을 뛰어넘고 있다는 점에서는 푸코를 초월하고 있는 경우이다. 푸코의 사유는 인식성이라든가 제도가 인간을 어떻게 규율하고 지배하는가에 있는 것이어서 역사의 범주를 뛰어넘는 것은 아니었다. 반면, 박찬일의 「인류에 대한 관심」은 그러한 푸코적 개별역사와는 무관하다. 시인은 초역사적이고 초인간적인 보편사의 문제를 다룸으로써 그러한 구체적인 개별사의 범위를 초월하고 있기 때문이다. 이런 맥락에서 시인의 사유는 푸코적이면서 그렇지 않은, 양면성의 속성을 함께 보유하고 있다고 할 수 있다.

이렇듯 서정시에서 자아의 한계나 그 감옥에 갇히지 않고도 훌륭한 시적 형상화를 이루어낼 수 있다. 자아의 문제를 다루지 않아도 서정시는 존립하는 데 있어 어려움이 없을 뿐더러 깊은 사변적 주제까지 담아낼 수가 있는 것이다.

산마루에
흰구름이 걸려 있다
산마루 넘는
흰구름 어디로 가는가
저만치 홀로 흘러가는 쪽

저쪽이 바로 누이가 사는 고향이라며
황해도 연백에서 왔다는 할배가
배연신굿을 하는 애기무당 누이를
이제껏 보지 못했다고 눈시울을 훔쳤다
백령도 대청도 소청도를 다니며 소를 사러다닌다는
곰보얼굴 소장수의 고인 눈망울에 흰구름이 흘러나왔다

— 이세기, 「대청도를 지나며」, 『창작과비평』 2009년 여름

이 작품은 분단의 문제를 다룬 시이다. 서정적 주체의 내적 고민이나 존재론적 고독과 같은 작은 주제를 다루고 있지 않는 것이다. 분단이란 거대서사에 속하는 담론이다. 그러나 이 주제의 무게는 매우 크게 다가오지만, 앞의 시 「인류에 대한 관심」의 경우처럼, 거대한 것은 아니다. 그럼에도 이세기의 작품은 타자를 묘사하고 그의 정서를 서정화함으로써 서정적 자아의 단순한 감수성으로부터 벗어나 있다.

요즘 시대에 분단과 같은 거대 담론이 시에 거론되는 것은 예외적인 일이 아닐 수 없다. 아니 어색하다고 해도 좋을 정도로 그것은 식상한 주제가 된 지 오래다. 가령, 거친 들불처럼 활활 타오르던 80년대의 감수성이라면, 이 주제는 여전히 유효할 것이다. 가령, 통일의 주체는 누구이고, 그 현실을 이끌어갈 지도이념이란 무엇이며, 또 그 통합의 시기는 어떤 때가 적당할 것인가 등등에 관한 분분한 논의들이 그러하다. 물론 당시 유행하던 이념적 경직성에 비추어보면, 인용시에서 보이는 감상성은 발붙일 곳이 없게 된다. 막연한 그리움이나 정서만으로 통일이 성취될 수 없을 뿐만 아니라 그것은 또 다른 감상주의를 불러일으키기 때문이다.

그럼에도 이런 류의 감상적 그리움의 세계가 비현실적이라고 생각

되지는 않는다. 어쩌면 더욱 권장되어야 하는 상황이 아닐까 하는 생각이 들기도 한다. 그것은 다음 몇 가지 이유 때문에 그러하다. 하나는 세대론의 관점이다. 분단이후 60여 년의 세월이란 생물학적 한계상황을 요구받는 시기이다. 여기에 이르게 되면, 아니 그 이상을 초월하게 되면, 그 흔적이나마 어렴풋이 남아 있던 분단의 문제라든가 통일의 문제 같은 담론들은 더 이상 설 자리가 없게 된다. 다른 하나는 이로부터 파생되는 감각의 무딤이다. 지금 이곳의 현실을 반추해보면, 통일의 정서는 80년대의 그것과 비교해보면 현격한 차이가 있다. 요즈음의 시대 분위기에 비추어 볼 때, 어느 누구에 의해서도, 어느 상황에서도 분단이나 통일은 그렇게 참신한 주제도 아닐 뿐더러 관심이 가는 사항도 아니기 때문이다. 이러한 분위기가 가져다주는 결과를 예단하는 일이란 결코 어려운 일이 아니다. 따라서 인용시에서 보여준 분단이나 통일과 같은 담론들을 더욱 적극적으로 권장되어야 하지 않을까 생각한다. 상처는 아물면 굳어지고 잊혀진다. 그것이 현재 진행형이 되려면, 계속 덧나야 한다. 그래야만 상처로서의 지속성이 있는 것이고, 인식주체들에게는 그 아픈 기억이 끊임없이 각인될 것이다.

인용시는 자아의 문제를 다룬 시가 아니다. 그러나 위의 시는 서정시의 본연의 특성인 자아의 문제를 건드리지 않고도 한편의 훌륭한 서정시로 현현되었다. 그것은 자아를 초월하면서 시대적 문맥을 읽어내는 방식 때문인데, 그 방법은 거대담론을 담아내되 좀더 구체화된 사건과 역사를 통해서 성취해내고 있는 것이다.

> 그해 보리밭은 유난히 푸르렀다
> 전년에 흉작이 들어 그해엔 보다 일찍
> 이삭이 패야 한다는 보리밭 동맹이 있었기 때문에

그리고 그때 바다 건너 먼 나라에서는 언제 끝날지 모를 오랜 전쟁이
있었다
　삼촌은 유난히 얼굴이 까매 깜부기란 별명으로 불렸다
　계절이 온통 청보리에서 보리로 맹렬히 익어갈 때
　삼촌은 낮에도 그냥 깜부기 밤에도 그냥 깜부기

　삼촌의 생애는 까맸다 가난과 무지로
　얼굴 한번 비춰볼 청춘의 물도 없이
　속마저 까맣게 타서

　그해 유월이 다 가기도 전,
　휘파람 불며 들판을 쏘다니던 깜부기 삼촌은
　그것이 다시 돌아오지 못할 길인 줄도 모른채
　공산주의와 싸우러 월남으로 떠났다

—송찬호, 「깜부기 삼촌」, 『고양이가 돌아오는 저녁』, 문학과 지성사

송찬호의 최근 시집에 실린 「깜부기 삼촌」이라는 시이다. 읽어보면 쉽게 이해될 수 있을 정도로 난해하지 않다. 누구나 편하게 읽을 수 있는 시이다. 아마 이런 시읽기가 가능한 것은 송찬호 시인만이 갖는 강점일 것이다.

이 시는 서정적 자아의 주변과 그를 둘러싼 환경, 그리고 그 기억을 담고 있는 시이다. 지극히 사적인 체험 영역에서 직조되기에 서정시 특유의 장르적 특성인 자아 탐색의 범주에 넣어도 무방하다고 하겠다. 그럼에도 이 작품을 이 테두리에서만 이해하는 것이 능사는 아닐 듯 싶다. 여기에는 40대 이상의 세대라면 모두가 겪었을 60년대의 아픈 감수성이 담겨져 있기 때문이다. 가령, '보리밭'이라든가 '청보리', '깜부기'로 상징되는 가난의 쓸쓸한 추억이 그러하고, '가난'과 '무지'라

는 직정적 발언 역시 그러하다. 게다가 "그것이 다시 돌아오지 못할 길인 줄도 모른채/공산주의와 싸우러 월남으로 떠났다"는 말은 그 달갑지 않았던 기억의 총화라 할 수 있다. 개인사인듯 하면서도 보편사의 영역으로 나아가는 것이 이 시의 특색인데, 이는 개인의 특수한 체험 영역을 넘는 어떤 것과 상관관계에 놓인다.

우선, 이 작품에서 시인의 체험 영역이자 보편 영역이라 할 수 있는 60년대식 비극이랄까 감수성들은 매우 입체적인 방식으로 드러난다. 시인은 60년대의 불안과 모순을 한국적 낙후성과 월남전의 비극을 도발적으로 조우시키기도 하고, 불행했던 가족사를 여과없이 제시하기도 하면서 그러한 비극성을 입체적으로 제시하고 있다. 그럼에도 이 작품 속에서 어떤 비극적 상황이나 정서를 맛보는 것은 대단히 어렵다. 불행했던 과거가 아름다울 수 없는 일이고, 특히 그것이 현재 진행형이라면 더욱 그러할 것이다. 그러나 이 작품에서 지나온 과거의 불행이 현재의 문제로까지 확대되어 읽히지는 않는다. 따라서 그 불행했던 과거가 전혀 불행하지 않는 것으로 다가온다. 어째서 그러할까.

일단 그러한 상황들이 지금 여기에서 일어나는 상황이 아닌 것에서 그 원인을 찾을 수도 있지만, 무엇보다도 이 작품을 지배하고 있는 동화적 상상력에 그 원인이 있는 것이 아닐까 한다. 이 작품을 이끌어가는 시선은 유년의 시각이다. 아이의 시각이 동화적임은 당연한 일이거니와 이에 덧붙여져 비극적인 사건들이 희화적으로 처리되고 있다. "삼촌은 유난히 얼굴이 까매 깜부기란 별명으로 불렸다/계절이 온통 청보리에서 보리로 맹렬히 익어갈 때/삼촌은 낮에도 그냥 깜부기 밤에도 그냥 깜부기"라고 언급함으로써, 불행한 삼촌의 역사가 매우 익살스러움의 양상으로 바뀌고 있는 것이다. 이 작품의 의미는 개인의 아

픈 정서가 대사회적 함의를 끌어안으면서, 서정시의 한 특색인 자아의
범주와 사회의 범주를 동시에 아우르고 있다는 데에 있을 것이다.

어느새 금요일 오후다
바람은 또다시
어디론가 날아올라야 한다
참 한심한 운명이라니!
생각만 해도 피곤해
숙소로 돌아와 잠시 눈을 붙이는 바람
폭포처럼 쏟아지는 잠이
흥건히 침대를 적신다
문득 이렇게 죽는 바람——
잠에 빠져 둥둥 떠 흐르면서도
바람은 자신의 꿈을 부풀려
다시 또 날아오를 준비를 한다
먹이를 찾아
가족을 찾아
이내 잠 깨어 외출복을 챙겨 입는 바람
금요일 오후만 되면
바람은 이렇게
어디론가 날아올라야 한다
나뭇잎 흔들며
골목들 흔들며
서둘러 역 광장을 향해
치달려가는 바람——

－이은봉, 「금요일의 바람」, 『유심』 2009년 7-8월호

이 시는 바람이라는 퍼스나를 통해서 서정적 주체의 일상을 읊고
있다. 묘사의 주된 대상이 서정적 주체라는 점에서 이 작품은 서정시

고유의 모습을 잘 드러내준다. 직접적인 방식이 아니라 간접적인 방식을 통해서인데, 퍼스나를 통한 이런 서정화 양식은 감정의 과잉이나 주관의 적나라한 노출을 제어하는 데 효과적이다. 또 개인의 일상이 일반화됨으로써 보편적 의미역을 자연스럽게 이끌어내는 장점 역시 가지고 있다.

우선, 인용시의 주제는 지극히 일상화된 것에서 시작된다. 하루의 일과나 한주일의 일과를 겪은 사람들이라면 누구나 공감할 수 있을 정도로 지극히 평범한 소재를 작품화하고 있기 때문이다. 그러한 공감대를 이끌어내는 단어들이, 예를 들면, '어느새'라든가 '금요일', 혹은 "서둘러 역 광장을 향해/치달려가는 바람" 등등이다. 통상적인 의미로 접근해 보면, '금요일'은 휴식의 예고표이다. 주 5일제가 정착되면서 주말개념이 금요일로 옮겨온 것이다. 그럼에도 이 작품에서 '금요일'이 가져다주는 함의는 그렇게 긍정적이지 않다. 서정적 주체의 가면인 바람은 또다시 어디론가 날아올라야하는 편편치 못한 삶이기 때문이다. 어디론가 다시 떠나야 한다는 것은 휴식이나 여가와는 거리가 멀다. 그러한 거리감을 단적으로 표현해주는 말이 '어느새'이다. 금요일 하면 떠올려지는 휴식의 즐거움이 바람의 존재와 무관한 것임은 '어느새'라는 말에서 대번에 드러나기 때문이다. 따라서 휴식의 공간이라 할 수 있는 금요일이란 예기치 않게 다가올 뿐이다. 기대되지 않은 일이나 결과가 다가올 때, 서정적 자아가 느끼는 정서는 당혹 그 자체일 것이다. 그렇기에 서정적 자아는 "서둘러 역 광장을 향해/치달려가는 바람"으로 또다시 유동하는 존재가 된다. 이 작품은 '바람'이 갖는 이미지를 통해서 인간의 일상을 매우 적확하게 표현한 시이다. 인생이란 어차피 표류하는 존재이고, 끊임없이 방황하는 존재이기 때문이다.

　서정시에서 자아란 이 시의 경우처럼 가면을 쓰고 나타날 수도 있다. 이런 방식은 자아의 직접적인 노출없이도 서정시의 장르적 특색을 잘 살려내고 있는 경우이다. 자아의 서정화이기는 하되 직접적인 노출이 아니라 간접적인 노출의 방식으로서 말이다.

> 봄 숲은 부푼다. 임부의 젖무덤처럼
> 푸른바람은 바닷속 미역처럼 몸을 흔들며
> 조용조용 숲을 부풀린다
> 다시, 연두에서 초록으로 변신하는 숲은
> 언제나 다가갈 수 없는 거리를 요구한다
> 저 숲에 부는 푸른바람 내게로 와
> 포항제철 용광로 쇳물처럼 끓는 피 식혀준다면
> 마약에 중독된 듯, 벗어날 수 없는
> 인연으로부터 나를 데려올 수 있으려나
> 그러면 저 숲의 연둣빛으로 바꿔지려나
> 저 비밀의 숲 어딘가에 몸을 던져
> 바닷속에 수장된 문무왕처럼 숲에 묻힌다면
> 나를 얽어매고 있는 삭구(索具)를 떼어놓을 수 있으려나
>
> 봄밤은 깊어가고 소쩍새 우는 숲으로 나는 건너갈 수 없다

박소영, 「푸른바람」, 『시와 정신』 2009년 여름호

　인용시는 자아 성찰에 관한 시이다. 서정시가 일인칭 독백적인 장르라는 일반적 정의에 기댄다면, 이 작품은 그러한 서정시의 특색을 잘 드러낸 시이다. 그러한 서정화의 양상들은 자아 수양이라든가 자기 성찰과 같은 방식인데, 이런 류의 주제들은 사실 존재론적 의미를 되짚을 때, 늘상 떠올려졌던 것들이다. 그럼에도 이 작품에서는 그런 식상한 요소들이 많이 희석화되었다는 느낌을 받는다. 이런 감각은 어디에

서 오는 것일까.

이 작품의 참신성은 우선 이미지의 구사방식에서 찾을 수 있을 것이다. 그 시적 의장이 이미지즘 계통의 시라고 해도 어색하지 않을 정도로 이 작품은 이미지들의 현란한 구사가 그 특징으로 되어 있다. 이미지즘이 일상의 사물을 참신하게 한다는 사실은 이미 잘 알려진 일이다. 죽은 비유나 고정화된 사물들이 새롭게 의미화되는 것은 이미지의 증류과정을 거치지 않고서는 불가능하다. 이미지의 참신성이야말로 이 작품을 구태의연한 맛으로부터 벗어나게 하는 요인이 아닐 수 없는 것이다.

그리고 이 작품에서 느끼는 또 다른 새로움은 내용의 함의에서 찾을 수 있다. 이 작품의 주제는 자아 성찰의 어려움이나 그 난맥상 정도이다. 즉 불구화된 자아와 완전한 자연과의 합일할 수 없는 관계망이 그것이다. 이런 주제 역시 그리 낯선 것은 아니다. 근대적 주체가 갖는 불구화된 모습이나 그 완전한 회복에 대한 욕망 혹은 갈망을 소월의 「산유화」에서 본 바 있기 때문이다. 이 작품에서 '저만치'로 표상되는 역설적 거리야말로 영원을 상실한 근대적 주체의 슬픈 운명을 표현한 말이었다. 「산유화」의 경우처럼, 「푸른바람」도 그런 근대적 주체가 갖는 불구화된 모습이 그려져 있고, 그 불구성의 회복을 '숲'으로 표상되는 자연의 질서에서 구하려 한 것 역시 동일한 맥락이다. "포항 제철 용광로 쇳물처럼 끓는 피"가 서정적 자아의 주체할 수 없는 욕망이라면, "마약에 중독된 듯, 벗어날 수 없는 인연"은 존재론적 한계이다. 시인은 그러한 욕망과 한계를 자연으로 표상되는 영원 속에서 해소하려 하고 있는 것이다.

그런데 이 작품의 특색은 불구화된 자아와 영원한 자연의 길항관계

보다는 영원으로 표상된 '숲'의 의미에서 찾아야 할 것으로 보인다. 시인으로부터 길러진 '숲'은 막연한 자연이 아니라 천지의 조화 속에서 얻어진 이법이다. '바람'과 '바닷속 미역'에 의해 추동된 '숲'의 기능적 가치야말로 완벽한 조화 그 자체라 해도 가능하지 않을까. 이는 단순히 자연의 표상을 '숲'이라고 표명하는 것보다는 상위적 의미이기에 그러하다.

서정시는 자아의 의미나 존재론적 의미를 주로 탐색하는 장르이다. 자아가 어떻게 구조화되는 것인가 하는 것은 전적으로 시인의 몫에 해당되는 것이긴 하지만, 그것은 장르적 성격과 그 한계에도 영향을 끼친다. 자아의 직접적인 노출의 방식인가 아닌가, 혹은 자아를 배제한 타자화된 방식인가 아닌가 등이 그러하다. 그것은 사회적 환경이나 작가의 세계관으로부터 자유로운 것은 아니지만, 어떻든 서정시는 이런 다양한 의장으로 구조화되면서, 시의 의미역을 부채살처럼 확장시켜나가고 있는 것이다.

제 2 부

현실과 자아항변

―서정주

　요즈음 친일 인명 사전 편찬을 놓고 많은 말이 오가고 있다. 불행했던 지난 시절에 자발적으로 혹은 불가피하게 이루어진 이런 행적을 두고, 그 살생부의 명단에서 자신을 빼달라고 하거나 그러한 명단 작성이 잘못 산정된 것이라고 아우성을 치고 있는 것이다. 그들이 문인이었든 아니든 이 질곡의 늪에 빠졌던 사람들이 역사의 새날이 올 것이라고 믿었던들 이런 오류를 감히 범하진 않았으리라. 역사의 심판이란 이렇듯 냉정하고 가혹한 것이다.

　친일의 문제에서 가장 중요한 것은 자기 모럴에 관한 문제이다. 1940년대초 태평양전쟁에서 승리한 일본과 타협하고 싶었을 뿐이라는 임화(林和)의 솔직한 고백처럼, 그것은 윤리의 문제와 분리되는 것이 아니다. 신이 아닌 인간, 원죄의 덫을 짊어지고 사는 인간이라면, 이런 도덕성으로부터 어찌 자유로울 수 있겠는가. 인간은 신이 아니라는 사실, 그것이 이들에 대한 자그마한 변명이 될 수는 없을 것인가. 나는 이들이 저지른 과거의 죄에 대해 면죄부를 주고 싶은 의도는 하나도 없다. 죄란 아무리 선한 의도에서 저지른 것이라 해도 이 아우라로부터 벗어날 수 있는 것이 아니기 때문이다.

친일 시비론을 떠올릴 때, 현대문학계에서 흔히 거론되는 인물 가운데 하나가 서정주이다. 일부 극단론자들은 그의 친일경력을 들먹거리면서 그가 평생에 걸쳐서 이루어놓은 문학을 송두리째 부정하려든다. 그 반대의 경우는 있을 수 없고, 오직 친일이라는 그 헤어나올 수 없는 원죄만을 그에게 들이밀며 그가 이루어놓은 아름다운 문학을 폄하시켜버리려 하고 있는 것이다. 그런데 서정주의 문학이 이렇듯 오염되어 때문에 그의 문학을 통렬히 부정해야한다는 데에는 선뜻 동의할 수 없는 면들이 있다. 특히 작품 하나하나를 탐색해 들어가면 더욱 그러하다. 예를 들어 서정주의 대표작 「귀촉도」를 보자. 이 작품을 보면, 그러한 흑백논리가 얼마나 황당한 것인가를 금방 알기 때문이다.

눈물 아롱아롱
피리 불고 가신 님의 밟으신 길은
진달래 꽃비 오는 서역(西域) 삼만리(三萬里)
흰 옷깃 여며 여며 가옵신 님의
다시 오진 못하는 파촉(巴蜀) 삼만리(三萬里)

신이나 삼아줄 걸 슬픈 사연의
올올이 아로새긴 육날 메투리
은장도 푸른 날로 이냥 베혀서
부질없는 이 머리털 엮어 드릴걸

초롱에 불빛, 지친 밤하늘
굽이굽이 은하물 목이 젖은 새,
차마 아니 솟는 가락 눈이 감겨서

제 피에 취한 새가 귀촉도 운다.
그대 하늘끝 호올로 가신 님아

- 「귀촉도」 전문

이 시의 소재로 사용된 '귀촉도'는 흔히 소쩍새 혹은 접동새라고 불리는 새의 일종이다. 그런데 작품 「귀촉도」에서는 '귀촉도'의 의미가 두 가지로 사용되고 있다. 하나는 일반적인 새의 의미이고, 다른 하나는 촉나라 황제 두우(杜宇)가 나라를 잃고 방랑하다가 죽어 그 혼이 이 새로 되었다는 전설로서의 의미이다. 따라서, '귀촉도'(歸蜀道)는 자구 그대로 '촉나라로 돌아가는 길'로 읽힌다. 그렇기에 이 말은 또 '멀고 험난한 길'(蜀道之難)이라는 이중적 의미로도 다가온다. 이런 맥락에서 '귀촉도'는 나라를 잃고 방랑하다 죽은 한(恨) 많은 새라고 할 수 있다. 결국 「귀촉도」의 주제를 님의 죽음으로 인한 이별의 정서라고 할 경우, 님의 의미를 새롭게 볼 필요가 있게 된다.

일제 강점기에 '님의 부재'가 의미하는 것은 무엇일까. 우리 시사에서 이 시기에 님의 부재를 읊은 시인들은 상당이 많다. 잘 알려진 것처럼, 소월을 비롯하여 한용운, 이상화, 김억, 김동환 등 여러 시인들이 님의 상실을 시의 주된 소재로 삼아 왔다. 그리고 이들이 찾아나선 '님'은 대개의 경우 이성적인 것이나 종교적인 것, 혹은 국가 등등이었다.

「귀촉도」의 경우도 여기서 예외가 아니다. 이 작품에서도 님의 시대적 의미를 읽어내는 것은 어렵지 않다. 이 작품을 단순히 이성적인 님을 잃은 여인의 한 정도로만 해석하기에는 너무나 많은 아쉬움이 남기 때문이다. '귀촉도'를 '촉나라로 돌아가는 길'로 읽힌다면, 이는 '우리 나라로 돌아가는 길'이라는 은유적 표현으로 읽을 수는 없는 것일까. 이 작품이 발표된 것이 1943년이다. 이때는 일제의 통치가 최악으로 치닫고 있던 시기이다.

서정주를 위한 변명의 자리가 놓이는 부분이 여기이다. 그가 조국에 대한 사랑이 없었을 경우, 굳이 나라 잃은 황제의 한을 전설로 담고 있는 귀촉도를 자신의 작품에 시의 소재로 끌어오지는 않았을 것이기 때문이다. '님'으로 표상된 조국에 대한 애절한 감정이 없었다면 굳이 이런 소재를 바탕으로 이런 주제의식을 읊지는 않았을 것이다.

식민지 시대 말기, 일제의 가공할 통치가 정점에 이른 시기에 이런 애국주의를 표현한다는 것이 과연 가능한 일이었을까. 현실을 우회적으로 표현할 수 있는 것, 그것은 문학만이 할 수 있는 일이다. 이 억압의 시대에, 서정주가 국가 상실을 이렇게 은유적으로나마 작품화한 것은 놀라운 일이 아닐 수 없다. 이미 식민지 강압 정책에 알게 모르게 국가정체성, 민족정체성을 잃고 일제에 동화되어 가고 있던 시점에서 '잃어버린 님', 즉 조국에 대해 '은핫물'을 이룰 수 있을 정도로 애절하게 쏟아낼 수 있는 눈물이 있다는 것, 피울음 속에 취해버릴 정도의 새가 되는 것만으로도 그러한 동질화로부터 멀리 떨어져 있는 것이기 때문이다.

서정주의 조국에 대한 이러한 인식은 그의 친일시와는 별개의 문제이다. 한쪽만을 보고 다른 쪽의 경우는 인정하지 않으려 하는 태도는 서정주 시에 대한 모든 문학적 가치뿐만 아니라 「귀촉도」가 함의하는 것에 대해서는 애써 눈감으려 행위가 아닐 수 없다. 서정주에 대한 문학적 특색 가운데 하나는 여기에 있지 않은가 한다. 그는 시인이었을 뿐이다. 시인은 어떤 대상이든 자신의 시의 소재로 삼을 수가 있을 것

이다. 그것이 시적이든 혹은 비시적인 것이든 상관없이 시의 소재가
될 수 있다는 것은 시인만의 독특한 권한이다. 서정주는 자신의 문학
속에 세상만사를 담아내고 싶어했다. 그것이 어떠한 대상이건 이념이
건 상관없었다. 그는 시를 위해서만 살다간 영원한 시인이었다. 시를
위해서는 시적인 것도 좋았고, 비시적인 것도 좋았다. 시가 있는 곳에
서정주가 있었고, 서정주가 있는 곳에 시가 있었다.

「귀촉도」에서 조국의 불구화된 현실에 대해 애절하게 읊은 서정주
는 해방이 되자 그 감격을 '국화꽃'의 개화로 열렬히 찬양했다. 이는
비록 심정적인 영역에 속한 것이긴 했지만, 황홀경의 수준에서 솟아오
른 시적 순간의 미학 바로 그것이었다.

한송이의 국화꽃을 피우기 위해
봄부터 소쩍새는
그렇게 울었나 보다.

한송이의 국화꽃을 피우기 위해
천둥은 먹구름 속에서
또 그렇게 울었나 보다.

그립고 아쉬움에 가슴 조이던
머언 먼 젊음의 뒤안길에서
인제는 돌아와 거울 앞에 선
내 누님같이 생긴 꽃이여.

노오란 네 꽃잎이 피려고
간밤엔 무서리가 저리 내리고
내게는 잠도 오지 않았나 보다

－「국화 옆에서」 전문

"한송이 국화꽃을 피우기 위하여, 봄부터 소쩍새는 그렇게 울었다"고 해방된 현실을 반겼다, 곧 조국의 독립을 위하여 이루어졌던, 희생되었던 그 많은 인내와 고통을 '소쩍새'와 '무서리', '천둥' 등등으로 표현했던 것이다. 해방에 대한 이러한 감격이야말로 천상 시인이었던 그로서는 솔직한 독백이 아니었을까.

인간은 신처럼 완전할 수가 없다. 그렇기에 인간은 결핍된 그것을 보완하기 위해서 어떤 동경을 하는 것이고, 끊임없는 유토피아를 추구한다. 그 과정이 문학적 완결성으로 귀결됨은 자명할 터이다. 서정주는 모든 평범한 인간들과 마찬가지로 완전무결한 신이 아니었다. 불완전한 인간, 원죄를 뒤집어 쓴 인간에 불과한 것, 그것이 평범한 인간들의 군상이고 또 인간 서정주였다.

국가상실의 문제는 어떤 특정 개인이 감당할 수 있는 몫이 아니다. 그 과정이 어떻든 국가의 흥망은 일차적으로는 위정자의 몫이고, 지난 왕조의 무력한 결과일 뿐이다. 그러하기에 국가 상실은 일반 대중, 백성, 국민 등등이 감당하기에는 너무 벅찬 감이 없지 않다. 위정자들이 전적으로 책임질 몫은 아니지만, 어떻든 그들이 저지른 잘못을 일반 국민으로 하여금 거대 도덕성과 윤리성의 잣대로 획일화시키려는 것 또한 모순이 아닐 수 없다. 어찌하여 국가가 잘못한 것을 개인에게 전적으로 떠넘길 수 있단 말인가.

국화꽃의 아름다운 향기는 해마다 불어온다. 시를 위해 살다간 서정주의 고뇌, 친일의 외피에 덧씌어진 그의 숨겨진 애국의 열정이 국화꽃의 향기와 더불어 다시 되살아나길 기대해본다.

근대와 자아통합의 문제

―이건청

1. 이건청 문학의 동기와 그 위치

이건청은 「손금」 등의 작품을 『현대문학』에 발표함으로써 등단했다. 추천자는 박목월이었고, 시기는 1968년이었다. 그렇기에 그는 이른바 60년대의 시인으로 분류된다. 이건청이 등장했던 60년대의 시인군으로는 '현대시 동인'이 있었고, 이성부와 조태일을 비롯한 참여시 계열의 시인들도 있었다. 이들 외에도 저마다의 고유한 정서를 바탕으로 서정시 고유의 영역을 일궈낸 시인들도 있었는데, 정현종 등이 그들이다.

60년대의 화두는 민주화에 대한 열망과 그 좌절로 특징지어지고, 산업화에 대한 제반 모순이 서서히 드러나던 시기이다. 따라서 이에 근거한 문제점들이 서서히 드러나고 있었던 때가 60년대라 할 수 있다. 현실정향적인 리얼리즘 계통의 시세계와 '현대시 동인'을 비롯한 모더니스트들의 시세계는 이런 맥락들과 분리되기 어려운 것이었다. 현실의 예민한 촉수들은 시의 내피와 외피를 넘나들면서 시를 만들어냈고, 또 문예학적 흐름들을 엮어내었다.

60년대 시인인 이건청이 자리하고 있는 지점도 여기이다. 그는 60년대의 시대적 조류를 한 몸에 받아내고 있었고, 그 문학적 중심에 우뚝 서 있었다. 이건청을 60년대 문학의 중심이라고 간주하는 것은 다음 두 가지 이유에서 그러한데, 이는 순전히 문학사적인 기준에서 볼 때 그러한 것이다. 문학의 형식적인 국면에서 이해한 것이 그 하나라면, 다른 하나는 그 내용적 국면에서이다. 60년대가 50년대의 연장선에 놓여있다는 것은 단순히 시간적 측면에서의 그러한 것이지만, 거기에는 중요한 문학사적 연속성내지 의의가 가로 놓인다. 잘 알려진 것처럼, 50년대란 반공이데올기의 엄격한 규율 속에 놓여있던 시기이다. 이런 유폐적 분위기에서 시대의 의미를 읽어내기는 매우 어려운 일이 아닐 수 없다. 리얼리즘뿐만 아니라 개인의 자의식을 표현하는 모더니즘의 경우에도 이는 똑같이 적용되는 사항이다. 게다가 식민지 시대이후 발생론적 토대를 그 근간으로 갖고자했던 모더니즘의 인식론적 이해란 더욱 난망한 일이 아닐 수 없었다. 오직 토대와 형식이 일치하지 않는 불구화된 사유만이 모더니즘의 겉모습을 치장하고 있었을 뿐이었다. 그러나 60년대부터 본격적으로 시도되기 시작했던 산업화의 흐름들은 더 이상 이런 불구화된 인식에 대해 용인하지 않았을 뿐만 아니라 50년대와는 질적으로 구별되는 새로운 인식과 문학사적 흐름을 필연적으로 요구하고 있었다. 산업화시대에 걸맞는 형식들, 곧 새롭게 인식되는 모더니즘에 대한 방법적 성찰 등에 대한 사유가 바로 그러했다. '현대시 동인'을 비롯한 60년대 모더니스트들의 근대성에 대한 인식은 이런 맥락에서 시도된 것이다.

시의 방법적 탐색이 주로 형식에 국한된 것이라면, 60년대의 시대적 의미를 담아낼 내용적 국면 또한 새로운 시대적 요구를 외면할 수 없었다. 4·19혁명의 좌절과 5·16군사쿠데타에 따른 급격한 시대의 변화는 문학을 현실과 유리시킬 수 없게 만든 중요한 사회적 요인으로 작용했다. 현실 참여문제라든가, 불온시 논쟁, 『창작과 비평』과 같은 현실지향적 잡지의 등장은 60년대의 이런 사회적 의미역을 떠나서는 설명할 수 없는 부분들이다. 60년대는 이렇듯 문학의 내용과 형식 등 두 부분에서 이전과는 다른 새로운 양식들을 요구하고 있었다. 이 가운데 한 부분만이라도 시대의 요구에 부응한다면 문학이 담당할 임무는 충분히 수행된 것이라 치부할 수 있을만큼 현실은 변화를 바라고 있었다. 하물며 이 두 부분을 모두 수용한 경우라면 더욱 말할 것이 없지 않겠는가. 이건청은 이 두 국면을 모두 수용하고 있었는바, 그를 60년대 문학의 중심적 위치에 있다고 한 것은 이 때문이다.

2. 아픈 기억의 두 가지 역동성

이건청은 60년대 문학이 요구했던 두 가지 방향에 대해 충실히 받아들인 듯싶다. 문학의 내용과 형식 모두에 대해 어느 하나에 치중하지 않고 이를 자신의 문학 속에 모두 담아내고 있었기 때문이다. 이건청은 60년대 당시에 보여주었던 자신의 시의 기법을 데뻬이즈망에 의해 형상화한 것임을 밝힌 바 있다. 그런데 이 기법은 주로 초현실주의자들이 흔히 사용했던 것으로, 이미지와 이미지의 우연한 결합을 통해 낯설고 새로운 이미지를 산출해내는 의장으로 사용되었다. 이런 면에서 보면, 그는 모더니스트이고 '현대시 동인'들이 추구했던 근대성의 담론과 밀접히 연관되어 있는 경우라 할 수 있다. 60년대 문학이 요구했던 형식의 참신성, 곧 시의 방법적 새로움의 요구에 대해 그는 이

기법의 적절한 차용을 통해서 이를 충실히 구현해냈기 때문이다. 그러나 이건청의 경우에 있어 이 데뻬이즈망 기법은 단순히 이미지의 참신한 구현이라는 형식적 장치에서만 머무는 것이 아니다. 그는 이 기법을 통해서 시인 자신의 내면세계를 있는 그대로 반영하는 가장 적절한 기제로 원용하고 있기 때문이다. 이는 4·19 혁명의 좌절 속에서 청년기의 60년대를 보냈고, 또 어린 나이에 6·25의 공포를 체험해야 했던 시인의 전기적 사실과 관련되는 것으로서, 오랜 세월 감당하기 힘든 격동의 삶을 살아온 자의 내면이 정체성 상실의 위기와 그에 따른 암중모색의 고투로 점철되어 있을 것이라는 사실로부터 이해되는 대목이 아닐 수 없다. 연속성이 파괴된 일련의 체험들은 자아의 불안정한 내면으로 이어져 이미지의 파편적 제시 및 그것들의 돌연한 충돌이라는 시적 구성 전략으로 차용했던 것이다. 이런 이해방식이 그로 하여금 문학을 형식적 국면, 언어의 감옥으로 가두지 않게 한 계기로 작용했다. 이건청의 시에서 끊임없이 추구되는 사회성의 맥락은 이런 의지의 결과였다.

> 石造의 門
> 어느 방엔가
> 龍飛御天歌의 첫장이 넘겨진다.
>
> 구두를 신은채 엎드려
> 나는 울고
>
> 개펄을 밀며
> 密輪船이 닿는다.

삐걱이는 계단 위로
子正의 싸이렌이 울린다.

「아직 시간은 있습니다」 그날 읽은 詩句를 뇌며
문을 닫으면, 밤새도록 사슬이 끌렸다.

六0年代의 압축된 어둠이
귀뚜라미가 되는가, 되는가,

가을별이 기일게 무너져 내린다.

—「60年代의 귀뚜라미」 전문

이 작품은 60년대에 쓰인 그의 대부분의 시가 그러하듯이 짙은 어둠의 색채를 띠고 있다. 시어들은 모두 억압과 우울과 좌절을 형상화하고 있는데, 가령 '石造의 門'이 차단당한 출구의 이미지를 드러내는가 하면 '子正의 싸이렌' 또한 억압적 분위기와 모종의 초조감을 드러낸다. '삐걱이는 계단'에서의 불안정한 느낌, '개펄'과 '密輸船'에서 느껴지는 축축하고 음산한 분위기도 시의 전체적인 인상 속으로 수렴되어 암울한 시대적 의미로 읽힌다.

「60年代의 귀뚜라미」는 특히 어둡고 암울한 분위기를 시대적인 의미망 속에 위치시키고 있으면서 그 의장 역시 데뻬이즈망의 기법을 원용하고 있다. '龍飛御天歌'라든가 '六0年代의 압축된 어둠'과 같은 구절의 공간적 배치가 그러하다. 그런데 이건청은 이러한 이미지의 배열 속에서 시대의 어두운 의미를 파악해낸다. 익히 알려진대로 '용비어천가'는 조선의 개국을 칭송하고자 제작된 노래이다. 그런데 시인은 '어느 방엔가/ 龍飛御天歌의 첫장이 넘겨진다'라고 함으로써 '개국'이 모두의 열정과 희망 속에서 이루어진 것이 아닌 극소수의 한정된 사람들의 손에 의해 이루어진 것임을 암시하고 있다. '개국'으로 은유된 60년대의 군사쿠데타와 군사정부의 수립이란 것이 모든 사람의 환영과 열정에 의해 이루어진 것이 아니라고 본 것이다. 그것은 '石造의 門'에서 알 수 있듯이 소통을 차단하고 억압의 냉기만을 뿜어대면서, 그것도 '어느 방'과 같이 정체도 불분명한 협소한 공간 내에서 이루어진 것에 불과할 뿐이라는 것이다.

60년대의 특수성이 이건청 문학을 지탱했던 근본 축이라 한다면, 유년시절에 체험한 전쟁은 그의 문학 형성의 또 다른 기둥이다. 최근 시작에 이르기까지 시인이 늘 주시해 왔고, 관심을 가져왔던 것이 사회의 어두운 구석들이었음은 잘 알려진 일이다. 그런데 사회에 대한 이러한 관심들이 당대의 불합리한 현실에서만 얻어진 것은 아니라는 사실이다. 비교적 최근에 출판된 시집 『푸른 말들의 기억』은 시인의 아픈 기억과 우울의 정서들이 오래 전부터 길러진 것임을 말해준다. 그 뿌리는 시집에 나와 있는대로 전쟁체험이다. 시인이 보여준 현실에 대한 시적 불만과 반항들은 모두 어린 나이에 겪은 전쟁의 충격과 연관되어 있다. 이런 맥락에서 보면, 시인이 「60年代의 귀뚜라미」에서 보인 시대에 대한 비판과 우울한 정서들은 전쟁체험의 연장선에 놓인 것이라 할 수 있다.

> 오늘의 <나>는 누구인가. 내가 시간을 되짚어가게 되면서 나는 내 60년 속에서 내가 까마득히 잊고 있었던 어린아이 하나를 발견하게 되었다. 그 아이는 1950년으로부터 몇 년 동안 온전히 <이건청>이라는 이름으로 불리면서 포성이 울리는 전장 속에서 키가 크던 바로 그 아이였다. 묻히지 못한 시신과 그냥 화약과 뇌관을 지닌 실탄이 뒹구는 산야

에서 용케 살아 남은 열 살쯤의 아이를 만나게 되었던 것이다. 때에 전
옷을 입고 검정고무신을 신었으며 얼굴에 버짐까지 허이옇게 돋은 아
이. (…중략…) 삶에 찌들고 힘겨운 세상사에 부대끼면서 내가 서른 살
이 되고 마흔 살이 되고 쉰 살이 되었으며 예순 살이 되는 동안 힘들어
하는 나를 향하고 있었던 걸 늦게서야 깨달았다. 그리고, 내가 시인으로
살아온 35년 동안 언제나 풋풋한 감성과 직관과 상상력의 원형으로 거
기 살고 있었다.

―「사라진 시간 속의 아이에게」 부분

인용시는 『푸른 말들의 기억』 속에 담겨있는, 담시 형태의 작품이
다. 자기고백체의 형식으로 이 시는 시인의 내면이 무엇인지를 잘 알
게 해 준다는 점에서 주목된다. 인생의 갑년을 맞아 시인은 자신 속에
살아있는 또 다른 타자인 <나>를 발견하게 되는데, 이 <나>는 전쟁
의 쓰라린 체험으로부터 자유롭지 못한 존재로 현현된다. 이 <나>는
화약과 시신이 나뒹구는 산야에서 용케도 살아남았고, 때에 전 옷을
입었으며, 검정고무신을 신은 절체절명의 위기에 놓인 실존적 존재였
다. 이 <나>가 바로 이건청 자신이었다. 그런데 이 <나>는 시인으로
살아온 35년 동안 언제나 풋풋한 감성과 직관과 상상력의 원형으로,
곧 시인 속의 또 다른 타자로 존재하고 있었다. 시인의 이 말에 기대
면, 그의 현실에 비판적 시선들은 성년기에 경험했던 4·19나 군사독
재보다 이 전쟁체험으로부터 얻어진 것임을 알 수 있다.

이건청 시를 이끌었던 동인은 이렇듯 전쟁체험과 60년대의 암울한
현실들이었다. 이런 어두운 경험들이 한편으로는 사회에 대한 비판적
시선으로, 다른 한편으로는 시의 방법적 자각으로 나타난 것이다. 이
런 맥락에서 이건청은 60년대가 요구한 시대적 임무와 문학적 임무를
모두 수용한 예외적인 시인이었던 것이다.

3. 일탈과 훼손의 이미지

비판적 시선이란 동일성의 감각과 밀접한 관련이 있는 사유이다. 이 감각은 조화와 통일의 정서를 그 바탕에 깔고 있다. 이건청의 시들에서 조화로부터 멀어진 제반 정서들이 드러나는 것은 동일성의 상실의식에서 기인한다. 우주가 완벽한 조화를 갖춘 하나의 거대한 실체라고 한다면, 이 끈끈한 전체 유기체로부터 일탈되는 부분이나 현상이야말로 시인의 비판적 시선 속에 담길 수 있는 좋은 매개가 아닐까. 실상 이건청은 초기 시에서부터 그러한 우주적 실체로부터 일탈된 모습들을 작품 속에 형상화시키려고 분주하게 노력해 왔다. 가령 그의 시에서 가장 많이 드러나는 동물군상들이 그러한데, 이 동물들은 우주가 부여한, 혹은 신이 부여한 본연의 기능을 상실한 모습으로 대부분 등장한다.

검은 새야, 검은 새야
날개를 꺾고 개펄에 선 검은 새야
눈보라는 김해 쪽에서 밀려와
하구에 쌓인다
논보라에 가려 희미해진 새야
검은 새야
개펄에 앉아 혹한을 견디는 너는
80년대초의 한 풍경이지만
한국사의 어디에나 그런 모습으로
너는 있다
을숙도가 바라다보이는
낙동강 하류쯤에서
물새떼나 도요새들과 어울려 살면서
눈보라에 가려 있다.

－「검은 새」 전문

인용시는 시인의 시에 등장하는 동물 가운데 하나인 새를 형상화한 작품이다. 또한 두 가지 이상의 기능적 의미 혹은 시적 의장을 거느리고 있다는 점에서 이건청 시인만의 작품임을 알게 해주는 시이기도 하다. 시인은 60년대 시의 특성을 방법적 자각과 사회적 책무 속에서 시의 존재의의를 찾은 바 있다. 앞서 언급대로 그는 데뻬이즈망의 기법을 도입하여 이 시대가 요구한 방법적 참신성을 이룬 바 있다. 그런데 그가 차용한 이 기법은 이미지의 새로운 영역을 개척하기 위해 사용한 것이 아니라 시인 자신의 내면 세계를 있는 그대로 반영하기 위한 기제로 원용하기 위해서였다. 그것은 바로 60년대의 암울한 정서에서 오는 시인의 복잡한 내면을 효과적으로 구현하기 위한 방법적 장치였던 것이다.

이런 복합적 의도들은 「검은 새」에서도 그대로 드러나는데, 시인은 조화로부터 일탈된 새를 검은 새로 형상화했다. 이 과정에서 시인은 이를 단지 자연적 맥락에서만 그치지 않고 좀더 넓은 영역으로 외연화하고자 했다. 우선 이 새는 문명과 대비되는, 문명의 온갖 박해로부터 불구화된 모습은 아니다. 그것의 일탈된 모습은 주로 사회적 요인에서 온 것인데, 눈보라나 혹한이 상징하는 것처럼 80년대의 암울한 정치적 현실에 그 원인이 있다. 시인은 자연적 존재인 새를 사회적인 의미역으로 확장시키고 있는 것이다.

이건청은 불합리한 80년대의 현실에 대해 직접적으로 발언하지는 않았다. 그러나 「검은 새」에서 보듯 일탈된 자연을, 사회적 맥락 속에서 읽어냄으로써 다른 참여적 시인들 못지않은 시적 저항을 했다. 적어도 체험에 바탕을 둔 민중 시인이 등장하기 전까지 그의 사회적 발언들은 대단한 반향을 울리며 그 나름의 역할을 독특히 해낸 것이다.

그러나 시인의 이런 저항적 시선과 발언들이 꼭 정치적인 영역에만 국한되어 있었던 것은 아니다. 문명이라는 이름으로, 혹은 인간의 욕망으로 덧씌워져 발생하는 모든 불합리한 현상들에 이르기까지 시인의 비판적 촉수들이 가 닿아 있었다. 그 대표적인 경우가 다음의 시다.

> 보팔시의 푸른 벌레들은
> 일거에 박멸되었다.
> 한 잠 허물을 벗기도 전
> 누출된 메틸 이소시아네이트 가스가
> 보팔시를 엄습하였다.
> 날개를 달기도 전
> 보팔시의 푸른 벌레는
> 배추잎에 붙은 채 죽었다.
> 배추잎에 더듬이를 댄 채 죽었다.

─「눈먼 자를 위하여」 부분

이 작품은 1984년 12월 3일 인도 중부 보팔시에 위치한 미국 유니언 카바이트사의 살충제 원료인 메틸 이소시아네이트 유출 사건을 형상화한 시이다. 인간이 그토록 경배해마지 않았던 과학이 인간에게 어떻게 복수하고 있음을 이 시는 잘 말해주고 있는데, 이 시가 함의하고 있는 것은 과학과 문명에 관한 것이다. 이렇듯 이제 시인의 관심은 점차 정치적인 영역을 넘어 문명적인 것에 이르기까지 다양화되고 있다.

「눈먼 자를 위하여」가 말하고자 하는 것은 문명에 대한 경계일 것이다. 또한 요즈음의 주도적 담론으로 말하자면 생태주의적 발상과도 관련이 있을 것이다. 익히 알려진 대로 이건청을 어떤 주의나 사조의 시인으로 곧바로 묶는 것은 매우 어려운 일이다. 이런 시도들은 그의 시들이 내포하는 의미역의 다양성을 축소시킬 위험성이 있기 때문이다. 뿐만 아니라 그의 시적 작업들은 어느 특정 사조가 하나의 주의로 자리 잡기 이전부터 시도되었기에 더욱 그러하다. 그를 어떤 조류의 선구자로 놓을 수 있을망정 하나의 주의자로 묶기 어려운 것은 이 때문이다. 가령, 「눈먼 자를 위하여」를 보자. 이 시가 나온 것은 80년대 중반이지만, 우리 문학에서 생태주의의 본령과 그 전개에 대해 담론화되기 시작한 것은 훨씬 후의 일이다. 그렇기 때문에 이건청을 생태주의자로 인식하는 것은 어불성설이 아닐 수 없다. 시인의 고유 임무 가운데 하나가 예언적 기능이라면, 그는 누구보다도 이 영역에 남다른 자질을 보여왔다. 그것이 그의 시인으로서의 자질이고 능력일 것이다.

4. 소통된 세상을 위하여

이건청을 민중적 정서를 담보한 시인, 혹은 생태주의를 은근히 그러나 선구적으로 표방한 시인으로 부르는 것은 놀랍거나 어려운 일이 아니다. 그는 시대를 올곧게 대변해왔고 경우에 따라서는 누구보다 앞서서 예언자처럼 말해왔기 때문이다. 그런데 시인에게 이런 레테르를 붙이기에 앞서 그가 표방해왔던 정서의 깊이를 따라가다 보면, 중요한 주제 가운데 한 가지를 발견하게 된다. 바로 생명에의 존중 혹은 경외성에 관한 인식들이다.

이건청의 시를 떠받들고 있는 중요한 두 가지 기둥은 전쟁체험과 민주화에 대한 좌절이라고 했으며, 유년기에 겪은 전쟁의 비정함은 시인의 시작 과정에서 풋풋한 감성과 직관과 상상력의 원형으로 자리 잡고 있다고 했다. 이에 덧붙여져서 시인이 등단한 60년대 민주화에 대한 꿈과 좌절, 그리고 산업화과정 등은 그의 시세계를 형성한 날줄과 씨줄이 되었다. 시기를 달리 하면서 이건청 시의 동인으로 자리 잡은 이 두 가지 사건들은 어찌 보면 모두 인간답게 사는 것이라든가 생명에의 외경심 없이는 그 설명이 불가능한 것들이다. 여기서 그의 시세계가 생명사상을 표나게 강조했다고 해서 시인의 표방한 시적 주제를 30년대식의 생명파와 동일한 범주의 것이라고 단정할 수는 없을 것이다.

앞서 언급대로 시인을 어떤 유파나 이즘으로 묶는 것은 그의 시세계와 상반되는 일이었거니와 중요한 것은 시인이 탐색해 들어간 시세계들이 모두 인간적인 삶에 관한 것이었다는 점이다. 이러한 삶이란 모두 생명의 고귀성에 대한 인식없이는 불가능하다. 시인의 시에서 흔히 산견되는 동물의 이미지들은 모두 불구화된 모습들이었는데, 가령 뛰지 못하는 말이나 짖지 못하는 개, 야생성을 잃어버린 하이에나, 날지 못하는 새 등이 그러하다. 그런데 이들 불구화된 동물들의 모습은 모두 생명성의 상실과 불가분하게 관계되어 있다. 그리고 보팔시의 참사를 읊어낸 시를 비롯하여 최근에 확산되기 시작한, 문명에의 감수성을 읊은 시인의 시들 역시 인간과 자연 속에 내재된 생명의식을 떠나서 쉽게 설명되지 않는다고 하겠다.

폭양 아래서 마르고 말라, 딱딱한 소금이 되고 싶던 때가 있었다. 세상에서 제일, 쓰고 짠 것이 되어 마대 자루에 담기고 싶던 때가 있었다. 한 손 고등어 뱃속에 염장질려 저물녘 노을 비낀 산굽이를 따라가고 싶던 때도 있었다. 형형한 두 개 눈동자로 남아 상한 날들 위에 뿌려지고 싶던 때도 있었다.

> 그러나 지금, 나는 이 딱딱한 결정을 버리고 싶다. 해안가 함초 숲을
> 지나, 유인도 무인도를 모두 버리고, 수평선이 되어 걸리고 싶다. 이 마
> 대 자루를 버리고, 다시 물이 되어 출렁이고 싶다.
>
> -「소금」 전문

존재를 둘러싼 환경이 존재와 단절되어 있을 때, 또 환경이 존재에게 폭압을 가해거나 위악적일 때, 존재가 불안해지고 삶의 근거가 무너지는 것은 자연스러운 일이 될 것이다. 전쟁이라는 외상을 영원한 타자로 간직하고 살 수밖에 없었던 운명을 지닌 시인, 청춘의 감각을 미래 발전의 동력으로 승화시킬 수 없었던, 그 불임의 시대를 견딜 수밖에 없었던 시인이 선택할 수 있었던 길이란 지극히 한정되어 있었을 것이다. 그리하여 엎디어 견디고 다가올 미래에의 꿈을 버리지 않는 방법밖에 없었던 것은 아닐까. "구두를 신은 채 엎드려 울면서"(「60년대의 귀뚜라미」) 다시 일어설 날을 기다리는 것, 그것만이 시인이 할 수 있었던 유일한 선택이 아니었을까. 좌절과 동경 속에서 시인은 울부짖음으로 좌절을 뛰어넘으면서 다가올 꿈같은 세계에 대해 끝없이 동경했던 것은 아니었을까.

이건청이 최근의 시에서 보여준 동경에 대한 뚜렷한 지향들은 좌절이라는 질긴 끈을 버린 데서 오는 자기 긍정성의 결과들과 관련되어 있다. 「소금」에서 보듯 이제 시인이 갈구하는 것은 억눌리면서 하나의 결정으로 남아 타인의 부패를 굳이 막아내려는 '소금'의 건강성은 아닌듯 보인다. 시인은 그러한 인위적인 상태, 곧 무엇이 되기 위해 변해버렸던 "딱딱한 결정"인 '소금'의 상태를 버리려고 한다. 대신 그는 "해안가 함초 숲을 지나, 유인도 무인도를 모두 버리고, 수평선이 되어 걸리고 싶"은 것이며, "이 마대 자루를 버리고, 다시 물이 되어 출

링이고 싶"을 뿐이다. 걸러지고 구분되어서 개념화된 것, 인위적인 것의 상태가 아니라 개념화되지 않은 것, 비인위적인 것이 되어 버리고 싶은 것이다. 이런 상태는 나와 너의 구분이라든가 인간과 자연, 혹은 문명과 비문명으로 갈라지는 이원적 세계가 아니라 하나로 통하는 세계, 모든 것이 자연스럽게 소통되는 세계가 아닐까. 이렇게 뚫리게 되면, 그리하여 하나의 조화로운 세계가 되면, 무의식에 건너편에 자리 잡고 있었던 전쟁이라는 외상도, 민주화의 좌절에 오는 절망도 무화되는 것은 아닐까. 하나의 소금이지 않고 보다 넓은 바다의 일원으로만 있는 세계, 이런 통합과 조화의 세계가 이건청이 추구하는 시의 궁극이 되는 것은 아닐까.

모더니즘의 새로운 단계

―송찬호

　조금은 난해하면서도 또 어떤 때는 그렇지 않은 송찬호의 시를 읽는 것은 즐겁다. 그러나 그 즐거움이란 저 오래된 정화(淨化)의 쾌감에서 오는 정서적인 것이 아니다. 송찬호의 시들은 매우 지적이다. 아니 이성적이라고 하는 편이 더 맞을지도 모르겠다. 그가 추구하는 시세계에 비추어보면 이성적이란 말이 오히려 역설처럼 들릴지도 모르겠지만, 그럼에도 그의 작품들을 읽어나가면 우리들은 시인이 드려놓은 사유의 깊은 지대에 빠지게 된다. 그곳에 빠져 허우적대기도 하면서 시인의 시대에 대한 고민들을 함께 공유하는 일은 동시대인으로서 누리는 오롯한 쾌감이라고 말할 수 있을 듯하다.

　어떤 시인 혹은 작가를 두고 한 시대에 유행하던 사조적 흐름을 들이대는 일은 매우 위험한 일이 아닐 수 없다. 사유의 고뇌들에서 퍼져 나오는 다양한 부채살들을 하나의 인식성으로 묶어내는 일만큼 허망한 일도 없기 때문이다. 그럼에도 송찬호의 시세계에 미끄러져 들어가기 위해서는, 아니 그의 시들을 좀더 깊게 이해하기 위해서는 한 시대를 풍미했던 문예학적 잣대를 들이대는 것이 매우 요긴해 보인다. 아니 반드시 그렇게 해야만 할 것이다. 그것이 그의 시작의 노고에 대한 최소한의 예의이자 문학사적으로 올바른 자리매김이 될 것이기 때문이다.

송찬호의 시들은 모더니즘의 흐름으로부터 자유롭지 못하다. 그의 작품들이 이 근대성의 맥락과 불가분하게 엉켜있다는 사실은 그가 지금껏 펼쳐 보인 작품세계를 이해하는 데 좋은 단서가 된다. 모더니즘의 흐름이 분열된 자의식과 유폐된 자아, 그리고 그 변증법적 지향태의 모양새를 띤다고 할 때, 송찬호의 시들은 그러한 단계들과 꼭 맞아떨어지기 때문이다. 마치 수학 공식으로 어떤 문제를 술술 풀어나가는 것과 같이, 그의 시들은 우리 시문학사가 이루어놓은 그러한 단계를 매우 모범적으로 제시해주고 있다. 그러나 그러면서도 그의 작품 속에서 이전의 문학사들이 보여주었던 바퀴자국을 그대로 따르는 판박이의 흔적은 전혀 찾아볼 수가 없다. 그것이 송찬호 시인의 고유성이랄까 득의의 영역이다.

송찬호는 『우리시대의 문학』에 「금호강」, 「변비」 등을 발표하며 문단에 나왔다. 그리고는 데뷔 이후 4권의 시집을 상재했다. 『흙은 사각형의 기억을 갖고 있다』, 『10년동안의 빈의자』, 『붉은 눈, 동백』, 『고양이가 돌아오는 저녁』 등이 그가 펴낸 문학유산들이다. 1987년에 처음 시작활동을 한 이후, 2009년에 네 번째 시집 『고양이가 돌아오는 저녁』을 출간했으니까 적지도 많지도 않은 창작활동을 해 온 셈이다. 양적인 측면에서 중용의 미덕을 지켜온 이 시인의 작품들은, 그 시집들마다 고유한 성채를 이루고 있다. 하나의 작품집과 또 다른 작품집을 질적인 측면에서 차별화시키고 싶은 것이 일반적인 작가의 소망이

겠지만, 실제로는 그러하지 못하는 경우가 많은 것이 실상일 터이다. 이러한 경우에 비춰보면, 송찬호의 시집들은 매우 특이한 개성들을 담지해내고 있다고 말할 수 있다. 그렇다고 각각의 시집들이 나사풀린 바퀴처럼 외따로 산재해 있는 것도 아니다. 그의 시집들은 이전 시집의 사유적 흐름을 굳건히 이어받으면서 질적 차별성을 드러내고 있기 때문이다. 작품들이 하나의 톱니바퀴로 이어져 있으면서 또 다른 질로 전화하는 경우를 송찬호 말고는 거의 찾아보기 어려운데, 이는 그의 시세계가 그만큼 탄탄하다는 것을 말해주는 단적인 증거가 아닐까 한다. 따라서 각 시집을 중심으로 송찬호의 시세계를 이해하는 것도 그의 작품 세계의 본질에 접근해가는 좋은 방법이 될 것이다.

1. 소통과 감옥으로서의 말

근대성의 위기에 대한 인식과 새로운 패러다임에 대한 열망은 모더니즘의 중심과제 가운데 하나이다. 계몽의 정신이 불신받고, 위기가 감지될 때마다 이성적 규율에 의해 지배되는 인간의 사유들은 끊임없이 도전과 응전을 받아 왔다. 특히 물화된 현실에서 인간의 정신적 자유란 과연 가능할 것인가, 만약 가능하다면 어떻게 그 방법적 자각을 할 것인가에 대한 사유의 표백이야말로 시인들의 최대 과제였다. 그러한 당면 임무 가운데 하나가 의미로부터의 자유이다. 의미란 이성적 규율, 혹은 합리적 정신에 의해 생산되는 것이기에, 이성이 도전받을 때마다, 의미 역시 똑같은 무게로 압박받았다. 의미로부터의 해방, 곧 말로부터의 해방이야말로 근대를 초월하는 것이고 정신의 자유를 보장받는 근본 매개가 되었던 것이다.

　　송찬호가 무엇보다 주목하는 부분도 우선, 말의 짜임, 의미의 구조적 맥락이다. 그는 세계를 매우 불온한 것으로 인식한다. 이는 근대 자본주의가 뿌리를 내린 이후 우리가 한 번도 건강한 사회를 펼쳐 보이지 못한 역사적 사실과 그 맥을 같이 한다. 시인이 보는 부정적 현실은 가난과 그 가난을 잉태한 사회적 죄악에서 시작된다. 시인은 그 불온한 현실을 직시하고 본연의 상태로 되돌아가고자 하는 열망을 드러낸다. 그리하여 그 발단인 말의 기능적 가치와 의미에 대해 주목하기 시작한다.

> 말의 고향은 저 공기 속이다
> 공기 속을 떠돌아다니는 꺼지기 쉬운 물방울들
> 바람 속 고정불변의 감옥들
>
> 말과 사물 사이에 인간이 있다
> 그곳을 세계라 부른다
> 드러내 보이는 길들, 그 길을 이어받아
> 뒤틀린 길을 드러내 보이는 길들
>
> 도상(途上)의,
> 영원한 도상에서
>
> 끊임없이 전달되어지는 문서들
> 지금도 상호 간
> 삭제되거나 수정되어지는 대화들
>
> 중심을 무너뜨리는
> 폐허를 건설하는
> 대화하는!

한 점에서
다시 한 점으로 이동해 가는
바람 속 저 고정불변의 감옥들

–「공중정원1」 전문

　이 작품이 독자에게 시사하는 중요한 맥락은 두 가지이다. 하나는 "말과 사물 사이에 인간이 있다"라는 것과, 다른 하나는 "말은 고정불변의 감옥"이라는 인식이다. 우선 시인은 말과 사물의 조응관계는 자의적이라는 구조언어학을 부정한다. 기표와 기의를 구분하는 막대기 대신에 인간이 들어가 있기 때문이다. 그러한 까닭에 전통적인 지시관계로 형성되는 기호의 의미는 부정되고, 그것은 단지 주체의 놀음에 의해 끊임없이 미끄러지는 존재가 된다.

　구조론적 의미 형성을 부정하는 만큼 한번 발화된 말이 구조의 틀에 갇히게 된다고 생각하는 일은 당연한 것이다. 시인이 "말을 고정불변의 감옥"으로 인식하는 것은 그 연장선에서 발생한다. 의사소통하는 말은 수신자를 지향하고, 그들의 행동반응을 유도하게 구성되어 있다. 의미가 고정되기에 다른 이외의 맥락이 끼어들 여지가 없는 것이다. 그것은 수신자에게 중심일 뿐만 아니라 여타의 존재들에게도 중심이 될 수밖에 없다. 그런 관습적인 관계의 맥락을 초월하기 위해서는 의미나 지시관계의 틀이 "삭제되거나 수정되어야" 한다. 또한 "중심 또한 무너져야" 한다. 그렇게 산종된 상태에서 무한대로 펼쳐져 있는 공기 속을 자유로이 유영해야만 말 본연의 모습을 찾게 된다는 것이 시인의 판단이다.

　옆에서 본 저 달은 원시인류의 두개골

말을 씹던
저 완강한 아래턱을 보라
지금 달에는 풀도 없고 공기도 남아 있지 않다

저 황폐한 정원에서
인류가 언제 이 지상으로 옮겨 와 살았는지 모른다
지금도 말을 씹을 때
희미한 풀 냄새가 나는 걸 보면
말은 먹고 싶은
욕망의 대용이었을 것이다

말은 이제 공간 속에서 살아간다(구조 속에서!)

―「옆에서 본 저 달은」 부분

말 이전의 세계는 근원의 세계이고, 원시적 건강성이 담보된 세계이다. 그런데 그러한 건강성들은 언제부터 사라지게 되었을까. 또 언제부터 인간은 그 일체적 동일성을 잃어버리고 이 지상으로 떨어져 내려와 살게 되었을까. 정확한 시간은 모르지만 적어도 말이 구조 속에 갇히기 시작한 때가 아니었을까. 즉 의미론적 관계의 틀 속에서 생명성을 잃고 신음하는 근대 이후의 일이었을 것이다. 시인은 그러한 말의 근원적 모습을 욕망의 대용쯤으로 생각하고 있는 듯하다. 욕망이 무의식의 한 현상이라는 면을 받아들이게 되면 이는 충분히 이해할 만한 일이다.

송찬호는 말 이전의 세계, 언어 이전의 세계를 순결한 자기인식이 완결되는 정점으로 인식하면서 그곳을 더듬어 들어가려 한다. 그러려면 말을 해야 하고, 또 이 말을 통해서 소통을 해야 할 터이다. 그러나 그러한 언어적 행위들은 말의 구조론적 관계질서에 갇히는 일이 되고 궁극적으로는 또 다른 감옥으로의 여행이 되는 것이다. 이는 근원에 대한 탐색을 위할 경우 이러한 형용모순이 계속 반복될 수밖에 없음을 말해준다. 그렇기에 송찬호의 시에서 "말에 포착된 것은 무엇이든 말은 감옥을 만든다/말은 상호 간 대화를 한다"는 모순된 인식과 "말로부터 영원히 자유로울 수 없지만/말을 할 때만큼은 자유로울 수 있다"(「공중정원3」 부분)는 역설이 성립하게 된다. 이 역설이야말로 송찬호 시의 출발이다.

시인은 현재의 이성적 유폐를 헤쳐 나갈 길을 어렴풋이 이해하고 있다. 또한 그 출구가 어딘지도 알고 있다. 그러나 그 길은 또 다른 감옥으로 가는 길이다. 악마적 이성의 늪을 헤쳐 나아가는 길과 그 길 앞에 놓인 또 다른 장애, 그러한 상보적 관계에서 만난 숙명적 모순을 어떻게 초월해야 할 것인가를 묻는 것, 그것이 시인에게 던져진 첫 시집의 과제이다.

2. 얼음문장의 뜨거움

송찬호의 두 번째 시집 『10년동안의 빈 의자』는 첫 시집의 연장선에 놓여 있다. 첫 시집이 말의 감옥에 관한 것이라면, 두 번째 시집은 그러한 말들의 집합인 문장에 관한 것들을 주로 다루었다. 그 문장들이란 다음과 같이 구성된다.

> 물의 거품 속에서 태어나고 있는 공기의 여인들
> 포도를 익히던 그 뜨거운 바람의 입술들 그러나 포도의 계절은 갔다
> 그 어떤 조롱이 거품의 여인들을 살해했을까, 공기에 닿으면 여인들
> 은 죽는다

> 호리병 모양의 숲속, 숲의 공장들은 물의 폐를 가지고 있다
> 물을 펌프질해 올리던 그 푸르던 나무의 운동들
> 그는 숲의 호리병을 마신다 여기, 죽은 자의 짧았던 호리병을
> (…중략…)
> 새들은 가장 높은 곳에서 자신의 몸을 해체한다
> 오오, 차가운 심장을 빼앗기지 않으려 얼음으로 결박당한 나뭇가지들
> 이여
> 얼음의 불에 휩싸인 채 새들은 나뭇가지를 떠난다
> 새들은 날마다 얼음의 성채까지 날아간다 매일 조금씩 얼음의 성채
> 를 부재의 자리로 옮 겨놓는다
>
> —「얼음의 문장 4」 부분

제2시집을 대표하는 「얼음의 문장」 연작시에서 송찬호는 의미의 명확한 소통을 겨냥하기보다 의미의 불통, 의미의 부재를 꾀하고 있다. 그것은 일정한 사유의 표현이 아닌, 무수한 이미지들의 숱한 조각으로 이루어져 있다. 특히 넘쳐나는 이미지들을 지닌 「얼음의 문장4」는 초현실적 감각과 동화적 풍경으로, 그로테스크한 장면과 기괴한 환상으로 이미지들이 산발적으로 넘나든다. 어느 순간 한 끝이 한정도 없이 주욱 늘어나는가 하면 불현듯 다른 한 쪽의 끝이 엿가락처럼 처진다. 마치 살아있는 생물체가 미세한 자극에 이리저리 촉수를 내미는 것처럼 이 시의 이미지는 예측할 수 없이 무질서하게 운동한다. 말하자면 그것은 논리나 의미보다 스치는 감각이나 가벼운 연상에 의해 운동하는 것인데, 이를 두고 이미지의 아메바적 숨쉬기라 하면 어떨까.

아메바적 숨쉬기의 이미지는 그 어떤 예들보다 더욱 자유분방하다. 그것은 운동의 방향에 관한 일정한 규칙이나 최소한의 일관성도 없다. 이미지를 운동시키는 원인이나 조건도 발견되지 않으며 그것의 꿈이

나 의지, 이념도 물론 채취되지 않는다. 이미지들은 단지 운동할 뿐이다. 그저 운동하는 이미지들이 있을 뿐이다. 이러한 방식의 2시집은 송찬호 시인이 1시집에서 고민했던 언어의 문제에 대한 일정 정도의 답을 모색하는 것이 아닐까 한다. 그는 발화된 언어가 귀속되는 의미의 감옥으로부터 벗어나기를 의미의 부재와 소통의 단절, 그리고 의미가 무화된 이미지들의 운동으로 제시하고 있기 때문이다. 시인은 이미지의 운동만을 남겨 놓으며 시의 언어적 성채를 혹은 감옥을 제거한다.

의미가 부재하지만 이 때 남겨진 운동의 이미지들은 미약하지 않다. 그것들은 왜소하거나 어둡지도 않다. 그것들은 죽어가지도 정물화 되지도 않는다. 그것들은 강렬하다. 그것들은 적극적이고 활달하며 생명력으로 넘친다. '거품 속에서 태어나'는 '공기의 여인들'이 그러하고 '포도를 익히던 뜨거운 바람의 입술들'이 그러하며 '물을 펌프질해 올리던 푸르던 나무의 운동들'이 그러하다.

「얼음의 문장4」에서 볼 수 있는 이미지들은 이처럼 생명력이 가득 차 터질 듯이 뿜어져 나오는 형상을 이룬다. 그리고 이들 이미지들은 우리의 의식이 쉽사리 닿을 수 없는 미미한 부분에서, 차갑게 고착된 사물들 속에서 피어오르고 있다. '죽은 자의 짧았던 호리병', '새똥의 무덤들', '벽돌의 빵', '장난감 공작 도시', '죽음의 피부', '차가움의 심장', '얼음으로 결박당한 나뭇가지들', '얼음의 성채' 등이 그것이다. 싸늘한 죽음의 이미지를 지니는 이들 사물들은 그러나 시인의 상상력에 의해 별안간 부풀어 올라 치솟는다. 그것들은 '공기'와 '물'과 '나무'와 '불'과 '태양'과 '새'에 의해 에너지의 수혈을 빨아들이고는 질적 전환을 이루는 것이다.

시에서 느껴지는 거대하고 강렬한 에너지와 종횡무진 솟구치는 이미지들은 이 시를 구성하는 핵심 요인이라 할 수 있는바 이들은 꺼져 가는 사물에 닿고 스며들어 이들 사물을 고양시키는 작업에 돌입하고 있음을 알 수 있다. 말하자면 시는 삶과 죽음, 불과 얼음, 부동과 약동의 결합을 추동력으로 하여 짜여지지 않은 아메바적 무늬를 만들어내고 있다고 할 수 있다. 물론 이 속에서 시인이 의도하는 의미나 논리는 크게 자리 잡지 못한다. 이미지의 아메바적 운동은 오히려 의미나 논리를 잠식하는 것으로 그 존재 의의를 구축하는 것이라고도 볼 수 있다. 이 점이 시를 난해하게 하며 시 속의 이미지가 매우 복잡하다는 인상을 주기도 한다. 앞서 언급했듯 시의 이미지들은 '차가움'과 '뜨거움', '고착됨'과 '운동', '정물'과 '생명' 등의 다양한 층위를 형성하고 있는 것이다.

시 제목 '얼음의 문장' 역시 이와 관련되거니와 여기에서 '문장'이란 의미의 완결된 형태를 가리키는 것이 아니라 '얼음'에 대해 작용을 가하는 '운동 에너지' 정도로 이해될 수 있다. 가령 '문장'은 '죽어가는 것'에 다가가 이에 입김을 불어넣고 열기를 채워 넣어 그것으로 하여 살아나 팽창케 하는 힘의 그것이 아닐까. 시 「얼음의 문장」에 '얼음'의 이미지가 도사리고 있지만 반면 뜨거움과 약동의 이미지가 함께 넘실대고 있는 이유도 여기에 있다. 결국 '얼음의 문장'은 '문장'의 차가움을 지시하는 것이 아니라 '문장'의 입지를 말해주는 것이며 감옥 속에 유폐되어 고사하려는 언어의 '얼음'과 같은 성질을 전환시키는 존재에 해당된다. 요컨대 이제 이미지로 된 2시집의 '문장'은 구조론적 '언어'와 다른 자리에서 다른 기능을 하는 것이라 할 수 있다.

송찬호의 『10년 동안의 빈 의자』의 다른 시편들 역시 「얼음의 문장」에서 보여주었던 이미지의 결합과 약동이 가로놓여 있다. 「소금도시」

「나비」, 「멀리서 기적이 울렸네」, 「유리창」 등의 많은 시들은 시인의 개성 강한 상상력을 유감없이 보여주고 있다. 여기에서 시인은 다양하고 참신한 소재들을 통해 그다운 발랄한 시창작력을 과시한다. 그는 거침없이 소재를 끌어내어 이를 자신의 패턴으로 빚어낸다. 소재들은 시인의 강한 에너지에 의해 전혀 새로운 모습으로 재탄생한다.

그러나 이러한 과정이 일사불란하다 해도 시인의 의식 세계가 한눈에 잡힐 것이라 생각한다면 금세 시인의 싸늘한 웃음소리를 대하게 될 것이다. 시인은 결코 단일한 코드를 바탕으로 시를 기계적으로 생산해내고 있는 것이 아니기 때문이다. 그의 시엔 삶에의 강한 긍정이 있는 반면 냉소와 부정이 있고 신화 및 유토피아를 향한 강한 열망이 있는가 하면 이에 대해 쉬지 않고 회의하는 냉철한 면이 있다. 따뜻함과 뜨거움에 대한 지향이 강한 만큼 차갑고 싸늘한 것에 대한 감각과 통찰과 연민을 지니고 있는 것이다. 이 모든 것을 녹여내어 만드는 시인의 시는 따라서 거대한 주물통이라 할 수 있을 것이다. 시인은 거대한 그릇이 되어 언어와 의미들을 모두 뒤섞어 그 속에서 반죽되어 나오는 새로운 언어에 주의를 기울인다.

바람 사나운 날 절벽에
나무 한 그루 매달려 있다
그곳은 賃金이 높은 곳이지
그 높은 빙하에 매달려
유리창 닦는 일 쉬운 일은 아니지

나무는 좀더 높은 곳에 집을 지으려 한다
그곳을 식탁을 메고 오르지
초대받은 사람 들 썩은 두엄으로 만들지

절벽은 미끄럽다
절벽의 뱃사공 쉬임 없이 노를 젓는다
그 꼭대기를 헤엄쳐 건넌다

여전히 나무 절벽에 매달려 있다
나무의 등이 구부러진다
어떤 나무는 온몸이 마비되고서야 잎을 피운다

나무 매달려 있다
금목걸이에
싸늘히 식은 철사줄 올가미에,
그것이 그의 유일한 직업이니까

―「나무들 비탈에 서다」 전문

「나무들 비탈에 서다」에서의 이미지를 본다면 이 역시 다기한 층위의 것들을 끌어안으면서 그 속에 강렬한 삶에의 의지를 태우고 있음을 알게 될 것이다. 여기에는 '바람 사나운 날 절벽', '높은 빙하', '썩은 두엄', '마비되는 몸', '싸늘히 식은 철사줄 올가미' 등의 죽음과 어울리는 차가운 이미지가 무겁게 자리 잡고 있다. 이들 이미지는 시의 저변을 차지하는 두터운 층위에 해당한다. 이러한 이미지들은 '나무들 비탈에 서다'를 채우는 내포의 층위가 되기도 한다. 또한 여기에는 이들 이미지들이 인간을 둘러싸는 회피할 수 없는 조건이자 환경이라는 아픈 인식도 놓여 있다. 이러한 관점에서 '나무'는 '賃金(임금)'을 위해, '식탁'을 위해, '높은 곳'을 위해 내몰리는 존재인 현대인의 모습에 다름 아니다. 바로 우리의 모습인 셈인데, 생을 짊어지고 사는 바로 우리들은 '쉬임 없이 노를 저'어야 하며 '꼭대기를 헤엄쳐 건'너야 한다. '절벽에 매달려 있'어야 하며 결국 '등이 구부러지'고 '온몸이 마비되'

는 지경에 이르기도 한다. 겨우 '매달려 있'는 것이 우리의 운명이자 '유일한 직업'인 것이다.

현대인의 이미지를 묘사하는 시인의 필치는 대단히 세밀하고 또 신랄하다. 그리고 리얼리티에 근접한다. 그는 주저 없이 낚시찌를 생의 본질에 드리우고 그곳의 실상을 단 번에 낚아 올린다. 사람의 생이 어떠한 부조리와 아이러니에 휘감겨 있는지 그는 너무도 선명히 그려내고 있다. 인간이란 목숨을 부지하는 일조차 목숨을 걸어야 하는 숙명에 내맡겨져 있는 존재라는 것이다.

인간 조건에 대한 이러한 관점은 싸늘하고 차가운 인식이다. 그러나 실재에 가깝고 냉철한 것이기도 하다. 그의 냉철함은 인간을 둘러싼 '얼음 같은' 환경을 인식해 냈으며 이것의 확고부동함을 통찰해냈다. 그의 시에 무겁게 도사리고 있는 싸늘함의 이미지 층위는 바로 여기에서 비롯된 것이다. 이를 의미의 부재, 존재의 부재라고 부를 수 있을 것이다.

그렇다면, 이 점에서 제2시집의 언어들이 어떤 성질을 지니고 있는지는 어느 정도 짐작할 수 있다. 그것은 차가움과 부재를 그대로 놓아두는 '얼음의 언어'가 아니라 차가움을 뜨거움으로, 부재를 채움으로 전환시키고자 하는 '열정의 언어'이다. '차가움'과 '부재'에 임하여 그것을 헛된 것이 아닌 진정한 의미와 따뜻함으로 채우고자 모색하는 치열한 몸부림의 언어라 할 수 있는 것이다. 이러한 언어는 기성하는 세계를 부정하고 또한 감옥에 유폐된 차가운 언어를 부정하는 한 거점이 된다.

3. 따스한 문장의 의미화 – 동백

2000년에 나온 세 번째 시집 『붉은 눈, 동백』은 이전의 시집들과 완전히 상반된 지점에 놓인다. 아직도 머나먼 길을 가야할 시인의 세계를 2기로 나눌 수 있다면, 『붉은 눈, 동백』은 그 출발점에 놓이는 시집이다. 그것은 다음 두 가지 점에서 그러하다. 하나는 이전의 시집들이 모색의 단계에 있었다는 점에서 그러하고, 다른 하나는 그 모색의 구체적인 형상이 『붉은 눈, 동백』에 이르러 비로소 만들어지기 시작했다는 점에서 그러하다.

송찬호는 처음 두 시집에서 근대의 제반 사유에서 길러지는 방법적 의장들에 대해 고민했다. 한편으로는 말의 기능적 가치와 그 효과들에 대해 모색했고, 의미의 초월에 대해 탐색해 들어갔다. 말의 형성 원리와 그 소통적 가치에 대한 모색이 첫 시집의 주제였다면, 말의 본질에 대한 저돌적 육박이 두 번째 시집의 주제였다. 전자가 기표와 기의의 중간 지대에서 그 의미론적 관계가 형성되었다고 한다면, 후자의 경우는 현저히 기표 중심적이었다. 이를 두고 해체적 감각이라 말할 수도 있고, 포스트모던의 시각에서 검증할 수도 있을 것이다.

그러나 그의 첫 두 시집이 어느 사조와 정확히 일치하는가의 여부를 따지는 것이 중요한 일이 아니다. 보다 의미 있는 것은 자본주의의 처절한 모순에서 촉발된 시인의 시적 의장이 갖는 일관성이다. 송찬호는 이성적 규율에 놓여있는 말의 의미를 해체하고, 그 속박으로부터 초월하는 데 그 목표를 두었다. 구조론적 질서에 갇힌 말을 해방시키기 위해 시인은 기표들의 유희쪽으로 방향을 틀었다. 마치 30년대의 이상이 그러했던 것처럼 그는 기호놀이의 세계에 젖어들었던 것이다.

처절하게 억눌린 현실로부터 벗어나기 위한 것이 그의 일차적인 목표였기에 시인은 기호의 조작에 열심히 매달렸다. 언어의 감옥에 대한 처절한 인식과 차가운 문장에 대한 올곧은 인식은 그러한 언어 유희의 궁극이었다. 그럼에도 송찬호는 언어 유희의 함정에 빠져 그 속에 잠기지 않았다. 언어 유희에 희망을 걸다가 또다시 언어 유희에 빠지는, 그리하여 이 기호놀이에 절망해버리는 지경에 이르지는 않은 것이다. 말하자면 그는 정신의 건강성까지 잃지는 않은 것이다.

그러한 시인의 건강성과 시정신의 행방이 무엇인지를 명백하게 제시해 준 것이 세 번째 시집 『붉은 눈, 동백』이다. 송찬호는 정신의 해방이라는 기나긴 여행에서 '동백'을 발견했다. 이 시집 모두를 동백에 대한 헌사라 해도 과언이 아닐 만큼 '동백'은 이 시집의 전략적 이미지가 되었다. 거의 '동백연작시'에 가까울 정도로 『붉은 눈, 동백』은 붉은 동백꽃으로 뒤덮여 있었던 것이다.

> 마침내 사자가 솟구쳐 올라
> 꽃을 활짝 피웠다
> 허공으로의 네 발
> 허공에서의 붉은 갈기
>
> 나는 어서 문장을 완성해야만 한다
> 바람이 저 동백꽃을 베어 물고
> 땅으로 뛰어내리기 전에
>
> ─「동백이 활짝」 전문

짧지만 아름다운 시이고 힘과 역동성이 넘쳐나는 시이다. 여기서 묘사되는 동백은 그저 길가에 한가로이 개화되어 있는, 혹은 이름없는 꽃이 아니다. 이 꽃에는 강렬한 힘이 느껴진다. 사자의 힘으로 피워올린 역동적인 꽃이기 때문이다. 일찍이 꽃을 이렇게 강렬한 동물성으로 표백하여 형상화한 시는 별로 없었던 듯하다. 이 시의 압권은 동백 그 자체에 있는 것이 아니라 사자의 힘과 같은 강렬한 역동성이다. 그만큼 송찬호의 자연시는 힘이 느껴진다. 그렇다면 이 힘이란 대체 무엇일까.

일단 그것을 중심이라고 하는 편이 좋을 듯하다. 송찬호는 앞의 두 시집에서 중심을 해체해 왔다. 그 전략의 일환으로 의미를 만들어내는 언어를 무너뜨렸다. 언어에 의해 직조되는 모든 것들은 전부 중심을 만드는 매개로 보았기 때문이다. 그럴 경우에만 불온한 현실을 만들어낸 이성의 억압으로부터 해방될 수 있다고 판단했다. 그렇다면 그처럼 해체주의자였던 그가 또 다른 중심을 만들어내는 일이란 자가당착이 아닐까.

그러나 여기서의 중심이란 앞의 중심과는 현저히 다른 경우이다. 이 중심은 치유의 힘이고 초월의 힘이기 때문이다. 송찬호는 『붉은 눈, 동백』에 이르러 자기 초월의 성채, 곧 그 스스로 안주할 집을 만들기 시작한다. 그리고 이때부터 세상에 대한 시인의 시선들은 매우 긍정적인 것으로 바뀌게 된다. 이런 변화는 새롭게 안주해야할 공간의 모색으로 이어지는바, '강렬한 동백'의 발견은 그 탐색의 결과이다. 이 지점에서부터 그의 시들은, 아니 그토록 타기하려 했던 시인의 문장들은 새로이 만들어지기 시작한다. 이는 송찬호의 시세계에서 매우 중요한 변화가 아닐 수 없다. 『흙은 사각형의 기억을 갖고 있다』에서 시인은 언어의 감옥으로부터 탈출하고자 했다. 그 연장선에서 시인은 언어의 구조론적 관계망을 부수고 갇힌 말로부터 자유롭고자 했다. 그리고 그는 『10년동안의 빈의자』에서 의미의 흐름을 무뎌지게 했다. 그러나 이제 얼어붙었던 언어들이 녹아 흘러내리려 한다. 오히려 시인은 앞장서서 "문장을 완성해야만 한다"라며 문장의 완성을 당위성의 차원으로까지 끌어올린다. 무엇이 이러한 변화를 가능하게 했을까. 그것은 곧 동백꽃이다.

무릇 생명이 태어나는 경계에는
어느 곳이나
올가미가 있는 법이지요
그러니 생명이 탄생하는 순간에
저렇게 떨림이 있지 않겠어요?

꽃을 밀어내느라
거친 옹이가 박인 허리를 뒤틀며
안간힘 다하는 저 늙은 동백나무를 보아요

그 아득한 올가미를 빠져나오려
짐승의 새끼처럼
다리를 모으고
세차게 머리로 가지를 찢고
나오는 동백꽃을 이리 가까이 와 보아요

향일암 매서운 겨울 바다 바람도
검푸른 잎사귀로
그 어린 꽃을 살짝 가려주네요
그러니 동백이 저리 붉은 거지요
그러니 동백을 짐승을 닮은 꽃이라 하는 것 아니겠어요?

　　　　　　　－「관음이라 불리는 향일암 동백에 대한 회상」 전문

시인이 새롭게 만든 문장의 정점은 인용시에서 보듯 동백이다. 그것에 대한 명백한 인식은 뜨거워진 문장의 결과이다. 이제 시인은 동백을 발견함으로써 비로소 의미화가 가능한 뜨거운 문장 속으로 되돌아오게 된 것이다. 따뜻한 문장 속에서 새롭게 피어난 꽃, 그러니까 동백은 역경의 승화 속에서 얻어진 것이다. 그것은 근대의 저편에서 솟아오는 초월의 꽃이고 형이상학의 꽃이다. 건강한 육체인 동백을 발견함으로써 송찬호는 언어의 감옥에서 벗어나, 그만의 따뜻한 문장을 가질 수 있게 된 것이다.

4. 창조된 자연 속에서 걸러진 근대의 초극

송찬호의 시세계에서 '동백'의 발견은 중요한 시사적 변화를 가능케 한 매개항들이다. 그는 이 동물적 원시성 속에서 비로소 안주할 수 있는, 아니 말을 직조해낼 수 있는 문장들을 발견해내었다. 그것은 건강한 자연미이자 인간이 도달할 수 있는 최고의 숭고미이다. 자연만큼 완벽한 동일성과 이법을 담지하고 있는 상관물을 발견하는 것은 불가능하기 때문이다.

앞서 송찬호의 시세계를 어떤 문예학적 흐름 속에 편입시켜 논의하는 것이 가능한 일이고 또 필요한 일이라고 했다. 이런 일들이 대단히 도식적이고 기계적인 일임은 틀림없는 사실이긴 하지만, 어느 특정 시인의 문학사적 맥락과 시사적 의미를 물을 때, 문예학적 흐름의 도움 없이 그 답이 불가능한 것도 사실이다. 송찬호는 근대의 제반 병리현상들을 솜사탕처럼 빨아들이고 또 이를 적절히 녹여낼 줄 아는 시인이었다. 그래서 그를 모더니즘의 사유 속에 구동되는, 아니 그것을 충실히 구현하는 시인으로 판단했다. 문제는 그가 모더니즘을 올곧게 받아들인 시인이고, 근대의 제반 병리적 현상을 작품 속에 잘 구현했다는 그 뻔한 도식을 찾아내는 일에 있는 것이 아니다. 송찬호를 이렇게 단순히 도식화시켜버리면 그만이 갖는 독자성, 그의 문학만이 갖는 자율성들은 거의 드러나지 않게 된다. 한 시대를 풍미하고 특정 시인만이 구가했던 서정적 특성과 아우라를 찾아내어 이를 올바르게 자리매김하는 일이야말로 그들의 문학적 노고와 열정에 보답하는 일이 아닐까 한다.

한국 모더니즘의 흐름, 특히 신고전주의에 바탕을 둔 모더니즘의 흐름을 따라가다 보면, 대략 다음과 같은 등식이 나온다. 분열과 해체, 치열한 모색, 그리고 인식적 완결성이다. 한국의 모더니스트들이 최종 귀결점으로 찾은 인식적 완결성이란 대개 자연의 세계를 통해서 구현되었다. 가령 30년대의 대표적 모더니스트였던 정지용의 경우가 그러하다. 정지용의 시세계가 이미지즘의 세계를 거쳐, 가톨릭시즘, 백록담으로 대표되는 자연의 세계로 기울어져 있음은 익히 알고 있는 사실이다. 그리고 그 이후 일일이 거명하기 힘들 정도로 많은 시인들이 이같은 경로를 밟아 왔다. 자연은 이들 모더니스트들에게 더 이상 나아갈 수 없는 최후의 닫힌 회로였던 것이다.

지금도 진행중에 있는 송찬호의 시들 역시 자연으로 방향을 잡고 있다는 점에서 보면, 기왕의 시인들이 보여주었던 모더니즘의 회로들과 거의 차별되지 않는다. 이러한 면들이 송찬호 시를 차별시키지 못하는 면들이 아닐까 한다. 그러나 송찬호의 자연시들에서는 기왕의 모더니즘 회로에서 보지 못했던 새로운 면들이 드러난다. 바로 자연을 형상화하는 방식의 차이, 곧 시의 방법적 자각에서 매우 독특한 양상을 보여주는 것이다. 우선 송찬호는 자연을 반영론적으로 접근하지 않는다. 그의 작품들은 애초부터 재현의 미학과는 거리가 멀다. 인식적 완결성을 지향하는 그의 자연시들은 대개가 창조적인 것에 바탕을 두고 있기 때문이다.

송찬호의 최근 시집 『고양이가 돌아오는 저녁』이 추구하는 근본 주제는 원시적 건강성이다. 그의 이러한 주제의식은 『붉은눈, 동백』에서 보여주었던 '동백'의 세계로부터 한 차원 더 나아간 지점에서 직조된 것이다. '동백'은 재현의 자연일 뿐만 아니라 관념적 성격으로부터 자유롭지 못했다. 그러나 『고양이가 돌아오는 저녁』에 이르면, 동백으로부터 떨어져나간 야수적 힘들이 자연의 온갖 사물들을 불러 모으기 시작한다. 재현된 자연뿐 아니라 창조된 자연까지 『고양이가 돌아오는 저녁』의 시집에서 모두 만날 수 있는 것이다. 그것은 송찬호가 자연 속에서 찾은 야성주의다.

> 그리고 부지런히 말과 글을 배운
> 염소 학교 졸업식 날
> 그에게 많은 축복이 있었다
> 산과 들판은 절벽에 붙어살며
> 바위 사이를 뛰어다니는 쿠션 좋은 침대를
> 시간은 쉼 없이 풀을 씹어
> 향을 피워 올리는 검은 향로를
> 시냇물은 약간 소심한 낯짝의 거울을
> 구름은 근사한 수염을
> 그리고 우리는 고삐를 주었다
>
> ―「염소」 부분

근대의 학교가 가르친 것은 이성이었고 근대를 끌어안고 지탱한 것은 학교와 같은 제도였다. 이 제도의 유폐 속에서 원시적 힘과 무의식적 욕망들은 철저하게 유린당했다. 그러나 이성의 기둥이었던 제도들은 송찬호의 '염소학교'에 오면 여지없이 전복된다. 그에게 학교란 단순히 이성을 훈육하는 제도가 아니라 야성적 근원을 회복시켜주는 제도로 기능하기 때문이다. 시인에게 자연이란 원시 본연의 힘을 회복시켜주는 매개이자 무대이다. 그러나 송찬호는 자연을 단순히 재현시키고 거기서 어떤 형이상학적 의미를 부여하거나 초월과 같은 관념으로 떨어지지 않았다. 그의 자연이 갖는 근대적 의미의 가치는 바로 창조성에 있었기 때문이다.

> 지리산 뱀사골에 가면 제승대 옆 등산로에서 간이 휴게소를 운영하는 신혼의 젊은 반달곰 부부가 있다 휴게소는 도토리묵과 부침개와 간단한 차와 음료를 파는데, 차에는 솔내음차, 바위꽃차, 산각시나비팔랑임차, 뭉게구름피어오름차 등이 있다 그중 등산객들이 즐겨 찾는 것은 맑은바람차이다
>
> 부부는 낮에는 음식을 팔고 저녁이면 하늘의 별을 닦거나 등성을 밝히는 꽃등의 심지에 기름을 붓고 등산객들이 헝클어놓은 길을 풀어내 다독여주곤 한다
>
> — 「반달곰이 사는 법」 부분

한국 근대시사에서 자연을 재현의 미학이 아니라 창조의 미학에 두고 시작활동을 한 경우는 매우 드물다. 목월 정도가 거의 유일무이하게 있을 정도이다. 목월 시에서의 자연은 재현된 것이 아니라 창조된 것이다. 목월이 자연을 재현이 아니라 창조의 시각에서 바라본 것은

일제 식민지라는 어두운 현실을 도피하기 위해서였다. 현실 초월의 동기 때문에 그러한 것인데, 이런 관점이라면 송찬호의 경우도 비슷한 동기를 갖는다. 그도 자연을 형이상학적 초월의 동기로 인유하고 있기 때문이다. 그러나 그 초월의 동기는 매우 다르다. 송찬호는 근대의 어두운 터널을 뛰어넘기 위해서 자연을 새롭게 창조했다. 그가 창조해낸 자연의 수법들은 기왕의 시인들이 보여주었던 의장들을 모두 수렴시킨 것처럼 매우 정교하다.

우선, 인간이 자연으로 되돌아가려면 한없이 낮아져야 한다("이 책은 소인국 이야기이다" 「채송화」). 자연으로 되돌아가기 위해 인간적인 모습을 잃어갔던 정지용의 「백록담」을 환기하면 이는 금방 이해될 것이다. 송찬호는 작아지다 못해 아예 인간적인 요소를 없애버렸다. 반달곰을 의인화시켜, 소위 인간과 자연의 경계를 무너뜨렸기 때문이다. 인간의 흔적이 지워졌기에 반달곰으로 표상되는 자연만이 남아있게 되었다. 그렇게 완전히 합일된 자연 속에서 새롭게 창조해낸 것이 "솔내음차, 바위꽃차, 산각시나비팔랑임차, 뭉게구름피어오름차, 맑은바람차" 등등이다. 이 얼마나 멋들어진 자연의 풍광인가. 우리 모더니즘의 회로는 벌써 여기까지 나아갔다. 자연조차 오염되었다고 아우성치는 요즈음의 현실에서 이만한 정도로 깨끗한 자연을 만들어낼 줄 알았던 이가 송찬호다. 한국 모더니즘의 시사는 이렇듯 한 단계 승화되었다. 그 맨 앞자리에 있는 사람이 송찬호다. 근대의 제반 사유에서 길러진 시인의 인식론적 깊이가 분열된 자아를 웅숭깊게 치유할 수 있다고 판단하는 것은 창조된 자연에 대한 신뢰 때문이다.

시양식과 산문양식

―정진규

1. 빗장 허물기와 개척하기

정진규는 1960년 동아일보 신춘문예에 「나팔 抒情」이 당선된 이후 지금까지 47년여에 걸친 오랜 시작 활동을 전개해 왔다. 1965년에 상재된 첫 시집 『마른 수수깡의 平和』를 비롯한 『有限의 빗장』(1971), 『들판의 비인 집이로다』(1977), 『매달려 있음의 세상』(1980), 『비어있음의 충만을 위하여』(1983), 『연필로 쓰기』(1984), 『뼈에 대하여』(1986), 『별들의 바탕은 어둠이 마땅하다』(1990), 『몸詩』(1994), 『알詩』(1997), 『도둑이 다녀가셨다』(2000), 『本色』(2004), 『껍질』(2007) 등이 그간 쓰인 그의 시집들로서, 시인은 쉼 없이 그리고 차분하게 시작(詩作)의 길을 걸어온다. 그리고 2007년에는 시선집 『정진규시선집』이 간행된 바 있다. 이들 13권에 달하는 시집들을 만나면서 우리는 정진규의 시세계가 몇몇의 옹이를 지닌 채 시험과 도전으로 이루어져 오면서도 예외 없이 일관된 정신의 맥을 계승하고 있음을 알게 된다.

그 일관된 정신의 맥을 축으로 다양한 스펙트럼을 펼치면서 전개되어온 그의 시세계는 3단계로 구분하는 것이 가능하다. 첫째 시기는 『마른 수수깡의 平和』(1965)와 『有限의 빗장』(1971)가 상재된 1960년대, 1970년대 초반까지이다. 이때는 '현대시'동인으로 활동하던 시기로서, 이들 동인들이 탐색했던 세계와 같이 주로 내면 탐구의 양상을 보여주었다. 두 번째 단계는 1970년대 후반부터 80년대 말까지로 일상의 세계 및 산문시에 대한 관심 표명과 더불어 자기정체성을 모색하던 시기이다. 세 번째 단계는 1980년대에서 90년대로 넘어가는 시기에 본격적으로 이루어진 소위 견성(見性) 혹은 견자(見者)의 시들이다. 정진규의 시세계는 이 때 본질에 대한 탐색과 그 본질이 구현하는 구체적인 대상의 형상화로 직조되는 특성을 보여준다. 시집들마다 약간의 편차가 있긴 하지만, 그의 시세계는 이렇게 세 시기로 구분하는 데 있어 큰 무리는 없어 보인다. 그런데 특이한 것은 이러한 시기구분과 함께 그의 시세계의 또 다른 특색인 형식미의 변모 역시 이런 구분과 교묘히 맞아떨어진다는 점이다. 그것은 정진규의 시의 형식적 특성가운데 하나인 시성(詩性)과 산문성(散文性)의 내밀한 길항관계에서 온다. 내면탐구의 성향이 강했던 초기에 정진규의 시들에서 산문성은 표나게 강조되지 않았다. 그러나 자아정체성의 확립을 위한 '마음다스리기' 과정으로 일관했던 두 번째 단계에서는 산문성이 시성을 압도하기 시작한다. 이후 그러한 산문성은 후기에 이르러 시성에 다시 밀려나 그 중요도가 떨어지게 된다. 이런 맥락에서 보면 시성과 산문성의 관계는 형식적 요건의 문제에서 그치는 것이 아니라 내용과 결부된 미학상의 문제라는 사실 역시 알게 된다.

정진규의 시는 이렇듯 세 가지 단계로 구분되지만, 형이상학적이고 정신주의적인 시적 성향은 전체 시세계를 아우르는 뿌리이자 뼈대임은 부인할 수 없다. 말하자면 정진규에게 시의 새로운 시도와 모험은 보다 더 깊은 깨달음을 향한 의지와 열정의 표현이었던 것이다. 이 정신지향적 시 행위는 정진규 시의 매 시기를 방향 짓고 감싸 안는 울타리였다. 따라서 그의 시세계는 변모와 지속의 팽팽한 긴장관계 속에서 이루어지고 있으며, 그 안에서 중심이 일정하게 지켜지는 양상, 즉 끊임없는 지양(止揚)이 나선형의 발전을 통해 이루어지면서 보다 깊은 깨달음이라는 존재론적 완성의 형태로 나아가는 양상을 보여주는 데 있다고 할 것이다.

이 글은 그러한 정진규 시의 스펙트럼 가운데, 자아정체성 확립과 결부된 '마음다스리기' 과정이 탐색되었던 70~80년대 시세계를 중심으로 살펴보고자 하는 의도에서 쓰인다. 정진규 시의 중간단계인 이 시기는 몽유적 헤매임 속에서 자아의 끈을 발견하려 한 60년대와 깨달음이라는 견자의 혜안을 보인 90년대 이후의 시세계를 연결하는 단계라는 점에서 매우 중요한 의미를 갖는다고 할 수 있다.

2. 분명한 자아의 발견과 고독의식

정신주의에 대한 가열찬 탐색과 내면에의 치열한 모색을 보여주었던 정진규의 60년대 시들은 두 가지 방향성을 보이면서 전개되었다. 시인의 초기시는 의미 구조의 특성상 크게 두 가지 유형으로 구분되는데, 하나는 일상의 체험 영역과 이상적 체험 영역을 대비시키고 그 속에서 이상적 체험 영역이 지닌 절대성과 완전성을 그리는 유형이고, 다른 하나는 이상적 체험 영역이 지닌 의미를 규정하고 그에 도달하기 위한 방법과 과정을 그린 유형이다. 전자의 경우는 이상적 체험 영역이 어떤 것인지 직접적으로 언급되지 않은 채 매우 암시적이고 추상적으로 처리되고 있는 반면, 후자의 경우에서는 이상적 체험 영역은 '애기', '영혼의 고향', '영원', '신'으로 형상화되는 등 영혼의 순수성에 대한 회복에 그 초점이 맞추어져 있었다. 이는 전자의 시에서 '절대'라는 모호하고 추상적인 용어로 지시한 것과 결국 같은 세계에 해당하지만 '영혼의 순수성'이라는 일정한 범주로 구체화되는 것이라는 점에서는 차별성을 갖는다. 그리고 이러한 범주화들은 이에 이르는 방법까지도 아울러 결정짓게 되는데, 그 방법이란 '절단'과 '沐浴', '맨발'에서 암시되는 것처럼 닦고 벗어내고 비워내는 등의 '마음 다스리는 일들'로 모아진다.

그러나 정진규 시의 평생의 주제였던 '마음 다스리기'는 초기 시에서는 다소 모호한 형식으로 현상된다. 구체적인 자아의 모습을 형상화하거나 이를 인증하는 방식이 아니라 말의 외피나 객관적 상관물을 통한 간접적인 방식을 통해서 여기에 도달하기 때문이다. 자아를 인식하는 이러한 태도는 '현대시'동인들의 일반적 특성이거니와 60년대식 아우라의 응전방식이기도 한 것이었다. 모호성과 애매성이라는 혼돈, 그 속에서 허우적대는 자아의 불투명한 모습들이 시인의 초기시의 특성이었다. 그런데 이러한 유폐적 자아의 몽롱한 모습들은 70년대 들어서면서 보다 분명한 테두리를 형성하기 시작한다. 곧 자아라는 경계를 확실히 만들어가는 것이다. 이는 안개처럼 희미했던 60년대식 현실에 대한 안티테제이면서, 타자화된 현실들이 수면위로 떠오르는 70년대식 사회 환경들의 직접적 반영이기도 하다.

어쩌랴, 하늘 가득 머리 풀어 울고 우는 빗줄기, 뜨락에 와 가득히 당도하는 저녁나절의 저 음험한 悲哀의 어깨들 오, 어쩌랴, 나 차가운 한 잔의 술로 더불어 혼자일 따름이로다 뜨락엔 작은 나무 倚子 하나, 깊이 젖고 있을 따름이로다 全財産이로다

　어쩌랴, 그대도 들으시는가 귀 기울이면 내 유년의 캄캄한 늪에서 한 마리의 이무기는 살아남아 울도다 오, 어쩌랴, 때가 아니로다, 때가 아 니로다, 때가 아니로다 온 國土의 벌판을 기일게 기일게 혼자서 건너가 는 비에 젖은 소리의 뒷등이 보일 따름이로다

　어쩌랴, 나는 없어라 그리운 물, 설설설 끓이고 싶은 한 가마솥의 뜨 거운 물 우리네 아궁이에 지피어지던 어머니의 불, 그 잘 마른 삭정이 들, 불의 살점들 하나도 없이 오, 어쩌랴, 또다시 나 차가운 한 잔의 술 로 더불어 오직 혼자일 따름이로다 全財産이로다, 비인 집이로다, 들판 의 비인 집이로다 하늘 가득 머리 풀어 빗줄기만 울고 울도다

－「들판의 비인 집이로다」 전문

　인용시는 1977년에 간행된 『들판의 비인 집이로다』에 실린 표제시 이다. 이 시기의 시들은 초기 시의 이미지즘적 요소들이 남아있긴 하 지만 이때의 주된 시적 주조였던 모호한 관념의 세계로부터 멀리 벗 어나 있다. 이 시의 특색은 우선 사물에 대한 구체적인 인식에서 찾아 진다. 이는 초기시의 특색이었던 관념의 흔적과는 무관한 것일 뿐만 아니라 언어라는 외피에 둘러싸여 본질이 가려진 채 사물이 묘사되던 방식과도 다른 것이다. '빗줄기', '어깨들', '의자', '국토', '소리' 등 구체적인 일상들이, 아니 구체적인 소재들이 이 작품을 구성하는 근본 질료가 되고 있기 때문이다. 이 시의 이러한 구체성은 사물들의 세세 한 나열에서 그치는 것이 아니라 '자아'라는 테두리를 보다 분명하게 경계짓는 데에서도 나타난다. "나 차가운 한 잔의 술로 더불어 혼자일

따름이로다"에서 보듯 구획된 자아, 경계지어진 자아가 모호한 배경을 배음으로 깔면서 앞으로 앞으로 나오고 있는 것이다. 이런 분명한 자아의 모습은 정진규의 시에서 매우 중요한 부분이 아닐 수 없는데, 그의 시들이 견성(見性)에 주어지는 것이라면, 이에 이르는 길은 명확한 자아에 대한 인식없이는 불가능하기 때문이다.

자아에 대한 확증과 그 경계에 대한 명확한 인식은 이 작품의 시간의식에서도 확인할 수 있다. 인용시의 시간의식은 현재의식으로의 몰입으로 이루어져 있다. 지나온 과거에 대한 아름다운 추억도 없고 미래를 추동해나갈 생산적인 힘도 없는 것이 이 작품의 특징이다. 서정적 자아의 기억이 긍정적인 것이라면, 그것은 현재의 삶을 반추하고 미래로 나아가게 하는 에네르기가 될 것이다. 그러나 인용시에서 현재를 추동할 과거의 추억은 '캄캄한 늪'에 불과한 것이어서 지금 여기의 생산성과는 무관하다. 그러한 비생산성은 '설설 끓는 물'이라든가 '어머니의 불'과 같은 상승적 이미지의 소멸 현상에 곧바로 연결되기도 한다. 지나온 과거와 앞으로 나아갈 길에 대한 좌절이 서정적 자아로 하여금 현재의식으로 몰입하게끔 만든 것은 자연스러운 일이었을 것이다.

고립된 자아가 이르는 곳이 고독임은 당연한 일인데, 이 시기 정진규 시에서 산견되는 고독의 감수성이라든가 일상의 현실에 충실코자 한 소시민의식도 이 고독의식과 무관하지 않다. "이른 아침이면 커피를 마시는 단골 찻집이 안국동에 있으며 점심엔 냉면을 먹으러 강서면옥까지 택시를 타는 것"(「나의 母國語」)이나 "호두 같은 거나 사다가 망치로 땅땅 두드려 깨어 먹으면서 텔레비전만 열심히 보고 지내는 것"(「折半, 折半」)이 바로 그것이다. 탈출할 수 없는 현재 속에서 시인의 눈에 들어오는 것이 평범하게 살아가는 소시민들의 일상임은 당연한 일이 아니었을까. 그것이 모호한 언어의 외피를 집어던진, 그리하여 명증한 자아를 만나는 70년대의 정진규 시의 모습이다.

3. 일상 속에서 길항하는 시성과 산문성의 대립

인간의 정서는 다양한 스펙트럼을 지니고 있다. 헤아릴 수 없는 욕망과 정서, 그리고 사회적 반향들은 인간의 그때그때의 상황을 결정하는 가장 기본적인 요소가 된다. 대부분의 인간은 다양한 빛깔의 욕망과 감정에 지배되어 행동하고 살아간다. 이것이 인간의 즉자적인 조건이기 때문에 그 욕망 등이 실현되는 무대인 일상의 체험 영역은 인간들의 얼키설키한 관계로 난수표처럼 무질서한 양상을 보일 수밖에 없다.

정진규가 '마음 다스리기'를 위한 배경으로 일상의 체험 영역을 설정한 것도 여기서 연유한다. 일상적 체험 영역은 인간 개개인의 이기심과 욕망과 제어되지 않은 감정들로 이루어진 거칠고 산문화된 세계이다. 그곳에서 시인은 정신의 고양을 이룰 수 있는 어떤 위안이나 안식, 평화나 구원 등을 찾아 헤매었다. 그러한 곳에서 영혼은 혼탁한 세상에 가려져 자취를 찾기 힘들 것이다. 그렇기에 시인은 일상적 체험 영역이 아닌 그 너머에 다른 세계에 대해 눈을 돌리게 된다. 그것은 자아의 끝없는 갈망과 순결한 정서가 빚어낸 독특한 체험 영역으로 다가오게 된다.

정진규가 70년대 말부터 일상에 바탕을 둔 산문시에 집중하기 시작한 것도 이 영역에 대한 관심에서 촉발된다. 다양한 스펙트럼이 분사

되는 일상의 영역은 다양한 욕망들이 혼재하는 산문화된 세계이다. 이
세계는 하나의 집중이 필요치 않는 여러 영역의 중심과 주변이 존재
하기에 이들을 어느 하나의 접점으로 수렴시키는 일은 가능하지 않다.
이때 시인은 그렇게 혼재된 사물들에 대해 관념화시키거나 의미부여
하는 것에는 관심이 없다. 시인이 응시하는 것은 그러한 일상에서 길
어올려지는 자아의 테두리와 그 자기정립뿐이다.

> 저로서는 과분하게도 우리 집 房이 네 개입니다 하나는 우리 內外가
> 쓰고 하나는 저의 長男이 쓰며 하나는 제 사랑스러운 딸이 또 하나는
> 제 막내가 외할머니와 함께 쓰고 있습니다 아침에 일어나 네 개의 쓰레
> 기통을 버리는 것이 저의 소임입니다 무심코 보면 알 수 있습니다(…중
> 략…) 우리 內外의 쓰레기통은 언제나 비어 있습니다 버릴 것이 없사오
> 며 없사온 까닭인즉 저들의 쓰레기통을 채워주고 다시 채워주어도 모자
> 라는 탓이오며 용서를 바라옵기는 가득히 비어 있는 충만을 또한 사랑
> 할 줄 알기 때문입니다 여러분, 지금 세상의 쓰레기통 속엔 무엇이 버려
> 지고 있는지요.
>
> — 「우리 집 쓰레기통은 네 개」 부분

산문성은 원심성을 그 주된 특징으로 한다. 하나의 개념이나 관념으
로 모아질 수 없는 부채살같은 회로들의 발산이 산문성의 세계이다.
본디 이 세계는 진행적 사관이 강한 사회에서 주목을 받는 사관이지
만, 그러나 정진규의 경우에는 그 반대의 사례로 다가온다. 그는 지난
과거의 부정성과 미래에 대한 닫힌 회로에서 헤매이는 인식적 사유를
보여온 바 있다. 따라서 그의 사유구조는 진행형이 아니고 어찌 보면
퇴행에 가까운 것이었다. 이런 사유들이 현재의식에의 몰입과 일상에
의 응시로 귀결되었음은 앞서 지적한 바 있거니와 이 때 산문성은 시

인이 세상을 발견하고 인식하는 통로로서 기능한다. 즉 산문성은 시인에게 시의 방법적 자각이었을 뿐만 아니라 세상으로 나아가는, 그리하여 세상 속에서 자기를 확인하는 수단으로 기능한다. 따라서 정진규의 시에서 산문성은 자기 수양이나 깨달음을 향한 도정에 놓인 방법적 인식의 매개라 할 수 있다.

「우리 집 쓰레기통은 네 개」는 자아와 산문성의 관계가 무엇인지 시사해주는 좋은 본보기이다. 이 시의 소재는 시인의 주변에 있는 지극히 사소한 일상에서 시작된다. '쓰레기통'이 바로 그것이다. 시인은 이 쓰레기통을 통해서 '마음다스리기'의 실체가 무엇이고, 그것의 함의에 대해서 일깨워준다. 마음 다스리는 길이 "버릴 것이 없사오며 없사온 까닭인즉 저들의 쓰레기통을 채워주고 다시 채워주어도 모자라는 탓이오며 용서를 바라옵기는 가득히 비어 있는 충만을 또한 사랑할 줄 알기 때문"이라는, 지극히 상식적인 차원에 놓여 있는 것임을 일러주기 때문이다. 그러나 그가 말하는 진리는 지극히 평범한 것이지만, 이에 이르는 길은 역으로 대단히 비범하다. 산문성이란 번다함과 다양성을 특징으로 하는 것이어서 하나의 관념으로 귀결되기 어려운 성질을 내포하고 있다. 반면 시인의 '마음다스리기'라는 '공(公)'이나 '무(無)'와 같은 절대 경지의 사유는 지극히 단선적인 것이다. 이런 관점에서 보면, 다양성에서 단일성을 끌어내는 것이 정진규 시의 방법적 의장이자 특색이 된다. 산문성을 딛고 시성으로 우뚝 올라서는 과정, 그것이 정진규의 산문시가 갖는 궁극의 의미이기 때문이다.

4. 시성으로의 회귀와 깨달음의 형식이 빚어낸 형식

정진규는 어떤 형이상학의 정점에 쉽게 이르는 과정을 제시하거나 선언적 명제를 말하지 않는다. 그는 어떤 목표를 정해놓고 그것에의 여정을 위해 불필요한 관념을 낭비하거나 소비하지 않는다. 정진규는 과정을 중요시할 뿐 어떤 목표치에의 접근 따위에는 관심을 갖지 않는다. "달과 해의 매달림 땅과 바다의 매달림 그런 흐름. 오, 흐르는 매달림. 한송이의 꽃이 하나의 꽃대궁에 하나의 우주로 매달려 있음"(「오세요, 오세요」)처럼 우주의 질서라든가 우주의 이법과 같은 관념을 쉽게 남발하지 않는 것이다. 오히려 이러한 부분들은 그에게 섣부른 판단, 선험적 이상일 뿐이다. 그는 오랜 시작생활을 거치면서 선험성의 세계에 대해 노래하거나 낭만적 열정에 대해서도 말하지 않았다. 그의 시들은 지금 여기의 현실과 일상의 체험에서 걸러지는 진리만을 언급해왔다. 그의 필생의 시적 주제인 '마음 다스리기'는 그런 일상적 체험에서 걸러진 승화의 꽃이었다.

> 우리 집 김장 날 내가 맡은 일은 항아리를 비워내는 일이었다 열동이 씩이나 물을 길었다 말끔히 말끔히 가셔내었다 손이 시렸다 어디서나 내가 하는 일이란 비워내는 일이었다 채우는 일은 어느 다른 분이 하셔도 좋았다 잘하는 짓이라고 神께서 칭찬하셨다 요즘 생각으론 집이나 백 채쯤 비워내어 그 비인 집에 가장 추운 분들이 마음대로 들어가 사시게 했으면 좋겠다 이 겨울을 따뜻하게 나셨으면 좋겠다.

– 「비워내기」 전문

인용시는 우리 주변에서 흔히 볼 수 있는 일을 시의 소재로 하고 있다. 시인은 물동이를 비워내는 일상적인 일에서 마음을 비우는 일에 이르기까지, 소위 욕망을 비우는 인식적 행위로까지 그 사유구조를 넓히고 있다. 시인의 이러한 행위들은 "백 채쯤 비워내어 그 비인 집에 가장 추운 분들이 마음대로 들어가 사시게 했으면 좋겠다"고 함으로써 보다 넓은 외연으로 확대되고 있는 것이다. 그의 산문성이 대사회적 의미망과 만나는 접점도 이 순간이다. 정진규는 자신의 시에서 펼쳐지는 산문성이 열린 시야 속에 놓이는 것임을 다음과 같이 밝힌 바 있다.

> 개방적인 집단의 세계에 나를 스스로 동참시키기 시작하면서 자연스레 산문의 형태를 선택하고 있었던 것이다. 왜냐하면 좁게는 주변적인 생활로부터 시대나 역사까지 수용코자 하는 이 散文的인 세계를 형상화하는 데는 아무래도 陳述的인 요인이 개입될 수밖에 없었고, 시 본래의 암시적이며 상징적인 표현을 그대로 가지고 간다고 할지라도 굳이 行과 聯을 구분하는 일반적인 시의 형태로서만 그것의 성취가 가능한 것이라고는 여겨지지 않았다
>
> – 「연필로쓰기」, 『시인의 말』 부분

인용문은 시의 산문성이 개방성과 관련이 있다는 것, 그리고 그 개방성이 주변적인 생활로부터 시대나 역사에까지 수용하는 것임을 말하고 있다. 그러나 그러한 일상적 진술에 의거한 것임에도 불구하고 시 본래의 암시적이며 상징적인 표현 등을 가지고 간다고 함으로써 시의 방법적 의장에 대해서도 소홀하게 생각하지 않는다.

실상 정진규의 이러한 표현 속에는 시성과 산문성의 긴장관계가 그의 시세계에서 어떤 관계망을 갖고 있는지 암묵적으로 인식할 수 있게끔 한다. 그러나 시성의 문제를 굳이 상징이나 은유와 같은 형식적 요건에서만 한정할 필요는 없다고 본다. 산문적 세계 속에서 걸러지는 깨달음의 세계 또한 시성의 테두리에서 논의될 수 있는 것이기 때문

이다. 이는 진술의 차원이 아니라 오성(悟性)의 차원이라는 점에서 그러하다. 오성은 걸러짐의 세계이다. 그것은 다양한 인간의 빛깔과 욕망으로 점철된 산문화된 세계와는 상이한 차원의 세계이다. 정진규 시에서 그 궁극의 요체는 비움이다.

그러나 시인은 단순히 비우는 것으로 인식적 완결을 말하지 않는다. 비움 속에서 그는 또 다른 채움을 사유한다. 후자의 욕망은 전자가 지닌 세속성과는 무관하다는 점에서 차이가 있다. 어떻든 이 비움 속에서 채우는 것이라는 이 역설의 논리야말로 시인의 '마음다스리기'가 도달한 정점이라 할 수 있다. 물론 이곳에 이르는 길은 산문성의 외피를 벗어던진 시성에서 온 것이다.

내가
내놓고 다니는
몸이라는 게 살이라는게
얼굴과
열 손가락뿐이라는 것
그게 실로 죄스러웠다
다 보이고 있다고 생각하면서
다 내보이는 사람이라고
입으로 말하면서
실은 그렇지 못함
그게 실로 죄스러웠다
여름이여,
그대는 나의 아픔을
마침내 풀어주는구나
한바다 앞에
나 알몸으로 서리라

–「살을 버리리라」 부분

정진규는 『별들의 바탕은 어둠이 마땅하다』를 발표한 90년대 들어 시성을 보다 우위에 두는 작품을 발표하기 시작한다. 산문성에 바탕을 둔 시가 전혀 없는 것은 아니지만, 이전과는 판이하게 서정시 본연의 형태를 유지하는 방향으로 작품을 발표하고 있는 것이다. 이러한 변화는 당시 유행하던 신서정(新抒情)으로의 복귀라는 문단적 흐름도 있었지만, 시인 자신의 세계관의 변화가 보다 큰 원인이 아니었나 한다. 산문성에 대한 시성의 승리랄까 하는 것이 그것이다. 지나온 과거와 다가올 미래에 대한 불안이 정진규의 사유구조를 지배한 동인이었음은 앞서 지적한 바 있거니와 그 사유의 결과가 일상에의 관심이었다. 그리고 거기서 직조된 시 형태들이 산문성의 세계를 형성했다. 산문성은 시인의 인식의 발전구조 속에 내재될 수밖에 없었던 필연적 사유의 결과였던 것이다. 반면 시성의 회복은 깨달음의 정점에서 이루어진다. 시성으로의 회귀는 그의 '마음 다스리기'가 산문화된 세계에 의거하지 않아도 된다는 뜻과 맞닿아 있는 문제였다. 더 이상 산문화된 양식들이 시인의 시세계를 이끌어가야만 할 필연적인 동인이 될 수 없었다는 뜻이다.

「살을 버리리라」는 80년대 중반에 발표된 시이긴 하지만 여러 면에서 의미가 깊은 작품이다. 우선, 산문성의 세계로부터 멀어져 있다는 것이 그 하나이다. 진술의 차원을 넘어서 있다는 것은 시인의 깨달음의 경지가 선험적 절대성을 획득했다는 것과 맞물리는 사항이다. 산문화된 세계 속에서 절대적 이상이나 순수한 어떤 영혼을 구할 필연성이 사라졌다는 뜻이다. 그리고 이 시에서 보이는 개인적 상징 혹은 은유들이 90년대 이후 펼쳐지는 정진규의 시세계와의 상호관련양상이다. 정진규는 90년대 이후 '몸詩'나 '알詩'와 같은 연작시를 통해 자신의 세계관을 펼쳐보인 바 있다. 이 시들 속에 내포된 주제들이 '본질에의 육박'이나 '중용 혹은 화해'의 시학에 주어져 있었음은 잘 알려진 일이다. 그 과정들은 '마음다스리기'와 '깨달음'의 과정을 통해서 얻어진 것이다. 이 맥락에서 보면, 「살을 버리리라」는 '몸詩'의 전사적 성격에 해당되는 것이라 해도 무방하다.

5. 정진규 시의 다양한 외연이 갖는 미학적 의의

70~80년대는 격정의 시기였다. 정치나 문화사적으로 하나의 단선적인 흐름이 강했던 시기이고, 이에 대응하려는 집단의 응전력 또한 매우 치열했던 시기이다. 따라서 산문화의 조건들이 다른 어느 시기보다 필연적으로 요구받던 때이기도 했다. 산문성에 바탕을 둔 정진규의 시들이 열린시각으로 주목받는 것도 이런 사회적 저변의 흐름과 무관하지 않을 것이다. 그러나 정진규의 시들이 더욱 가치 있는 것은 인식의 발전구조에서 획득된 산문성의 발견에 있다고 해도 과언이 아닐 것이다. 그는 60년대로 표상되던 암울한 현실 속에서 헤매이던 자아를 70년대의 시세계에서 새롭게 발견하게 되는데, 그 인식적 매개가 되었던 것이 바로 산문성이었다. 많은 인간은 다양한 빛깔의 욕망과 감정에 노출되고 또 이것의 지배하에 살아간다. 이러한 행위들이 인간의 즉자적인 조건이기 때문에 그 욕망 등이 실현되는 장인 일상의 체험 영역은 인간들의 복잡한 관계로 무질서한 양상을 보일 수밖에 없다. 그런 일상이 바로 산문화된 세계이다. 정진규는 그러한 산문화된 세상 속에서 자아를 읽어내고, 자아정체성의 본질에 대해 탐색했다. 시인의 자아에 대한 올곧은 확인은 어떤 선험적 가상에 의해서가 아니라 지

금 여기의 즉자적인 현실에서 얻어진 것이다. 일상 속에서 자아 정체
성을 확인하는 그의 사유구조가 주목되는 이유도 여기에 있는데, 그만
큼 그의 '마음 다스리기'나 '깨달음'의 과정 등은 여느 시인들과 달리
관념이나 초월로부터 비껴서 있다.

　정진규는 일상에서 시성을 끌어내고, 산문성에서 자기 정체성을 확
인했다. 그는 서정시가 관념의 유희로 전락하는 것을 방관하지 않았
고, 구체적 일상의 소중함도 일깨워주었을 뿐만 아니라 보다 더 큰 차
원의 담론 체계에 대해서도 굳이 회피하지 않았다. 우리는 정진규의
시들에서 시의 음역이 어디까지 확장될 수 있는 것인가를 이해하고
확인할 수 있었다. 그의 시세계들은 자아라든가 일상의 문제, 보다 더
큰 사회적 음역, 선험적 이상, 순수 영혼 등 모든 영역에 두루 펼쳐져
있다. 그것을 가능케 했던 것은 넓은 소재의 바다라 할 수 있는 일상
의 체험영역을 시 속에 끌어들였던 것이라 할 수 있다. 그것이 그의
시에서 표나게 드러나는 산문성이었다. 정진규의 70~80년대 시가 갖
는 의미는 일단 여기서 찾아야 할 것으로 보인다. 이는 시인의 시세계
를 연결하는 중간항이라는 단순한 매개지대라는 의미를 뛰어넘는 문
제이다. 그것은 한국시에 내포되었던 여러 질량들을 올곧게 감내해내
었다는 시사적 의미에서 찾아질 문제이다. 그것이 70~80년대 정진규
시들이 갖는 문학사적 함의이다.

리얼리즘의 현대적 의미망

―최금진

1. 풍물의 역사, 그 어두운 기억

2010년이 경과하고 있는 이 시점에서 최금진 시인을 만나는 것은 매우 예외적인 일이다. 아니 예외적이라기보다는 신선하고 충격적인 일이 아닐 수 없다. 이는 다음 몇 가지 측면에서 그러하다. 하나는 그의 시에서 드러나는 사회성이다. 시라는 장르에 사회성 도입이 가능한가의 여부는 그만두고라도 지금 여기의 첨예한 문제들에 대해 시인의 경우처럼 격하게 발언하는 것은 매우 낯선 일에 해당한다. 그의 언어들은 보수의 견고한 틈을 비집고 나와 사회의 어두운 현실과 그대로 만나고 있는 것이다. 지금은 1980년대가 아니고 2000년대이다. 담론의 이런 경화된 모습을 무엇으로 설명할 수 있을까. 그리고 다른 하나는 그의 시에서 드러나는 풍물의 시학이다. 그는 현대판 백석이라해도 좋을 정도로 지난 과거의 기록들을 촘촘히 그렇지만 과감하게 언표화하고 있다. 파노라마식으로 스쳐가는 그의 언어들 속에는 그러나 시인의 지난 과거들, 아니 우리의 아팠던 과거의 모습들이 실타래처럼 풀려나오고 있는 것이다. 이런 기록들과 현재를 직시하는 그의 경화된 담론들은 소외라는 주제들로 오버랩됨으로써 최금진 시인만의 독특한 시세계를 만들어내고 있다.

아주 특이한 체험이 아닌 경우라면, 공동체의 역사란 보통 아름답게 기억된다. 유년의 추억들은 그것이 아무리 좋지 않았던 것이라 해도 미래의 먼 어느 시점에서 보면, 겉모습만은 아름답게 포장되어 보이기 때문이다. 그러나 그 지나온 과거의 역사가 현재진행형이라면, 또 그것이 기능적으로 무의식 저편에 견고하게 남아있는 것이라면 사정은 매우 달라지는 것이 아닐까. 그것은 어쩌면 아름다움이 아니라 추한 것이고, 추억이 아니라 악몽에 가까운 것이기 때문이다. 최금진의 시인의 경우도 유년의 추억은 그리 썩 긍정적이지가 않다. 아니 매우 부정적인 것으로 남아있다고 보는 편이 옳을 정도로 그의 과거사는 일그러져 있다.

> 엄마는 오지 않았다
> 누나는 추워서 노루처럼 자꾸 웃었다 밤새
> 쥐들이 사람의 목소리로 문고리를 잡아당겼고
> 누나는 초경을 했는데 받아낼 그릇이 없었다
> 두부 같은 누나의 살들이 부서질까봐 나는
> 자꾸 이불을 끌어 덮어주었다
> 대접 속에 얼어붙은 강은 녹지 않았다
> 나는 벽에 걸린 엄마 사진이 부끄러웠다
> 뒷문을 열고 내다보면 하얗게 늙은 애들
> 군가를 부르며 지나갈 때마다
> 누나는 콩나물처럼 말갛게 속살이 익어갔다
> 밥상을 차리며/나는 눈물이 나왔다, 군불을 때면

— 「엄마야 누나야 강변살자」 부분

백석은 잃어가는 조선의 전통과 언어를 되살리고자 유랑이라는 방법적 의장을 택했다. 그 떠돎의 과정 속에서 그는 공동체의 건강한 모습을 읽어내고 이를 작품화했다. 그러는 한편으로 유년의 기억을 현재화시켜 파편화되어 가는 자아에게 동일성을 부여하려고도 했다. 공동체에 대한 백석의 이런 모습들은 최금진의 경우에서는 전연 다른 모습으로 나타난다. 시인에게 유년의 기억은 긍정적이지 않고 또 아름답지도 않다. 또 백석의 경우처럼, 사라져가는 전통문화를 복원하고자 한 의도도 보이지 않고, 공동체의 이상을 드러내고자 하지도 않는다. 시인의 과거는 아픈 것으로만 나타나고, 또 되살리고 싶지 않은 것들뿐이다.

「엄마야 누나야 강변살자」는 그러한 처연한 모습을 화자 자신을 둘러싼 제반 환경을 통해서 묘사해내고 있는 시이다. 무슨 이유인지는 모르나 엄마는 집에 없고, 병든 누이도 추위에 떠는 등 암울한 상황만이 이 작품을 휘감고 있다. 또 누나의 초경을 받아낼 그릇조차 없었으며, 방에 떠놓은 물은 추워서 얼어버릴 정도로 열악한 환경에 놓여 있다. 이런 암울한 현실 속에서 시적 화자는 흔히 있을 수 있는, 어린 시절의 낭만적 꿈은 어디에서도 찾을 수 없는 처연한 상황을 맞게 된다. 시적 화자가 할 수 있는 일이란 기껏해야 "엄마야――누나야――(제발) 강변살자――"를 마음 속 한 켠에서 외치는 것뿐이었다.

가난했던 지난 시절의 이야기는 누군가에 의해서는 한번은 담론화되어야 할 소재이다. 적어도 60~70년대를 지나온 세대에게는 말이다. 아름다운 이야기만 낭만적으로 담아내는 것이 서정시의 본령도 아니고, 순간의 정서적 통일이나 황홀감의 감수성만을 담아내는 것이 서정시의 특성도 아니다. 문학은 삶의 작은 역사이다. 최금진이 포착한 암울한 기록들은 이런 뜻에서 대단히 의미가 있다.

> 모계사회의 전통가옥과 거미줄과 삐걱거리는 툇마루뿐
> 멀리 강원도 탄광에 갔다가 돌아오지 않는
> 우리 당숙도 죽어서는 새가 되어
> 가지 않고 날마다 숙모의 꿈속에 내려와 운다
> 티베트에선 죽은 사람을 독수리 먹이로 던져준다는데
> 누가 우리 집안 여자들을 부려 새를 키우나
> 배꼽이 없는,
> 그래서 세상에 아무 인연도 까닭도 없이
> 엄마는 부엌에 쭈그리고 앉아 피똥 싸듯 나를 낳았다
> 어서어서 자라서 훨훨 날아가라고 서둘러
> 날개옷 같은 하얀 배냇옷 한 벌을 지어놓았다
> 서른일곱에 정착도 못하고 나는 지금도 어딜 싸돌아다닌다.

-「새들의 역사」 부분

지난 세월을 담아온, 시인의 풍물화에는 건강한 삶의 모습이나 공동체의 이상과 같은 낭만성은 잘 드러나 있지 않다. 그가 묘사한 공동체에는 건강한 사회라든가 축제의 장 같은 것은 펼쳐지지 않는다. 또한 그 시선 역시 파노라마식으로 대강 훑어 내려가는 것도 아니다. 서정적 자아는 떠도는 자나 방관자가 아니라 그 피폐한 공간의 중심에 위치해 있다. 그가 이 가운데에서 본 것은 일그러진 일탈의 모습뿐이다.

이렇듯 최금진 시인에게는 수구초심의 정서라든가 원초적인 고향의 안온한 모습 등은 전혀 감각되지 않는다. 삶이 가장 피폐한 순간에도 아름답게 기억되는 고향의 모습이 왜 시인에게만 이렇게 비춰지는 것일까. 그것은 무엇보다 그에게 주어진 환경이 녹녹치 않았다는 것, 그리고 그 환경 속에서 시인이 얻은 것은 처절한 좌절의식뿐이었다는

데 있는 것은 아닐까. 가령, 그가 받은 것은 풀들에게 점령당한 길이 놓여있는 빈한한 집뿐이었고(「물려받은 집」), 그의 생활공간은 배고픈 사람들이 빠져죽을 수밖에 없었던 물가(「여자들의 이름」) 등일 뿐이었던 것이다. 그런데 이런 가혹한 역사들은 현재의 삶의 조건이 개선된 경우라면, 적어도 미래의 긍정적 가치가 담보되는 현실이 있다고 한다면, 한갓 추억거리에 불과할 것인지도 모른다. 문제는 그것이 지나간 단순한 역사가 아니라 지금 여기에서도 끊임없이 이어지는 현재 진행형이라는 데에 있다.

「새들의 역사」는 시적 화자가 처한 그런 환경을 '새'라는 비유를 통해서 적절하게 보여준다. 작품에 나와 있는 대로 화자의 집은 매우 가난하고 열악했다. 당숙은 일자리를 찾아 멀리 강원도 탄광으로 갔지만 죽어서 돌아왔고, 시인의 부친도 행방불명이다. 한사람의 고귀한 탄생이 "세상에 아무 인연도 까닭도 없"이 이루어지는 비참성일 뿐이다. 엄마가 피똥싸듯 쭈그리고 앉아 태어난 서정적 자아는 그러한 상황에서 어서 빨리 벗어나라고 "날개옷 같은 하얀 배냇옷 한 벌을 얻어 입었지만", "서른일곱에 정착도 못하고 지금도 어딜 싸돌아다니"는 뿌리 뽑힌 자로 남아 있는 것이다. 공동체에 합일하지 못한 의식, 아니 합일을 거부당한 의식이 최금진 시의 출발이다.

2. 사회의 어두운 틈과 비판적 촉수

최금진은 2007년에 펴낸 첫 시집 『새들의 역사』에서 자신의 시작 동기를 이렇게 밝힌 바 있다. "내 힘과 능력으로는 도무지 어찌할 수 없는 것들을 앞에 두고 있을 때, 온몸과 정신의 촉수가 빳빳하게 고통으로 세워져 있을 때, 나는 무언가에 복수라도 할 듯 부들부들 떨리는 손으로 펜을 움켜쥐고 앉는다."고 했다. 시인은 자신의 능력으로 감당 못하는 어떤 절대의 힘이 있을 때, 복수하는 마음으로 손에 펜을 움켜 쥔다는 것이다.

이제 시인이 시를 쓰는 목표는 분명해졌다. 힘의 절대성만 믿고 권력을 휘두르는 자들에 대해서는 자신의 펜으로 응징하겠다는 것이다. 따라서 그의 펜이란 사회의 아픈 환부를 도려내고자 하는 칼이면서 응징의 도구이다.

그가 언급한 "내 힘과 능력으로는 도무지 어찌할 수 없는 것들을 앞에 둔 상황"이란 그의 작품들에서 주로 경제적 불평등에 관한 것들이 대부분이다. 실상 경제적 요인이 세상을 지배하는 시대라는 사실을 감안하면 이는 어쩌면 정확한 시적 인식인지도 모르겠다. 어떻든 최금진 시인이 이런 인식에 이르게 된 것은 지나온 과거와 현재의 상황이 교묘히 맞아 떨어진 데서 기인한다. 시인이 겪었던 불행한 과거의 신화들은 소멸되지 않고 현재의 시간까지 계속 이어지고 있는 것이다. 시인의 이런 통일된 인식의 흐름들은 사회를 보는 그의 시선에도 그대로 나타나 있다.

> 그의 아버지처럼
> 그도 나면서부터 하반신에 수레가 달려 있었다
> 당연히,
> 커서 그는 수레 끄는 사람이 되었다
> (…중략…)
> 아랫도리에 돋아난 다 삭아빠진 수레를 굴리며
> 덜덜덜 몸을 떨면서 방바닥 식은 집에 돌아오곤 했다
> 의심의 여지도 없이

그의 뼈 몇 개는 바큇살처럼 부러져 있었다
허리춤에 붙은 손잡이를 한번도 놓아본 적 없는
그에겐 언제나 고장나고 버려진 것들이 쌓여 있었다
아무도 대신 끌어주는 이가 없었다
그리고 어느날,
그는 자신의 낡은 몸뚱이를
무슨 망가진 문짝처럼 싣고 다니고 있었다
내리막길을
바들바들 떨리는 종아리로 버티며
자신을 실어나르고 있었다

—「수레」 부분

　가난은 나 자신의 선택과는 무관한 문제이다. 그것은 아버지 때부터 대물림 된 것이다. 나는 아버지의 그것을 고스란히 받았을 뿐이고, 그 이상도 그 이하도 현재의 상황은 나아지지 않았다. 현대 자본주의의가 일러준 교훈 가운데 하나는 인간의 주체적 능력을 인정하지 않는다는 것이다. 인간은 오직 과거에 종속된 존재일 뿐 발전의 주체가 될 수는 없다는 인식이 그러한데, 특히 가난과 같은 경제적인 국면에서는 더욱 그러하다. 인용시가 말하고자 하는 것도 그런 비주체성이다. 아버지가 수레 *끄는* 사람이면, 아들도 그것을 *끄는* 사람이지 아버지보다 더 나은 존재로 성장하지 못한다는 인식이다. 자본이 가르쳐준 교훈은 이렇듯 냉엄하다.

　자본에 의한 편가름 현상이나 계층분화의 사회를 두고 우리는 갈등이나 모순의 문제로 예각화시켜 왔다. 80년대를 이끌었던 진보적 담론들을 상기해보라. 민중민주주의라든가 민족해방이라든가 하는 거대 담론들이 내세운 것은 이런 계층간의 갈등을 토대로 한 것이었다. 그러나 시인의 시에서 80년대를 풍미한 민중민주주의적 사유를 읽어내는 것은 쉽지 않다. 그가 자신의 작품에서 이를 표나게 표방하고 있지 않을 뿐만 아니라 시인 스스로도 이에 대한 발언을 한 적이 없기 때문이다. 그만큼 요즈음의 시대는 지난날의 그런 거대 담론을 수용할 만큼 여유롭지 못한 탓이리라. 또한 그런 예민한 부위를 수면위로 떠오르게 해서 이를 역동적 실천으로 연결시키기에는 역부족이 느껴지는 것도 사실이다.

시인은 사회에서, 계층에서 발전적 실체를 곧바로 제시하지 않는다. 또한 역사의 객관적 필연성에 대해서도 굳이 말하지 않는다. 그럼에도 그의 시에서는 이런 역동적 힘과 필연성 못지 않은 에너지가 느껴지는 것 또한 사실이다. 시인은 그런 상황에 대해 역설하지 않지만, 그렇다고 외면하지도 않는다. 그는 그런 모순의 현장을 제시하고 독자로 하여금 이를 인식하도록 이끈다. 이런 문제들에 너무도 무감각해진 현실에 대해 그는 어쩌면 강력하게 발언하고 항의하고 있는지도 모르겠다.

가난한 사람들의 아파트엔 싸움이 많다
건너뛰면 가닿을 것 같은 집집마다
형광등 눈밑이 검고 핼쑥하다
누군가는 죽여달라고 외치고 또 누구는 실제로 칼로 목을 긋기도 한다
밤이면 우울증을 앓는 사람들이
유체이탈한 영혼들처럼 기다란 복도에 나와
열대야 속에 멍하니 앉아 있다
여자들은 남자처럼 힘이 세어지고 눈빛에선 쇳소리가 울린다
대개는 이유도 없는 적개심으로 술을 마시고
까닭도 없이 제 마누라와 애들을 팬다

—「아파트가 운다」 부분

사람들이 갈등하고 싸우는 것은 주로 가난 때문이다. 도시의 아파트들은 인간의 군상들이 모여사는 평범한 삶의 공간이긴 하지만, 그러나 그런 군상들의 공간이기에 갈등의 여러 모습을 다양한 각도에서 비춰볼 수 있고 인식할 수 있는 곳이다. 가난의 문제는 그런 군상들의 모습 가운데 하나라는 것이 인용시의 함의이다. 가난은 인간의 이성을 비뚤게 만들고 본성까지도 바꾸어버린다. "이유도 없는 적개심으로 술을 마시는" 행위나 "까닭도 없이 제 마누라와 애들을 패"는 것은 합리적 이성과는 거리가 먼 행위이다. 또한 "여자들은 남자처럼 힘이 세어지고 눈빛에선 쇳소리가 울리는" 것 또한 본연의 모습으로부터 멀리 떨어져 있는 것이다. 뿐만 아니라 "뚝!/그쳐!안그쳐?/이런 식으로 울음을 달래는 가난한 가장을 아무도/아무도 사랑하지 않는 것"(「가난한 아버지들의 동화」)도 자본이 만들어 놓은 것이고, "주름이 지문을 다 파먹은 손으로" 지하 단칸방에서 "손톱을 세워 미끄러운 사과를 집어먹는"(「자매」) 자매의 비참한 모습도 자본이 만들어 놓은 모습이다.

시인은 굳이 자본주의의 병리적인 현상이 무엇이고 그 속화된 병을 헤쳐나갈 수 있는 거대담론이 무엇인지에 대해 이야기하지 않는다. 대신 시인은 자본주의의 썩은 환부를 드러냄으로써 그것이 갖는 한계에 대해 항변하고자 한다. 그의 이런 항변들은 자본으로부터 소외된 층에서뿐만 아니라 그 반대편에 있는 층들을 겨냥하면서 그 정점에 이르게 된다.

    사슴농장에 갔었네
    혈색 좋은 사과나무 아래서
    할아버지는 그중 튼튼한 놈을 돈 주고 샀네
    순한 잇몸을 드러내며 사슴은 웃고 있었네

봄이 가고 있어요. 농장주인의 붉은 뺨은
길들여진 친절함을 연방 씰룩거리고 있었네
할아버지는 사슴의 엉덩이를 치며 흰 틀니를 번뜩였네
내 너를 마시고 回春할 것이니
먼저 온 사람들 너덧은 빨대처럼 생긴 주둥이를 컵에 박고 한잔씩 벌
겋게 들이켜고 있었네

– 「봄날은 간다」 부분

이 작품은 가진 자들이 윤리적으로 어떻게 타락되어 가고 있는가를
잘 일러주는 시이다. 빈부간의 계층적 차이는 사회의 어느 한두 방면
으로 한정되어 있는 것은 아니다. 사회의 전반적인 곳에 모두 침투해
있는데, 그중 가장 추악하고 타락한 모양새 가운데 하나가 아프리카
몬도가네식 보신주의이다. 호구지책을 초월하는 곳에 보신주의라든가
쾌락주의같은 욕망들이 존재한다. 이 영역은 자본의 힘없이는 넘볼 수
도 흉내낼 수도 없는 지점이다. 이곳은 가난과 가장 대립적인 면을 형
성하고 있을 뿐만 아니라 적어도 특권자에게만 존재하는 선험적인 어
떤 곳이다. 따라서 이곳은 가난한 사람의 경험적인 영역이 도저히 도
달할 수 없는 성지와 같은 영역이다.

이 공간에서는 배고픈 자들에게는 상상할 수 없는 일들이 펼쳐진다.
순진한 사슴과 청춘의 여름을 보낸 할아버지, 빨대처럼 생긴 주둥이를
입에 대고 벌컥벌컥 마시는 사슴피를 마시는 사람들의 장면이 마치
돈의 축제가 벌어진 듯한 느낌을 준다. 한 끼가 급한 자들에게는 이해
될 수도 상상될 수도 없는 장면이 아닐 수가 없는 것이다. 자본은 거
식증에 걸린 환자이다. 그것은 불가능을 가능으로 바꾸고 사람들의 정
신뿐 아니라 신체도 바꾸어버린다(「팝니다, 연락주세요」).

3. 아름다운 풍물의 재현과 건강한 공동체에의 길

최금진의 시들은 시인의 어두웠던 경험적 세계가 그 밑바탕에 깔려 있다. 시인의 이런 경험들은 긍정적인 가치를 향한 에너지나 토대가 되지 못했고, 그것은 지금 여기의 현실에서 그대로 재현되어 나타났다. 그의 시들이 사회의 밝은 면이 아니라 어두운 면에서 직조되고 있음은 지나온 과거와 현재의 장이 가난과 같은 어두운 주제와 맞물림으로써 가능했다.

시인에게는 보편적인 인간이라면 누구나 향유할 수 있는 아름다운 기억이 존재하지 않았다. 그가 훑고 지나간 풍물의 역사는 어두움 그 자체였다. 따라서 그것은 현재의 결핍을 메워줄 동력으로서의 기능도 되지 못했고, 대안적 만족을 주는 매개체 구실도 하지 못했다. 여우가 나오고 마을의 장이 열리고 설날의 풍경이나 마을의 놀이 문화 등이 아름다운 자연을 배경으로 펼쳐지는 백석류의 맑고 투명한 풍경화를 최금진 시인에게서는 찾아볼 수가 없었던 것이다. 그만큼 시인에게 지나온 과거는 아픈 것이었고, 부정적인 것이었다. 따라서 현재의 시점에서 반추해볼 수 있는 건강한 근거란 시인의 기억에서 거의 찾아볼 수가 없는 것들뿐이었다. 시인이 이렇게 지나온 과거를 부정적으로 본 데는 현재적 삶의 조건과 무관하지 않은 탓도 있다. 그런데 자칫하면 최금진 시인이 예리하게 짚어낸 물화된 현실의 문제점들이 개인의 독단적인 지평에 의해 형성된 것이라는 오해를 불러일으킬 수도 있다. 그러나 이는 단지 기계론적 오류에 불과할 뿐이다. 현재의 삶의 조건에 대해 조금이라도 비판적인 시각을, 아니 정확한 시각을 가진 독자의 경우라면, 시인의 항변에 대해 어느 정도 긍정할 것이다. 유토피아란 것이 시대의 변화에 따라 그렇게도 쉽게 사라지는 것은 아니지 않는가.

최금진 시인이 뚫고 나온 비판의 시각이 어디에까지 이를 것인지, 혹은 어떤 사회적 모형에 긍정적인 신호음을 보낼지 지금 이곳에서 판단하는 것은 어려운 일이 아닐 수 없다. 다만 그의 시를 통해서 한 가지 가정이 허락된다면 다음과 같은 사회나 현상 혹은 관계망이 구현되는 모양새가 아닐까 예단해 본다.

> 탯줄을 자르고 어른이 된 후
> 플러그 빠진 콘센트처럼 허전한 배꼽에
> 애인의 배꼽도 대어보고
> 실연의 칼끝도 대어보았지만
> 전화기만큼 딱 맞는 건 찾지 못했다
>
> 꼬불꼬불한 탯줄을 달고
> 인큐베이터 같은 박스 안에서 잠들어 있던
> 전화기를 꺼내며 두근거리던 그때
> 따르릉, 첫울음과 함께
> 빈방에 가득 울리던 세상과의 연결음들을
> 한밤에도 얼마나 기다렸는지
>
> 사람들과 연결, 연결되며 느끼는
> 아흐, 세상은 양수같이 가슴 출렁이는 곳
> 무참히 깨진 기억들보다 더 많은 번호들이
> 손에 있는 한
> 결코 끊어지지 않는다는 것
> 낙태되지 않는다는 것
>
> 오늘밤에도 오지 않는 전화를

공복의 허전한 배 위에 올려놓고 잠을 청한다

-「전화」 전문

비판성이 전제된 시인의 시세계에서 인용시는 매우 중요한 자리를 차지한다. 탯줄이란 보통 정신분석적 관점에서 출생외상을 상징하는 것인데, 이는 시인의 시에서도 마찬가지의 기능을 한다. 시인은 탯줄로 상징된 모성의 세계에서 벗어난 허전함을 플러그 빠진 콘센트를 통해서 혹은 애인의 배꼽을 통해서 풀려고 한다. 그러나 이내 실패하고 만다. 그보다는 좀더 넓은 세상과 매개할 수 있는 좋은 전화기가 있었던 까닭이다.

시인의 시에서 전화기란 시인과 세상을 연결해주는 매개고리이다. 시인은 세상을 비판적인 시각으로 인식하기는 했지만, 그러나 시인의 심연 한편에는 이렇듯 세상에 대한 긍정적인 시선 또한 포진해있었다. "세상은 양수같이 가슴 출렁이는 곳"이라는 인식, 곧 어머니와 같은 따듯한 세상이라는 인식이 자리하고 있었던 것이다.

이 지점은 최금진의 시에서 돌연변이 같은 것이다. 그러나 시각을 달리하면 그의 심연 깊숙이 이렇듯 세상에 대한 정반대의 시각도 존재하고 있었던 것이다. 이런 인식에 이르면 시인의 비판성은 한갓 신기루에 불과한 것이 되어버린다. 세상과의 긍정적인 소통이 전제된다면, 파괴된 공동체의 현장들은("무참히 깨진 기억들") 아름다운 백석류의 공동체로 되살아날 것으로 판단된다.

시인의 무의식 저편에는 이처럼 깨진 공동체에 대한 기억만이 지배하고 있는 것이 아니라 어머니의 양수같은 편안한 공간의 인식도 존재하고 있었던 것이다. 이 길을 열어젖힐 때 최금진의 시는 또 한번

도약할 것이다. 사람이 물고기의 밥이 된 저수지가 아니라 생명체 숨
쉬는 저수지로 되살아날 것이고, 또한 "학교 가는데 까마귀가 자꾸 따
라와서/사람 키를 세 번 타넘으면 사람이 죽는다는 말 때문에/침을 세
번 뱉었더니 오지 않는"(「배나꽃 소년」) 이야기가 소곤소곤 펼쳐지는 아름
다운 풍물의 세계로 펼쳐질 것이다. 비판성이 극복된 세상에 대한 따
듯한 시선 말이다.

자아와 서정의 완결된 형식

—김명인

　서정시가 일인칭 화자에 의해 구성되는 장르임은 잘 알려진 일이다. 시가 다른 장르에 비해 자아의 영역으로부터 쉽게 벗어나지 못하는 것도 이 때문이다. 그만큼 서정시에서 시와 자아는 서로 떼어놓을 수 없는 끈끈한 관계를 갖고 있는 것이다. 따라서 자아를 읽어내고, 또 그것을 규정하며, 궁극적으로 자아란 무엇인가를 끊임없이 묻는 것, 그것이 서정시의 진정한 목적 가운데 하나일 것이다. 그러나 자아만을 문제 삼는다고 해서 서정의 샘들 속에 사회적 요인들이 완전히 배제되는 것은 아니다. 자아가 내적인 문제로 회귀하는가 혹은 외적인 문제로 나아가는가에 따라 서정의 추는 달라질 수 있기 때문이다. 시의 내성화 문제와 대사회적 지향의 문제는 자아를 축으로 세계관의 향배에 따라 달라질 수 있다는 뜻이다.

　최근의 신작시에서 보여준 김명인의 시들은 주로 시의 내적인 측면에 그 초점이 맞추어져 있다. 어찌 보면 시인에게 있어 시의 내성화 문제는 최근의 특색이라고만 치부할 수 없을 정도로 오랜 역사를 가지고 있다. 자아의 성찰과 방향 모색은 김명인의 주된 시업이라 할 정도로 그는 이 문제에 철저하게 매달려 왔다. 이런 고집스런 면들이 그의 시세계의 일관성을 말해주었다. 그러나 이런 흐름들은 서정의 틀을 지나치게 협소하게 만들어 오히려 그의 시세계의 폭을 좁히는 결과를 가져오기도 했다.

그러나 이를 뒤집어보면, 전연 다른 결과가 나오기도 한다. 존재에 대한 끊임없는 물음이 인간의 필연적 조건이라는 사실을 감안하면, 시인의 고집스런 시적 행보가 어쩌면 당연하게 느껴질 수 있기 때문이다. 뿐만 아니라 자아를 규정하고 확정하는 서정의 길에서 시인은 다양한 소재와 비유의 기법을 동원해 왔다. 그것이 그의 시를 단순한 서정의 감옥으로부터 해방시켜 보다 풍성하게 하는 만드는 토양으로 만들게끔 했다. 그의 그러한 시적 의장 가운데 하나를 신작시 「기러기백숙」에서 찾아보기로 하자.

> 수려한 풍광을 파헤친 그린벨트 안쪽 묏자리까지
> 젖줄을 대고 있으니 무덤만큼
> 든든한 뒷배가 어디 있으랴, 사연을 겹쳐쌓은
> 봉분들 저마다 봉긋봉긋 솟구쳤는데
> 서툰 낫질에 깃털을 몽땅 뜯긴 분묘가 소반
> 받쳐 올린 백숙 같다는 생각에 피식 웃고 말지만
> 그럴 작정도 아니면서 어쩌다 말려든 인생이
> 아이들 먼 데 보내고 혼자 남은 외기러기 신세인가 싶어
> (…중략…)
> 옮기지 못한 봉분들 그러모아 번지로만 표시해둔
> 옛집들 앞에 오래 서성거린다
> 죽어서도 머물 곳 없다면 대양을 건너가
> 낯선 땅의 기제사(忌祭祀)나 기웃댈 것 같으니

처량한 귀신이 따로 없다, 그게 온당키나 한 일이냐고
들리지 않는 전음(傳音) 속삭여 와 올려다보니 저무는 하늘,
깃털 몽땅 털린 기러기백숙들 떼로 날고 있다

−「기러기백숙」 부분

　시인은 인용시의 소재 가운데 하나인 '서툰 낫질에 깃털을 몽땅 뜯긴 분묘'를 '소반 받쳐 올린 백숙'으로 표현했다. 뿐만 아니라 '뿌리뽑힌 자들의 삶'을 '기러기백숙'으로도 묘사했다. 이런 표현의 참신성은 전언의 구체적인 의미가 무엇인지를 탐색하기 이전에 시를 읽는 독자로 하여금 시의 새로운 맛을 느끼게 해주는 것이 아닐 수 없다. 시인은 자아를 읽어내고 이를 외재화하는 경우 기존의 객관적 상관물을 그대로 가져와 그대로 문맥화하지는 안았다. 이는 그의 시적 방법과 의미화 작업이 그만큼 새롭다는 것을 말해주는 것이라 하겠다.

　김명인 시의 특징은 이런 참신한 의장 속에서 자아의 의미를 새롭게 읽어내는데 있다. 그러나 시인의 의도대로 자아란 무엇이고, 혹은 존재란 무엇인가에 대한 뚜렷한 해명이나 규정이 나타나 있지 않다. 이러한 면들을 두고 그의 시의 특장이라 할 수도 있겠지만 어떻든 시인의 작품에서 자아란 어떤 뚜렷한 가면을 쓰고 등장하지는 않는다. 서정의 샘 속에 담겨있는 그의 자아들은 언제나 흘러간다. 이를 방황으로 설명해도 좋고 유랑으로 이해해도 좋을 것이다. 또한 존재의 불확실성에서 오는 인식의 혼란 정도로 해석해도 무방할 것이다. 인용시 「기러기백숙」이 말하고자 하는 것도 이 부분이다. 이 작품에서 시인은 삶의 주체들을 기러기로 표상했다. 벌초하다 건너다보는 비탈길로 시제(時祭)를 마친 사람들 사이로 떠오른 사람을 '기러기'로 본 것이다. 곧, 벌초 행렬 속에서 떨어져 나온 아이의 모습을 통해서 "어느 슬하

를 얼룩지우다 서천을 찍는 기러기가 될까"라고 인식하는 것이 그것이다. 또한 "아이들 먼 데 보내고 혼자 남은 외기러기 신세"로 자신을 표현하는가 하면, 불특정 다수의 사람들이나 심지어 인생의 종지부를 찍은 사람들조차 '기러기백숙들'로 이해하고 있는 것이다.

기러기란 동물이 주는 함의는 매우 단순하다. 철따라 옮겨다니는 새라는 사전적 의미가 말해주듯 기러기는 일정한 자기 주거공간을 마련하지 못한 주체들을 상징하는 상관물이었다. 따라서 기러기는 뿌리 뽑힌 주체나 방황하는 자아의 대리물이 되는 셈이다. 서정적 자아를 포함한 인간을 기러기로 표명한 것은 지극히 당연한 표현법이라 할 수 있다. 존재의 불완전성이나 원죄와 같은 종교적 아우라를 태생적으로 안고 있기에 인간이 기러기와 같은 뿌리 뽑힌 자로 규정되는 것은 자연스런 일이기 때문이다. 그럼에도 인간을 기러기로 비유하는 것은 좀 식상한 느낌이 있다. 인간이라는 주체도 그러하지만 기러기라는 함의가 주는 의미야말로 지극히 사은유화된 것이기에 그러하다. 그럼에도 김명인의 시에서는 이런 비유가 매우 낯설게 다가온다. 우선 '기러기백숙'이라는 다소 도발적이고 충격적인 결합에서 오는 당혹스러움도 있긴 하지만, 더 중요한 것은 기러기의 비유가 통상의 영역을 뛰어넘는 곳에서 만들어지고 있기 때문이다.

정신분석학적 관점에서 볼 때, 인간의 불완전성이 완성되는 지점은 사랑이나 죽음과 같은 통합적 상상력에 의해서이다. 의식과 무의식의 필연적 분리와 그 완전한 통합의 과정은 어머니와의 통합의 상태, 곧 완벽한 사랑이나 죽음과 같은 인식적 완결의 상태에 이르러 가능해진다고 한다. 죽음이란 대지와의 완전한 일치이며, 존재의 완결이란 인간의 영원한 꿈이 실현되는 지점이다. 시인이 죽음의 그러한 성격에 맞춰 "수려한 풍광을 파헤친 그린벨트 안쪽 묏자리까지/젖줄을 대고 있으니 무덤만큼/든든한 뒷배가 어디 있으랴"고 한 것도 이 때문이다. 죽음이 하나의 완고한 귀결점이라는 일반의 인식에도 불구하고, 그것이 끝이 아니라고 묘파한 것이 김명인 「기러기백숙」이다.

시인은 이런 이해를 위해 삶과 죽음을 동일한 연장선에 놓고 응시한다. 삶이 미종결의 상태인 것처럼 죽음 또한 그 연장선에 놓여 있다는 것이 이 작품의 근본 의도가 있다. 무덤에서 인식이 완결된다는 통념을 부정하고 죽음 또한 그 '든든한 뒷배'와 같이 되지 않는다는 것이다. 시인은 그러한 불완전성을 "듬성듬성 파헤친 구덩이 사이 팻말 세운 것을 보면/이곳도 거대한 아파트단지로 변할 거라는 말"의 실감 속에서 이해하고 있다. 이러한 언표 속에 문명과 인간의 대립이라는 해묵은 테마를 읽어내는 것은 어렵지 않은 일이다. 또 자아의 불완전성을 이야기할 때, 문명적인 요소를 제외하는 것도 어불성설이다. 인간으로부터 영원성의 감각을 분리시킨 것은 근대 산업사회이기 때문이다.

문명과의 부조화에 의한 것이든 존재 자체에서 기인한 것이든 김명인의 작품에서 자아는 유동의 상태에 놓여 있다. 어느 한 공간에 정주하지 못하고 부유하는 자아가 김명인 시의 요체이다. 이렇게 유동적인 상태에 놓여있는 자아가 어느 뚜렷한 지향점이나 목표점이 없는 것은 당연한 일일 것이다.

　　그물에 가둬지면서도 은근슬쩍
　　수작건너는 안협의 햇살들
　　죽방렴 허리춤 감고 옆구리 찔러대는 물비늘의
　　육감이며 음탕한 촉수까지

> 저릿한 욕정 자아올리는 그 바다에
> 못 가본 지 오래되었다
> (…중략…)
> 마음속에 부러진 칼자루 감춘 채
> 전봇대 위에서 까마귀가 우짖는
> 비탈길 따라가 본 사람은 안다, 닿지 않을 듯
> 어느새 닿아버리는 게 안협 이정(里程)임을!
>
> ─「안협」 부분

"닿지 않을 듯/어느새 닿아버리는 게 안협 이정(里程)임"을 알게 되는 수준은 명확한 목표성의 부재와 관계되는 사항이다. 목표를 사상한다는 것은 의식이나 이성의 영역을 배제할 경우에만 가능하다. 시인은 바다를 지극히 육감적인 본능의 영역으로 미화했다. 바다가 모성적인 것의 상징이 된다거나 욕정을 자아내는 본능의 영역으로 치환되는 것은 동일한 차원에 놓이는 것이다. 시인이 안협의 이정으로 가게 한 것은 이성의 영역이 아니다. 시인은 "마음 속의 부러진 칼자루를 감춘 채", "전봇대 위에서 까마귀가 우짖는 비탈길을 따라" 안협으로 가는데, 여기서 부러진 칼자루란 다음 아닌 이성의 냉철한 영역이다. 부러진 칼자루란 판단의 능력이고 그것이 이성의 영역없이 작동하기란 어려운 일이다. 그러나 그것은 판단의 능력여부를 떠나 마음 속에 감춰진 상태이다. 즉 본능의 영역 속에서 존재성을 잃어버린 상태가 된다.

시인의 작품에서 의식을 초월한 곳에 서정적 자아가 있고, 또 그 앞에 그 자아가 선택해야 할 십자로가 놓여 있다. 시인의 앞길에 놓여있는 것은 순일한 무의식의 세계나 본능의 전일한 영역밖에 남아있지 않다. 그러한 자아의 상태를 잘 보여주는 것이 기러기이다. 그러나 그 것은 시공을 넘나들며 도처에 깔려있어서 어느 한 시기나 지점에서 멈춰지지 않는다. 이렇게 유동하는 자아가 김명인 시에서의 서정적 자아의 특징이다.

김명인 시의 특징 가운데 하나가 규정되지 못한 자아, 곧 유랑하는 자아에 있다고 했다. 그런데 시인의 작품에서는 이런 유동성만이 있는 것이 아니라 그러한 흐름을 보정하는 것으로서의 또 다른 환경 혹은 매개가 있는바, 이를테면 관계라고나 할까, 혹은 질서같은 것의 세계가 바로 그러하다. 그러나 질서라고해서 그것이 어떤 통합적 상상력을 제공하는 사유의 틀이라고 하기는 어려워 보인다. 그것은 단지 정형으로 존재하면서 무정형 상태의 서정적 자아를 보족하는 기능, 매개하는 기능을 보여줄 뿐이다. 무정형 속의 정형 혹은 무질서 속의 질서라고나 할까. 무정형적인 자아와 정형적인 틀은 상호 변증적 관계를 이루면서 시인의 시를 균형감있게 해주는 중심추가 되게 한다. 그러는 한편으로 무정형속에서 이루어지는 시인의 자아탐색을 더욱 생동감 있게 매개해주는 역능도 한다.

한 번도 디딘 적 없는 저기 허구렁에
그가 뿌려놓은 또 다른 내일이 있다는 것일까
벙글어진 하늘 목화밭
목화 따러 간 사람들은 돌아오지 않았는데
붉은 병을 던진 듯 송이송이 활활 불타고 있다

나는, 솟아나고 가라앉으며 60억 광년 회로를 따라
약속에 이끌려 여기까지 왔다
억만년 전에 찢긴 흰 구름
푸른 물결로 출렁이면서
이 모래밭에 뿌리 내리려던 한 알갱이 모래
모든 일몰은 죽음으로 간다, 다시 내장되거나

　　캄캄하게 태어나는 빛!

－「쌍가락지」 부분

　태양이 뜨고 지는 것은 자연의 섭리이다. 또한 그 지루한 반복행위를 60억 광년 회로를 따라 계속 진행하면서 보여주었다. 그것이 이렇게 영원히 순환반복을 하는 것은 약속 때문이다. 꼭 그렇게 해야만 해야 한다는 자연의 준엄한 섭리가 그렇게 만든 것이다. 태양이 이렇게 순환하는 것은 필연적인 관계에 의한 것이다. 이는 정형의 세계이며 질서의 세계이다. 유동하는 자아, 확정되지 못한 서정적 자아의 관점에서 보면 태양의 이런 필연적 법칙은 매우 외경적인 모습으로 비춰질 것이다. 자아는 이러한 관계의 필연성을 그리워했는지도 모른다. 어쩌면 이런 필연적 관계 속에서 우연히 생존의 날개를 퍼득이는 자아를 안타깝게 응시하고 있는지도 모른다. 우연성이 필연성을 만날 때 느끼는 당혹감이란 이런 것이 아닐까.

　그러나 김명인의 시에서 이런 필연적인 관계가 교훈적 의미로 다가오거나 인유되지 않는다. 만약 그러했다면 그의 시들은 자연과 인간의 기계적 결합과 통합을 도식적으로 제시한 시인들의 범주로부터 벗어나지 못했을 것이다. 그는 자연의 섭리에서 어떤 이법을 자기화하지 않는다. 그의 시선에서 보면 태양의 그러한 질서도 막연히 응시의 대상일 뿐이다.

　　아배 앞에는 그득히 담긴 왕접시로 아들
　　앞에는 새끼접시로 며느리는 석쇠 째,
　　먹먹한 깨의 서 말로 죽은 입맛들 깨우며
　　가장 우리다운 살가움으로 다가서는

　　“살틀하니 친한” “히수무레 하고 부드럽고 슴슴한”
“이 그지없이 고담하고 소박한 것은 무엇인가”

“대대로 나며 죽으며 죽으며 나며 하는”
이 마을 사람들의
“으젓한 마음을 지나서 텁텁한 꿈을 지나서”
은빛 파도 갈기 떠밀면서 가득 밀려오는
이것은 대체 무엇인가!

—「전어」 부분

　이 작품의 부제는 '백석의 시 「국수」의 운을 빌어'로 되어 있다. 백석 시의 특징 가운데 하나가 유랑에 있음은 익히 알려진 일이다. 유랑의 과정 속에서 조선의 풍물을 발견하고, 그러한 토속성을 근대성의 안티테제로 인식한 것이 백석 시의 핵심이다. 그러나 여기서 주목하고자 하는 백석류의 그런 풍물의식에 있는 것이 아니다. 백석의 시에서 유랑성이 토속성과 분리되기 어려운 것이라면, 「전어」의 경우도 마찬가지라고 할 수 있을 것이다. 우선 이 작품에서 주의깊게 살펴보아야 할 것이 '귀속'으로 표상되는 필연성은 흔적들이다. 전어는 가을의 배경을 떠나서는 성립할 수 없으며, 이 계절의 식도락과도 불가피하게 연결되어 있는 주체이다. 이런 것들은 모두 필연성내지는 관계의 맥락으로 이해될 성질의 것이다. 서정적 자아는 이런 틀 속에 녹아들어감으로써 일시적으로나마 자신만의 공간을 찾게 된다.

　시인의 시에서 유동하는 자아가는 이렇듯 필연적인 관계 속에서 더욱 확연히 들어난다. 자아란 쉽게 규정할 수 없는 것이고, 그렇기에 끊임없이 탐색되어야 할 대상임을 시인은 지금껏 천명해왔다. 그렇다고 시인은 자아를 규정하고 확정하기 위해 전일적인 대상을 쉽게 이

끌어 들여 그것에 막연히 기투하려고 하지 않는다. 자연과 자아를 억지로 결합시킴으로써 똑같은 붕어빵을 그는 기계적으로 만들려 하지 않는 것이다. 그는 천성적으로 그러한 자아가 근본적으로 무엇인지, 또 어떤 경로를 통해서 그 본질에 육박할 수 있는 것인지에 대해서만 고민해 왔다. 그러한 탐색의 과정에서 그가 응시한 것이 견고한 관계망의 확인이었다.

그러나 그는 그런 필연적 관계 속에 자아의 우연성을 녹여냄으로써 존재의 완성을 이끌려내려 하지 않았다. 그는 다만 그러한 정형의 관계 속에서 자아의 무정형성을 확인하고 이해하고자 했다. 정형이나 관계 혹은 필연성은 서정적 자아의 불확정성을 확인하고 이해하는 수단이었던 것이다. 어떻든 이번 시들에서 보여준 사유들은 자아가 무엇이고 존재가 무엇인지에 대해 끊임없이 되물어 온 시인의 기나긴 여정에 있어서 한 순간이나 계기에 불과할 것이다. 자아 탐색에 대한 시인의 시적 여정이 아직도 끝나지 않았고, 앞으로도 계속 이어질 것이기 때문이다.

서정시에서의 본능과 회귀의 문제

―원구식

원구식은 매우 특이한 시인이다. 그는 여러모로 범상치 않은 경력을 갖고 있다. 1979년 『동아일보』 신춘문예에 「탑」이 당선한 이후 두 권의 시집밖에 상재하지 못했다. 등단과 더불어 시집을 내면서 자신의 시세계를 빛나게 치장하는 시인들과 비교하면, 그는 대단한 아웃사이더라 할 수 있다. 뿐만 아니라 그는 시집 편찬에 있어서도 매우 이례적인 면을 보여준다. 그는 시집의 페이지 한 면을 비워둔다든가 시집 해설 등을 가급적 붙이지 않으려 했다. 또 시집에 그럴듯한 자서도 쓰지 않았고, 저명한 시인의 잡다한 언사도 배제했다. 이 모든 것이 파격이다. 따라서 그는 어떤 면에서는 형식주의자이기도 하고, 또 어떤 면에서는 관습 파괴주의자처럼 인식되기도 한다.

파격이란 일단 기존의 권위나 보편적인 것의 해체와 불가분의 관계에 놓이는 항목이다. 그것은 문학의 신선함이나 문예사의 새로운 조류로서 언제나 그 기능적 가치를 인정받아 왔다. 원구식의 경우도 예외는 아니다. 그의 파격적 실험들이 문단의 신선한 감각을 불러일으킨 것은 익히 알려진 바이다. 그러나 원구식의 권위 해체는 이런 형식적인 것이 전부는 아니다. 오히려 이런 외면적인 국면보다는 시의 내용적인 측면에서의 해체 양상들이 더 우리의 시선을 끌고 있기 때문이다.

1. 중심주의에의 야유와 그 기능적 해체

원구식의 시를 이끌어가는 세계관 가운데 하나는 반중심주의이다. 중심이란 통상 견고한 권력내지 힘이기도 하지만, 다른 한편으로는 근대 이성을 이끌어 온 핵심 사유이기도 하다. 이성이라는 절대 가치를 중심에 놓고 이를 굳건히 지켜온 것이 근대의 제반 사유들이었다. 가령, 감옥이라는 제도를, 학교를, 병원 등을 만들어 무의식이라든가 욕망, 광기 등을 억압한 것이 이성이었던 것이다. 그런데 이런 중심지향적인 사유들은 근대 이전을 풍미했던 중앙집권적 사유체계와 별반 다를 것이 없는 인식소이다. 중세의 중심화된 세계를 해체하고 보다 원심적인 사회를 지향하고자 했던 것이 근대 계몽주의의 기획이었기도 했지만, 그러나 이런 원대한 이상과 달리 근대 사회는 이성의 절대화라는 또 다른 중심체계를 만들어냈던 것이다. 근대의 여러 모순과 황폐화된 현실을 중심화된 이성, 도구화된 이성에서 찾은 것은 잘 알려진 일이거니와, 태양중심주의라든가 권위주의, 부권중심의 사회와 같은 거대 담론 체계들은 모두 이런 도구화된 이성, 중심화된 사유체계에서 빚어진 결과이다.

원구식을 모더니스트계의 시인으로 분류하는 것은 대단히 어려운 일이다. 그는 어디에서도 근대주의자로 자처하거나 근대성에 대해서도 이야기한 적이 없기 때문이다. 그럼에도 그의 시에서는 모더니스트 못지않은 반중심주의 사상이 아주 철저하게 묻어나 있다. 뿐만 아니라 근대를 이끌었던 자아중심주의(「나팔꽃」)에 대해서도 동의하지 않는다. 어쩌면 시인은 자신이 어떤 이즘이나 주의자로 묶이는, 그리하여 그가 또 다른 중심이 되는 것에 대해 경계하지 않았을까 생각될 정도로 주변을 맴돌았고 이곳에서 사유의 끈을 길어올렸다. 그는 어떤 부류에도 속하지 않고, 또 어떤 이즘이나 계통에 서지 않으며, 그러한 체계로 묶여지는 것에 대해 엄격히 거부해 왔다. 그것이 원구식 시의 가장 중요한 특장이다.

> 의사는 아버지의 대답을 기다렸다는 듯이
> 자신있는 목소리로 말했다
> "저는 가끔
> 헛된 몽상에 사로잡힌 사람들에게
> 이런 질문을 합니다.
> 지구는 어떤 소리를 내며 돌아갑니까?"
>
> "오오, 가엾은 그대 어리석은 영혼이여!
> 나더러 어떻게 그 많은 소리를
> 다 대란 말인가?
> 이 세상 모든 소리가 바로
> 지구 돌아가는 소리이느니라.
> 자동차 경적소리, 아기 울음소리, 빗소리, 새소리——
> 어리석은 그대 질문 역시
> 지구 돌아가는 소리이느니라."
>
> 의사는 마침내 건장한 사내들로 하여금
> 아버지를 정신병원 철장 속으로 끌고 갔다.
> 아버지는 장군처럼

그러나 비참하게 끌려가셨다.

-「지구 돌아가는 소리」 부분

인용시의 구도는 광기와 이성의 대립으로 짜여 있다. 아버지는 광인이고 의사는 이성을 대변한다. 근대의 사유들은 언제나 이렇게 이성과 비이성이라는 두 가지 방식으로만 사유하게끔 도식화시켰다. 그러나 결과는 그 정합성 여부를 떠나 이성의 일방적인 승리였고, 광기를 비롯한 비이성적 사유들은 폐기라는 험악한 귀결로 이어졌다. 그러나 시인은 그런 뻔한 도식을 뒤집어 버린다. 가령, "저는 가끔/헛된 몽상에 사로잡힌 사람들에게/이런 질문을 합니다./지구는 어떤 소리를 내며 돌아갑니까?"라는 의사의 말은 이성에 기반한 권위적인 발언인데, 이에 상응하는 "어리석은 그대 질문 역시/지구 돌아가는 소리이느니라"라는 자아의 본능적 발언은 이성의 허울을 꿰뚫는 정언명령이기 때문이다. 그러나 기성의 권위체계나 합리주의의 미망에 사로잡힌 주체는 이 본질적인 정답에 대해 전혀 인정하려 들지 않는다. "의사는 마침내 건장한 사내들로 하여금/아버지를 정신병원 철장 속으로 끌고 갔다./아버지는 장군처럼/그러나 비참하게 끌려가셨다"는 결말로 이어지기 때문이다.

이성과 비이성을 해체한 다음, 후자에 강한 액센트를 두고 있다는 점에서 원구식은 반근대주의자이다. 그는 근대의 이성이나 권위적인 담론들이 그 너머에 있는 본질적 세계들을 어떻게 억압해 왔는가에 대해 주의 깊게 관찰해왔다. 이 과정 속에서 그가 주목한 것이 바로 근대의 제도들이다. 「지구 돌아가는 소리」에서 시인이 응시한 것은 병원이라는 제도였다. 근대적 의미에서 병원은 광인을 합법적으로 가둔 이성적 장치였다. 인용시가 말하려는 것도 이 부분인데, 비이성적 사

유들은 합리화된 사회를 위해 이렇게 조직적, 체계적으로 억압되었던
것이다.

> 그리하여, 지구의 변방,
> 머리에 붉은 띠를 두르고 툭하면 대~한민국을 외치는
> 이 나라의 도덕적인 법률이,
> 성폭력범들과 양아치들을 양산하고
> 꽃다운 처녀들을 외국의 사창가로 내모는 주범임을
> 선량한 유권자들이 알게 하소서.
> 이제 실업자들이
> 빈 택시처럼 길거리를 배회하고
> 수많은 기업과 자영업자들이 문을 닫을 것이며
> 밤거리는 소돔보다 더한
> 퇴폐의 매음굴로 변할 것입니다.
> 나약하기 이를데 없는 시인의 예지로 단언컨대
> 열심히 살고자 애쓰는
> 이 나라의 모든 남성들을 범법자로 만드는 이법이
> 조속히 폐지되지 않는다면!

–「마돈나를 위하여」 부분

　이 작품이 말하고자 하는 것 역시 법이라는 제도에 대해서다. 이른
바 성매매특별법을 다루고 있는 시인데, 인간의 가장 원초적인 본능
가운데 하나인 성본능을 법이라는 제도를 통해서 제어하려고 할 때
일어날 수 있는 여러 가능성들에 대해 되묻고 있다. 이 법은 "성폭력
범들과 양아치들을 양산하고", "꽃다운 처녀들을 외국의 사창가로 내
모는 주범"이다. 어디 이뿐이랴. 이 법의 시행으로 말미암아 "이제 실
업자들이/빈 택시처럼 길거리를 배회하고/수많은 기업과 자영업자들이
문을 닫을 것이며", "밤거리는 소돔보다 더한/퇴폐의 매음굴로 변할

것"이라고 시인은 단호하게 말하기까지 한다.

성매매는 일차적으로 자본의 법칙에 따르는 것이긴 하지만, 인용시에서는 "병든 아버지의 약값"이나 "어린 동생의 등록금"을 위한 수단과 같은 생계형으로 제시되기도 한다. 그러나 시인이 관심을 갖고 있는 것은 이런 경제 논리가 아니다. 그가 주목하는 것은 본능의 영역이다. 성매매특별법이란 제도로서 본능을 억압하는 제도적 장치일 뿐이라는 것이다. 이런 시각은 「지구 돌아가는 소리」의 광기와 이성간의 대립이라는 구도로부터 크게 벗어나 있는 것이 아니다. 강한 권력이 만들어질 때, 본능은 억압되기 마련이다. 성매매특별법이란 이성적 사회를 건설하기 위한 허위의식의 표현에 불과할 뿐이고, 잃어버린 것은 본능 그 자체라는 것이 시인의 판단이다. 이 본능의 자연스런 발산이 억압될 때, '알콜중독자'나 '범법자'를 만들어내는 또 다른 거대 담론이 형성될 수 있음을 시인은 경계하고 있는 것이다.

2. 제도의 껍질을 뚫고 나오는 욕망의 분출

원구식의 작품 가운데 가장 많이 드러나는 주제가 성과 관련된 담론이다. 성은 인간의 내밀한 부분이면서 근원 혹은 욕망 등의 영역과 불가분의 관계에 놓이는 요소이다. 시인의 시에서 성적 요소들은 이성의 저편에 억눌려 있다가 그것이 비판받을 때마다 뭉게뭉게 피어오르는 오뚝이 같은 것으로 현현된다. 성과 이성의 관계는 서로 반비례 관계를 유지하면서 한쪽이 억눌릴 때 반대편의 다른 쪽이 솟아오르는 시소게임의 모양새를 취하는 것이다. 이런 길항관계가 갖는 함의는 무엇일까.

원구식 시의 핵심은 어떤 권위적인 담론이나 체계를 해체하는 데 있다고 했다. 가령, 제도라든가 법, 이성과 같은 중심지향적 사유들로부터 부채살처럼 퍼져나가는 원심적인 힘들에 대한 모색이 시인의 작품세계가 지향하는 근본 요체이다. 그의 시에서 산견되는 성의 담론도 이런 관계틀에서 설명될 수 있다. 성의 건너편에 제도라든가 법과 같은 권위적인 담론들이 놓여 있는 까닭이다. 이는 원구식의 시세계에서 매우 자연스런 음역이 아닐 수 없다. 성이란 본능의 영역이자, 본능과 이성이라는 지극히 대립적인 관계의 길항 속에 놓여 있는 까닭이다.

떼어 버릴 수도 없고,
아니 그렇다고 해서
같이 살 수도 없는
치질 같은 사랑이 있다. 깊은 밤
고통 속에 홀로 일어나
튀어나온 치질을 밀어 넣을 때, 문득,
창밖에 흩날리는 눈, 치자꽃보다
희디흰 눈, 무릎을 꿇고
잘못했다, 용서해라

―「치정」 부분

치정은 일단 순수하지 못한 사랑이다. 보다 정확히는 제도적으로 용납되지 않는 사랑이다. 제도가 허용하지 않는 것이기에 이 감수성은 자기화되지 않는 이질적 사랑이다. 마치 내 살이면서 나의 일부가 되지 못하는 '치질'처럼 말이다. 그렇기에 이 사랑에는 고통이 따르기 마련이지만, 그렇다고 쉽게 폐기되지도 않는다.

이성이라든가 합리성의 영역으로만 설명할 수 없는 것이 본능의 영역이다. 치정으로 나아갈 수밖에 없는, 아니 그런 사랑을 할 수밖에 없는 서정적 자아의 선택은 이성이라는 영역, 제도라는 영역을 뛰어넘는 곳에 존재한다. 그럼에도 시인의 그러한 선택에는 아무런 도덕적 판단이 개입되지 않는다. 그 질퍽한 사랑의 늪으로부터 헤쳐나오려는 몸부림은 있어도 이를 벗어던져 버릴 용기는 없는 까닭이다. 오히려 시인은 그러한 사랑의 색깔을 "창밖에 흩날리는 눈"이나 "치자꽃보다 희디흰 눈"으로 승화시킴으로써 그 고통의 아우라를 초월하려 든다.

욕망은 이성의 영역 저편에 놓여 있는 정서이다. 그런데 이 정서는 자연스럽게 분출되지 못할 때 인간에게 억압이라는 굴레를 씌워버린다. 시인이 감각하는 억압은 근대의 제도라든가 이성과 같은 거대담론의 경우가 대부분이지만, 그 이면에는 정신적인 관점에서 획득되는 부분 또한 감지된다. 소위 아버지에 대한 불경스런 태도와 이에 대한 저항의 몸짓이 바로 그것이다. 주체의 자연스런 욕망을 억압하는 관점에서 보면, 이성과 부권은 거의 동일한 차원에 놓이는 권력의 힘들이다. 특히 시인의 시세계에서는 그러한 관계가 더욱 견고한 모양새를 취하면서 나타난다.

(이놈아! 다락방에서 나오너라)

날 잡으러
아버님은 참 멀리도 가십니다.
다락방이 산 넘고 물 건너
어디쯤입니까?
(…중략…)
아버님이 밤마다
어디론가 날려보내는 종이 비행기
(어디로 날라갑니까?)

　――아버님. 다락방은 얼마나 그리운 어머님의 자궁입니까? 밤이면
하늘에 온갖 별을 달고 온갖 달을 달고. 저는 행복해지기 위해서 눈 멀
은 장님이 되고 귀먹고 말 못하는 벙어리가 됩니다. 다락방은 얼마나 그
리운 어머님의――

　(용서받을 수 있을까요?
　살기 위해 저지른 잘못과
　신을 위해 저지른 잘못은)

－「다락방」 부분

「다락방」은 원구식 시의 처음과 끝을 알게 해주는 가작이다. 이 작
품은 의식과 무의식의 기법 그리고 길항관계가 잘 드러나 있고, 아버
지와 어머니, 그리고 시적 자아 사이에서 벌어지는 삼자적 관계 또한
탁월하게 읽어낸 작품이다. 아버지는 어머니와 나의 이자적 관계를 해
체하려는 불온한 존재이다. 아버지는 어머니의 자궁 속에 있는 나를
떼어내려고 하고(물론 이는 시적 자아의 무의식에서 회고된다. 따라서 이 부분을 괄호로
처리한 것은 매우 적절한 시적 의장이라 할 수 있다), 나는 이로부터 벗어나려, 아
니 회피하려 든다. 근원이라든가 욕망의 자연스런 분출을 억제하는 도
구로서 아버지가 매개된다는 장치는 다분히 프로이트적인 발상이다.
부권의 강압적 개입에 의해 시적 자아가 낙원을 잃어버리는 기제 역
시 그 연장선에 있는 것이다.

　원구식의 시들을 어느 특정 이념이나 사상에 기계적으로 대입시키
는 것은 그의 시세계가 펼쳐보인 다양한 의미역을 축소시킬 위험성이
있다. 시인이 어떤 사상에 대해 특화된 관념을 가졌다고 선언한 일도
없거니와 또 그렇게 유형화시키는 일 자체가 그의 시세계가 의도하는
것과 전연 무관한 일이기 때문이다. 시인은 어느 하나의 지점에 멈춰

있거나 어떤 중심에 빠져드는 것들에 대해 끊임없이 경계해 왔다. 반면 그는 늘 권위라든가 중심, 제도와 같은 강대한 힘들에 대해 거듭해서 해체하려 했다. 「다락방」에서 보듯 소위 부권에 대한 도전과 저항은 그가 끊임없이 시도해왔던 반중심주의에 대한 사유에서 빚어진 것이다. 따라서 '자궁'과 같은 근원주의에 대해 가열찬 열정을 갖는다든가 그것에 대한 그리움의 표백을 보이는 것은 어쩌면 당연한 귀결처럼 보인다.

> 당신은 사랑을 해보지 못한 사람이 분명해요.
> 슬픈 목소리로
> 블루스를 노래하고 사랑을 노래하지만,
> 빛이 없으니
> 그림자도 없을 수밖에요.
>
> 당신은 일류 가수
> (인기가 있으니까요)
> 나는 이름도 볼품도 없는 기타리스트지만
> 이래뵈두 名기타리스트랍니다.
> 사랑을 해봤으니까요.
>
> — 「나는 명기타리스트 · 1」 전문

이 작품은 짧은 시이긴 하지만 시인이 표방하고자 하는 시적 의도가 어디에 있는가를 극명하게 제시해주고 있어서 매우 흥미롭다. 이 시에는 두 명의 가수가 등장인물로 등장한다. 하나는 당신이고 다른 하나는 나이다. 그런데 당신은 일류가수이지만 나는 이름도 없는 기타리스트에 불과할 뿐이다. 당신이 인류가수인 것은 인기가 있기 때문인데, 그 인기란 제도가 만들어준 것이다. 그러나 나는 제도로부터 소외된 존재이기에 인기도 없을 뿐만 아니라 볼품 또한 없다. 그럼에도 당신에 비해 나는 '名기타리스트'이다. 그 이유는 내가 사랑을 해봤기 때문이다.

아주 명쾌한 구분에 의해 명기타리스트의 여부를 가리고 있지만, 시인이 가치를 두고 있는 영역은 사랑과 같은 본능, 곧 무의식이다. 원구식이 추구하는 것은 이런 제도의 건너편에 있는 것, 이성 너머에 있는 것들이다. 그는 제도라든가 이성, 부권과 같은 권위적인 힘들에 의해 갇혀진 감수성을 끌어올리기 위해 계속 낚시줄을 던져왔다. 그 예민한 줄에 걸리는 모든 소재들이 원구식의 시들을 만들어내는 날줄과 씨줄이었다.

3. 해방된 자아, 그리고 평정의 사회를 위하여

원구식은 중심에 편향된 사유들에 대해 끊임없는 비판을 전개해 왔다. 그는 권위적이라고 알려진, 혹은 일컬어진 것들에 대해 불신했는데, 가령 "귀족이 되어버린 프로레타리아/보수/혁신/연합/독재/배부른 민주인사/혁명의 돈키호테" 등등과 같은 권위적인 혹은 규범화된 담론들에 대해 시인은 단호하게 "믿지 않은" 것이다(「병정의 노래」). 시인은 이런 담론들에 대한 도전을 본능이나 무의식과 같은 비이성적 정서의 발현으로 이루어내었다. 그는 그 목표값에 도달하기 위해 대립되는 항들의 도발적 제시라는 역설의 방법을 동원했다. 있는 것과 없는 것, 참과 거짓, 표면과 이면 등의 이질적 대조에서 얻어지는 참진리야말로 원구식 시인이 지향하는 시적 의장의 정점이다. 그 정점의 한 가운데에서 만났던 항목들이 제도 이면의 것들, 즉 권위 저 너머의 것들이었다.

　그렇다면, 본능이나 권위의 해체 이후에 탐색될 시인의 검색 목록이란 무엇일까. 본능만을 추구하는 목록만으로 삶의 진정성에 이르는 것이 쉽지 않다는 전제에 동의한다면, 이미 상재한 두 권의 시집과 최근에 쓰인 일련의 시들을 통해서 원구식 시인이 궁극적으로 말하고자 하는 바가 무엇이었던가를 엿보는 것이 가능할까. 실상 이에 대한 올바른 답이야말로 시의 큰강을 열어젖혀가는 원구식 시의 흐름을 조금이나마 인식하는 계기가 되지 않을까 한다. 아직 많은 시적 여로와 행보가 남아있긴 하지만 현재까지 진행된 시세계를 검토해보면, 크게 두 가지 갈래로 나누어보는 것이 가능할 것으로 보인다. 존재론적 완성과 같은 개인의 문제에 관한 것이 그 하나라면 평등한 사회에 대한 지향 같은 것이 나머지 다른 하나이다.

　　　내 꿈은 하루하루를 헛되이 보내는 것이다.
　　　나는 이 일을 유난히 잘한다.
　　　그저 무심히 하루를 보내다 보면
　　　생은 저절로 살아진다.
　　　주위에선 이런 나를 불쌍히 여겨
　　　훈수하며 타이른다.
　　　신문지 몇 장으로
　　　노숙의 찬 서리를 견딜 수 있겠느냐?
　　　네 영혼이 과연
　　　육체의 굶주림으로부터 자유로울 수 있겠느냐?
　　　(…중략…)
　　　불쌍하도다, 나여!
　　　무일푼이 되는 데 너무 오랜 시간이 걸렸구나.
　　　드러누울 땅 한 평 없으니
　　　마침내 온 우주가 네것이로구나.
　　　(…중략…)

오늘밤 이렇게 말한다.
세상에는 버리지 않으면 안 되는 것이 있다.
탕진이여,
결핍으로부터의 자유여,
새로운 시작이여.

—「탕진」 부분

　인용시는 두 가지 이율배반이 어우러져 새로운 진리값에 이르는, 원구식 시인의 독특한 역설이 잘 표현된 작품이다. "하루하루를 헛되이 보냄으로써" "생은 저절로 살아진다"는 것, 그리고 그렇게 모든 것을 비우고 살아감으로써 "마침내 온 우주가 네것이로구나"라는 인식은 이런 미학적 의장 없이는 그 설명이 불가능한 부분이다.

　시인이 이 작품에서 궁극적으로 말하고자 하는 것은 존재의 완성과 같은 형이상학적인 문제이다. 불구를 조직적인 억압으로 간직한 채 태어난 인간이 올바르게 살아가기 위해서는 그러한 불완전성을 완전성으로 되돌리는 일일 것이다. 특히 욕망에 의해 억압된 것이 인간이라는, 다분히 심리학적 국면에 선 인간관에 기대게 되면 이는 보다 확실한 테마가 된다. "결핍으로부터의 자유", 그리고 그것이 곧 "새로운 시작"이라는 어구는 존재 완성을 향한 인간의 영원한 꿈에 해당된다. 이런 사유에 이르는 것만으로도 시인은 인간의 그러한 영원한 꿈에 한 발짝 더 다가서 있는 것이라 할 수 있을 것이다.

　원구식 시인이 모색해온 또 다른 이상향은 평정의 사회이다. 그렇다고 그를 무슨 대단한 혁명가나 변혁가로 인식할 필요는 없으며, 또 작품에서도 그러한 역동성을 굳이 탐색해낼 필요도 없다. 그는 그러한 세계나 이상세계에 대해 단지 소박하게 이야기하고 있을 뿐이다. 시인은 어떤 거대담론이나 실천 문학과 같은 기능적 문학관을 말하고 있지 않기 때문이다. 원구식은 일상의 사소한 사물이나 평범한 대상을 통해서 그 평정한 사회나 그것이 구현되는 모양새를 그려내고자 할 뿐이다. 이런 사유의 끈을 이미 상재한 두 권의 시집에서 유추해보자.

두 번째 시집 『마돈나를 위하여』에서 시인은 이 시집을 마돈나에게 헌사 한다고 했는데, 그 이유를 다음과 같이 말한 적이 있다. "나는 이 시집을 마돈나에게 바친다. 그 까닭은 내가 진심으로 그녀를 사랑하기 때문이고, 그녀가 성의 분배를 통해 세상을 공평하게 만들기 때문"이라고 말이다. 또한 첫 시집 『먼지와의 싸움은 끝이 없다』의 「코스모스」라는 작품에서는 "그러나 내가 세상에서 패배하여/말할 수 없이 비참한 몰골로/고향으로 돌아왔을 때/신작로 옆에서 너를 만났을 때/나도 몰랐다/네가 이리도 큰 위안이 될 줄은/코스모스, 너는 세상을 공평하게 하는 힘!"으로 코스모스를 미화했다. 코스모스가 평화라는 혹은 공평과 같은 관념으로 승화될 수 있는 것은 이 꽃이 모두에게 공유되는, 아니 향유되는 대상이라는 점 때문이라는 것이다.

모든 제도화된 권력을 무너뜨리고 중심을 해체해서 다변화된 여러 힘들의 공존 상태를 필생의 시업으로 간주한 원구식으로서는 이런 인식들이 어쩌면 당연한 결론이 아니었을까. 제도를 무너뜨리고, 그 껍질을 뚫고 나온 본능의 아름다움, 평정의 사회를 위한 그리움이 원구식 시의 커다란 물줄기들이었다.

원구식의 시세계가 갖는 성실성과 참신성이란 이렇듯 시대의 틀에 거슬리는 돌발적 발상에서 찾아진다. 그런 시적 의장이 원구식 시의 강점이라면 강점이다. 시인은 그런 사유의 편린들을 오랜 인내와 탐색을 통해서, 특히 과작이라는 독특한 시법을 통해서 거듭거듭 모색해왔고, 앞으로도 그럴 것이다. 그것이 그만의 시업이기 때문이다.

제 3 부

상처의 언어를 보듬는 그리움의 여정

―고완수의 『누군가 나를 두드렸다』

고완수 시인의 『누군가 나를 두드렸다』가 응시하는 시선은 바깥 부분보다는 주로 안쪽 부분에 치우쳐 있다. 그렇기에 그의 시집에서 대사회적인 맥락을 읽어내는 것은 거의 불가능한 일이다. 서정시가 주로 내성에 관계된 장르라고 할 경우, 시에 대한 시인의 이러한 독법은 매우 자연스러운 일이 된다.

서정시가 내성적인 것과 분리되기 어려운 특성을 갖고 있다면, 문제는 이 내성이란 것이 시인마다 어떻게 구현되는가 하는 것에 있을 것이다. 그 각각의 특질을 시 속에서 간취해내는 것, 그것이 이 시인만이 갖는 시적 주제일 것이고, 또 시인만의 독특한 세계가 될 것이다.

고완수는 자신만의 그러한 시적 주제 혹은 시적 세계를 숙명이라 생각했다. 그의 자서에 나타나 있는 것처럼, 그는 "상처의 언어를 끌어안고 절망과 희망을 저울질하는 시인의 운명"을 하나의 숙명으로 인식하고 있기 때문이다. 그는 자신의 운명을 이렇게 숙명으로 규정해놓고 그 스스로에 대해 "이런 운명에 잠시라도 나는 빠져본 적이 있던

가" 하고 회의적 자문을 하지만, 실상 그의 시의 근거는 이 문제의식으로부터 크게 벗어나 있는 것이 아니다. 따라서 우리가 그의 시에 대해 관심을 갖고 있는 부분은 "절망과 희망을 저울질"하는 그 "상처의 언어"가 대체 무엇인가 하는 점에 있다.

『누군가 나를 두드렸다』에서 시인의 담론에 어떤 상처가 있었고, 그 상처가 어떻게 시를 만드는 동인이 되었는가 하는 근거를 찾기란 쉽지 않다. 상처란 자기동일성이 일탈하는 곳에서 발생하는 어떤 심리적 기제인데, 시인의 시집에서 그 메카니즘이 곧바로 드러나 있는 것은 아니기 때문이다. 그러나 시인이 받은 상처들이 다소 추상화되어 있는 것이 사실이긴 하지만, 그 흔적의 자취들이 완전히 가려져 있는 것은 아니다. 그것을 일단 동일성에 대한 상실과 좌절의식에서 찾고 싶다. 실상 고완수의 『누군가 나를 두드렸다』에 드러나 있는 그 상처와 흔적들은 일회적인 어떤 순간의 계기에 의해 형성된 것이 아니라 매우 기능적이고 조직적으로 만들어진 것이다. 이른바 동일성에 대한 꿈인 존재론적 완성에 이르고자 하는 희구의식이 다른 어떤 시인보다도 강렬하게 나타나 있기 때문이다. 그의 상처의 언어들은 바로 이 상실의식과 불가분의 관계를 맺고 있다.

하루하루의 삶이
죄의 기록 아니던가
오늘도 대못을 들고
네 가슴에 박는다
텅, 텅, 텅, 텅,

들어가지 않는 못일수록
온몸으로 두드린다

텅텅텅텅 네 비명소리가
힘의 원천이다

자, 보아라
기념체도 편년체도 아닌
내 전과의 기록을,
어둠 가득 빛나는
망치 맞은 못대가리를

–「별·8」 전문

인간이 죄를 짓는다는 것, 곧 일탈의 세계에 빠진다는 것은 동일성의 의식 없이는 불가능하다. 기독교에서 말하는 죄의 근원도 여기서 비롯된 것이고, 무의식과 의식의 근원적 대립을 이야기한 정신분석학의 경우도 마찬가지이다. 따라서 죄는 시인에게만 돌려지는 고유의 몫도 아니다. 그것은 시인뿐 아니라 모든 인간에게 주어지는 기능적이고 조직적인 것이다. "하루하루의 삶이/죄의 기록"이라는 것은 시인이 어떤 근원으로부터 일탈된 존재라는 인식에서 얻어진 것이다. 따라서 그것은 근원적인 것이고 선험적인 그 무엇이다. 시인이 "내 전과의 기록"이라고 하여 다소 부정적으로 표현을 했지만, 그것이 어떤 윤리적인 근거와 기준으로 잴 수 있는 성질의 것이 아님은 이 때문이다. 그것은 법의 잣대로 이해될 수 있는 영역도 아닌 윤리 이전의 문제이다. 따라서 시인이 "텅텅텅텅 네 비명소리가/힘의 원천이다"고 하면서 그것을 자신의 삶의 역동성으로 인식한 것은 자연스런 일이라 하겠다. 윤리를 초월한 죄란 더 이상 가치 판단의 영역에서 논의될 수 없는 것이기 때문이다.

「별·8」에서 시인이 죄의 비명소리가 힘의 원천이라 한 부분은 시인에게는 상처에 해당된다. 여기서 그 상처는 물론 시인만의 고유한 것은 아니다. 그런데 문제는 그러한 일반화된 의식이 어떻게 개별화되어 시인 자신의 몫으로 자기화 되는가에 있다. 이 부분이야말로 시인 자신만의 고유한 몫이 될 것이고 또 작가의 역량과 관계되는 부분이 아닐까 한다.

시인은 「별·8」에서 죄를 힘의 원천이라고 했다. 말하자면 죄라는 상처가 시인의 기호적 실천의 근간으로 이해한 것이다. 윤리를 뛰어넘는 선험적인 죄가 인간에게 실천의 영역으로 자리 잡을 경우, 그것이 내성이라든가 동일성의 회복과 같은 존재론적인 문제와 결부되는 것은 자연스러운 일이 된다. 고완수의 시적 여정이 나아가는 방향도 이와 밀접히 결부되어 있는데, 인간의 본원적인 꿈이 자기동일성에 있다고 한다면, 이는 매우 적절한 선택이 아닐 수 없다.

> 사거리 붉은 신호등에 걸렸다
> 깐 마늘 고봉으로 실은 트럭 한 대
> 내 앞에 멈췄다 순간
> 반쯤 열어놓은 창으로 마늘 냄새
> 찰거머리처럼 몰려왔다
> 좁은 차 안을 삽시간에 점령하는
> 냄새에 서둘러 창문 올리다
> 뒤를 돌아다보았다 나는
> 다음 사람에게 어떤 차인가
> 무엇을 가득 싣고 가다가 오늘처럼
> 잠시 붉은 신호에 걸린다면
> 뒤에 선 사람은 내게서
> 어떤 냄새를 맡을 것인가
> 역겨워 나처럼 창문 닫을 것인가

가늠하는 사이 신호가 바뀌었어도
나는 자주 뒤를 돌아다보았다

—「뒤를 돌아다보았다」 전문

　인용시는 일상에서 흔히 일어날 수 있는 사건을 배경으로 쓴 시이다. 일상에서 소재를 끌어올 수 있다는 것은 자신을 만들고 가꾸어가는 자기 실천의 문제가 기도와 같은 특정의 순간에만 국한되는 일회적 문제가 아님을 말해준다. 시인에게 자기성찰과 같은 동일성에의 회복이라는 과제는 그만큼 보편화되어 있었던 것이고, 또 절박한 문제 가운데 하나였다. 그런 동일성의 회복이라는 끊임없는 피이드백 시스템 과정을 시인은 "신호가 바뀌었어도/나는 자주 뒤를 돌아다보았다"는 여운을 통해서 반성하고 있는 것이다. 그의 이런 사유 행위는 지친 몸을 의지해주던 소나무의 매끄러운 표면과 자신의 허리를 대비시키며 환기되기도 하고(「옆구리를 내주는 사랑」), "평생 다스려 봐도 언제나/제 멋대로 살아 꿈틀대던/미워질수록 못대가리 빛나던/세치의 혀"(「부드러운 못」)를 통해 일깨워지기도 한다. 뿐만 아니라 과일전의 수박과 자신과의 대비를 통해서 타인에게 비춰질 자신의 참모습이 무엇인지에 대해 되묻기도 하는 과정으로 나타나기도 한다(「누군가 나를 두드렸다」).

　동일성에 대한 시인의 이런 감각이 일탈에서 비롯된 것임은 자명한 일이다. 그러나 그 추방의 감각이 종교적인 것이든 혹은 심리적인 것이든, 아니면 어떤 개인적인 억압에 기인한 것이든 명확히 알 수는 없다. 또 어느 하나의 계기가 아니라 복합적인 요인에 의해 그러한 것일 수도 있다. 어떻든 시인이 동일성이 파괴되는 파탄의 상태, 곧 상처를 갖고 있다는 것은 틀림없는 사실이다. 이 상처의 언어가 시인을 언어의 바다로 이끌리게 했고, 그 바다 속에서 시인은 건강한 회복을 꿈꾸어왔다. 완결된 의식과 통일된 인식을 담보해줄 그런 담론에의 천착이 시인의 궁극적 목표가 된 것이다. 시인은 그런 통일된 상태 혹은 건강한 언어를 욕망의 상실에서 구하기도 하고, 근원에 대한 회귀를 통해서 구하기도 한다.

인간의 욕망이라든가 근원과 같은 문제는 대단히 일반화된 주제 가운데 하나이다. 억압이라든가 상실의 감각을 운위할 때, 이 감각만큼 시인들에게 쉽게 다가왔던 사유도 없었기 때문이다. 그럼에도 고완수 시인에게 이런 감각이 예사롭지 않게 느껴지는 것은 그것이 작품 세계의 구조적인 맥락이랄까 그 틀에 견고하게 내재되어 있다는 점 때문일 것이다. 이는 그러한 시인의 사유들이 어떤 순간의 감각이나 일회적 계기에 의한 것이 아니기에 그러하다. 상처에 대한 인식과 그 초월에 대한 의지를 담고 있는 다음의 작품을 보면, 이는 금방 확인된다.

가슴 비우며 산 것들은
그 마지막도 아름답다
땅에 떨어져서야 비로소
평안하던 낙엽들 태운다
날랜 불의 혀가 구석구석
핥을 때마다 간지러운가
온몸 비틀어 삶으로 피어난다
잎맥 어디에 저리도 많은
향을 쟁여놓았던 것일까
따스한 불의 군무 앞에서
탄성으로 피어오르는 향
내 지난날의 눈물들도
죄다 그러모아 불태우면

또 저렇듯 그윽한 빛일까
욕망이 단단해질수록
나는 낙엽에게 묻는다
욕심 버리며 산 것들은
왜 재마저도 향기로운가

—「낙엽에게 묻는다」 전문

인용시는 대단히 감각적이다. 여기서 감각적이라 함은 이 작품 속에 내재된 일차원적 이미지가 독자의 편에서도 그대로 공유되기 때문이다. 낙엽의 향기로운 향이 감각적 이미지에 해당한다. 그런데 낙엽의 냄새가 이렇게 향기로운 것은 그것이 욕망과는 무관한 삶을 살았기에 그러하고 또 자연의 이법으로부터 벗어나지 않았기에 그러하다. 시인은 그러한 낙엽의 모양새와 자세를 대단히 경이롭게 응시한다. 공수래 공수거(空手來空手去)라는 지극히 평범한 진리를 온몸으로 실천하고 있는 낙엽의 자세에서 욕망에 찌든 자신을 반추하는 것이다. "욕망이 단단해질수록/나는 낙엽에게 묻는다/욕심 버리며 산 것들은/왜 재마저도 향기로운가"라고 말이다. 이는 그렇지 못한 시인의 자세에 대한 채찍이 아니겠는가.

이 작품은 상당한 가편의 시이다. 이 시가 독자의 심금을 울리는 바는 대단히 큰데 그것은 인용시가 전하는 주제 전달의 방식이 원초적인 감각에 의존하고 있기 때문이다. 인간이 느낄 수 있는 감각 가운데 가장 원초적인 것이 일차적인 감각에 호소하는 것이다. 이 시는 욕망의 무화라는 인간의 영원한 꿈을 낙엽의 향기 속에서 읽어내는 빼어난 솜씨를 보여주고 있는 경우이다.

어느 철학자에 의하면, 인간이 근원적으로 억압되는 배경에는 욕망이 내재되어 있기 때문이라고 한다. 인간이란 욕망하는 존재이기에, 그리고 그 욕망으로부터 자유롭지 않기에 억압될 수밖에 없다는 것이다. 이런 시각은 다분히 정신분석학적인 측면에 기댄 것이긴 하지만, 욕심으로 표현되는 세속적 일탈, 욕망으로 인유되는 근원적 일탈이 없었다고 한다면, 인간은 낙원으로부터 추방되지도, 근원적 원천으로부터 분리되지도 않았을 것이다. 그러나 인간은 그렇지 못한 존재이기에 일탈이라는, 동일성으로부터의 소외라는 상처를 간직하며 살 수밖에 없는 존재가 되었다. 고완수 시인이 주목하는 것도 이 부분이다. 그가 탐색해 들어가는 주제가 아주 일반화된 것이라는 사실은 굳이 부인할 수 없지만, 그것이 시인만의 득의의 영역이 될 수밖에 없는 것은 이런 주제들이 시인의 의식구조 속에 견고히 내재되어 있다는 점 때문이다. 시인이 찾아들어간 욕망의 문제라든가 근원에의 향수는 상처의 치유와 회복과정에서 얻어진 항상적인 것이었고, 내성의 문제나 욕망의 문제는 사유의 완결성을 이루어내는 과정에서 필연적으로 체득된 것이었다. 시인의 시편들이 단형의 형식을 취하는 것도 어쩌면 이와 밀접한 관련이 있다고 생각된다. 『누군가 나를 두드렸다』를 꼼꼼히 읽어보면 시인의 시들은 대체로 짧은 형식들로 구성되어 있다. 현대의 복잡한 감수성을 담아내는 산문적 서술도 없고 이에 대한 집요한 철학적 물음들도 발견할 수 없다. 그렇기에 시형식이 굳이 길어질 이유가 없었던 것으로 보인다.

시인의 주제의식은 분명한 것이었는데, 그것은 다름 아닌 존재론적 완성이라는 철학적 혹은 근원적 사유에의 물음이었다. 시인이 언어의 상처를 보듬어 안고, 그것을 하나의 숙명적 과정으로 받아들인 것은 근원으로부터의 일탈과 그것으로의 회귀라는 모색의 과정에서 얻어진

것이었다. 이 과정에서 시인이 주목한 것은 어머니에의 그리움, 곧 모
성적인 상상력이었다.

　시인의 어머니에 대한 사랑은, 혹은 그리움은 아주 각별한 것으로
나타난다. 모성적인 것에의 그리움이 보편적 인간의 향수이긴 하지만,
그러나 시인의 어머니에 대한 사무친 정들은 그런 일반화된 방식을
뛰어넘는 곳에 위치한다.

　　　내게는 여러 장 있는
　　　졸업장이 어머니에겐
　　　단 한 장도 없습니다

　　　밥 먹는 일이 전부였기에
　　　졸업장은 신기루였습니다
　　　뽑을 수 없는 못이었습니다

　　　일생을 한 가정의 심지로
　　　환한 등불 밝히시더니
　　　오늘은 지상의 마지막
　　　조등으로 내걸린 어머니

　　　내 서러움으로 눌러 쓴
　　　현비유인 ○○○씨 신위
　　　단 한 줄뿐이어도 빛나는
　　　졸업장 어머니께 바칩니다

－「어머니의 졸업장」 전문

　시인에게 어머니의 일상적 모습은 지극히 경험적인 영역에서 만들
어진다. 그렇기에 어머니에 대한 감정이 대단히 실감 있고 현장감 있
게 다가온다. 시인은 어머니를 일반적인 호칭으로 애타게 부르지 않는

다. 모두에게 공통으로 존재하는 보편적인 어머니 상으로 구현하지도 않는다. 그는 오직 자신에게만 현상되는 어머니의 모습을 그리고 있을 뿐이다. 이런 구체성이 현실감 있고 실감 있게 다가오는 것은 당연한 일이 아닐까. 시인이 묘사하는 어머니가 추상적인 모습이라든가 관념화된 영역과 거리가 먼 것은 이런 이유 때문이다.

시인이 어머니를 그리워하는 것은 지극히 사적이고 내밀한 부분이다. 그러나 그의 시세계에서 어머니에 대한 묘사가 차지하는 음역은 매우 중요하다. 그것은 동일성의 회복이라는 언어의 상처와 밀접한 연관이 있기 때문이다.

쨈 만들기 위해 끝물 딸기
꽃받침 떼어내다 알았다
그 푸른 꽃받침 한 때
흰 꽃잎 떠받치는 초록 잔이었다가
열매 젖줄 물고 얼굴 빨개지도록
빨아댈 때는 푸른 배냇저고리였다가
익은 알맹이 아래로 들면
머리에 씌운 푸른 왕관이었음을
하여 딸기가 왕자나 공주였음을 알았다
아니, 세상에 나온 모든 꽃들과
모든 열매들 그로 인해 왕족이었음을,
나도 한 때 어머니의 왕궁에서
한 알의 열매로 익어가는 동안
왕자로 자라는 동안
그 궁을 떠받치던 꽃받침 있었음을,
싸목싸목 쌓이던 푸른 꽃받침
딸기의 푸른 광배를 보고 알았다

―「꽃받침」 전문

이 작품은 세상의 모든 사물에 있어서 근원이 없음은 불가능하다는 것, 또 그 근원이 있었기에 하나의 찬란한 결실을 맺을 수 있었음을 말하고 있다. 시인은 그러한 모성에 대한 인식을 딸기의 꽃받침을 통해서 알게 된다. 그것처럼 자신 역시 어머니의 왕궁이 없었다면 현존재로서의 자신이 불가능한 존재였음을 인식한다. 모성에 대한 이런 근원의식이야말로 상처받은 언어가 치유될 수 있는 근원적인 매개가 아닐 수 없다. 어머니는 단지 일회적 그리움의 대상도 아니고, 사적인 영역에서 의미화되는 존재도 아니다. 시인에게, 아니 모든 인간에게 어머니는 동일성이 회복되는 근원이었던 것이다.

모성적인 것에 대한 그리움과 함께 시인의 이번 시집에서 한 가지 더 주목해야 할 것이 있다. 반문명적인 사유가 그것이다. 반문명적 의식이란 근대 모더니즘이 추구하는 궁극의 목표이긴 하지만, 『누군가 나를 두드렸다』에서도 그것은 그 연장선에서 이해된다.

폐가를 보면 마음이 편안해진다
사람 목소리 들려올 때는
풀 한 포기 마당을 지날 수 없었다
꽃들도 화단을 나올 수 없었다
눈치 없이 마당에 뿌리내린
풀들은 눈에 밟히는 족족 뽑혔다
그러던 집에서 사람이 떠나자
집은 자연스러워졌다
마당을 지난 풀들 더러 주인처럼
방에서도 뿌리 내리고 꽃 피웠다
오동나무도 천장 열고 하늘과 내통했다
덩굴손들이 지붕에 푸른 기와를 얹자
집은 스스로를 허물었다

> 떠난 것들 모두 불러들였다
> 사람 냄새 지우자 자연으로 돌아가는길,
> 그 좁은 길이 환하게 보였다

-「폐가를 보면」 전문

자연이란 반문명적인 것의 이면에 자리한다. 자연은 문명의 실패와 더불어 수면위로 떠오르면서 그것이 추구하는 궁극적인 가치가 무엇인가를 소위 문명적인 것들에 대해 되묻기 시작했다. 그런 자연의 의미 있는 항변은 인용시에서도 똑같이 자리한다.

폐가란 사람이 버린 집이지만, 그것은 자연과 인간의 경계에 위치하는 점이지대이다. 인간이 떠난 뒤부터 폐가의 나머지 구성원들은 비로소 제자리를 찾기 시작한다. 풀들은 마음껏 뿌리를 내렸고 꽃은 피어났으며, 오동나무도 천장을 열고 하늘과 내통했다. 뿐만 아니라 덩굴손들 역시 지붕에 푸른 기와를 얹으며 대자연의 합창에 동참한다. 결국 인간을 위한 집은 스스로를 허물게 되고, 자연의 일부가 되어버린다. 사람 냄새가 지워지면서 하나의 자연으로 거듭 태어나게 된 것이다.

이 작품은 인간의 자연의 관계를 소박한 차원에서 읊고 있지만, 그것이 함의하는 뜻은 매우 교훈적이다. 문명사적 종말의식이나 분열된 인간의 자의식을 유별나게 의식하지 않으면서 현대 문명에서 포지하는 자연의 가치가 무엇인지를 잘 말해주고 있기 때문이다. 새로운 문명사의 탄생을 예비하는 자연의 철학적 국면은 나타나지 않지만, 시인에게 있어 자연이란 궁극적으로는 재생의 의미와 불가분의 관계에 놓인다. 자연은 인간이라는 문명적 요소가 거세될 경우에만 그 본연의 모습이 회복될 수 있는 것이라는 의미인데, 이런 맥락에서 보면 자연은 모성적인 것이라고 할 수 있을 것이다. 이는 시인에게 또 다른 어머니였던 셈이다.

　시인이 지금껏 탐색해왔던 것은 상처의 언어를 치유하는 것이었고, 존재론적 완성이라는 동일성을 회복하는 것이었다. 끊임없이 성찰하는 자아의 성실한 실천은 그러한 노력의 일환이었고, 어머니라든가 자연은 그가 되돌아가야 할 구경적 지점이었다. 따라서 그의 시적 탐색들은 부분 부분이 존재하는 것이 아니라 모든 작품들이 그 최종 지점으로 회귀하는 유기적 실타래로 얽혀 있음을 알 수 있게 된다.

　자연적인 것에의 회귀, 모성적인 것에의 그리움과 더불어 그의 작품 세계에서 또 하나 주목해서 보아야 것이 사랑 시편들이다. 『누군가 나를 두드렸다』는 총 4부로 구성되어 있지만, 이를 주제별로 엮으면 크게 세 부분으로 나눌 수 있다. 하나가 자아성찰이나 존재론적 완성에 관한 것이라면, 다른 하나는 어머니의 세계, 곧 모성적인 것에의 회귀와 관련된 것들이다. 그리고 마지막 다른 하나가 소위 사랑시계열이다.

　고완수의 다른 시들이 그러하듯 그의 사랑시편들은 매우 아름다운 것이 사실이다. 이 작품들이 이성적 그리움에 대해 읊은 시라고 해도 좋고, 어떤 절대자에 대한 그리움을 노래한 것이라 해도 크게 틀린 말은 아니다. 절실한 그리움의 세계야말로 어떤 절대적 가치 없이는 성립하지 않는 까닭이다. 그러나 나는 그의 사랑시편들을, 시인이 자서에서 언급한 것처럼, 상처의 언어를 치유하는 과정의 일환으로 이해하고 싶다. 『누군가 나를 두드렸다』는 모두 시편들이 유기적인 전체로 짜여 있다고 했다. 그렇기 때문에 각각의 시편들이 여러 다양성의 세계로 분기된다고 보기는 어려워 보인다. 시인의 시세계들은 분명한 목표와 주제의식을 갖고 있다. 그 각각의 짧은 시편들을 통해서 시인은 자신의 목소리를 싱싱하게, 힘차게 담아내었다. 이번 시집에서 절실하

게 읊어낸 그리움이 상처의 언어를 끌어안기 위한 지난한 자기노력의
결과가 아닐까 한다.

> 그대는 어찌하여
> 바닷물 같은가
>
> 마시면 마실수록
> 헛물만 켜게 하니
>
> 저 바다를 통째로 삼켜
> 풀 수 있다면
>
> 일생을 두고 나
> 퍼 마실 텐데
>
> 들이킬수록 어찌하여
> 그대는 짜디짠 갈증인가

-「사랑」 전문

다가가려해도 쉽게 접근되지 않는 감수성이 그리움이다. 만약 근접
가능하고 쉽게 성취되는 것이라면, 이 정서는 성립되지 않는다. 만지
면 만져질 듯한, 잡으면 잡힐 듯한, 그러면서도 만져지지 않고 잡혀지
지 않는 것이 그리움의 정서이다.

시인은 자신의 글쓰기의 목표를 상처의 언어를 끌어안는 것에 두었
다고 했다. 그리고 그것을 숙명이라고 불렀다. 숙명이란 쉽게 해소되
지도 않고, 쉽게 도달할 수도 없는 것이다. 다만 저 멀리서 가물가물
잡힐 듯 잡히지 않고 하늘하늘거리고 있을 뿐이다. 시인에게 저 멀리

서 자기화되지 않고 하늘거리는 실체는 건강한 언어이고, 존재의 완성을 이루는 지점일 것이다. 뿐만 아니라 분열을 모두 감싸 안는 근원적인 어떤 것일 것이다. 그 근원으로 다가가려는 영원한 꿈, 그것이 바로 그리움이 아니겠는가. 시인의 갈증은 여기서 비롯된 것이다. 시인은 그것에 이르려는 그리움을 가지고 있다. 아니 이를 숙명으로 여기고 거기서 발생한 상처를 끊임없이 붙들고 있을 것이다. 이제 시인은 그 그리움에 이르기 위해 막 출발선상에 서 있다. 그리움이 어떻게 부채살처럼 펼쳐지는지 지켜보자.

존재를 묻은 현란한 수사들

─김영찬의 『투투섬에 안간 이유』

김영찬의 시들은 매우 낯설다. 대체 이런 이질적인 감각은 어디에서 오는 것일까. 어느 비평가는 시인의 시를 해체적 감각으로 해석하기도 하고, 혹은 의식 너머의 근원에 대한 가열찬 탐색으로 이해하기도 한다. 또 변화무쌍항한 담론이 이리저리 다발처럼 엉켜들어감으로써 의미가 새롭게 산출되는 것으로 보기도 한다. 김영찬의 시들이 전통 서정 문법으로부터 어느 정도 벗어나 있다는 사실을 감안하면, 이런 평가들이 전연 근거가 없는 것은 아니다. 실제로 김영찬의 시들은 초현실주의의 의장 가운데 하나인 자동글쓰기 수법이 묻어나기도 하고, 사물들의 돌발적인 결합에 의한 낯설기 효과가 당혹스럽게 펼쳐지기도 한다.

어떻든 김영찬의 시들은 전통 서정 문법을 거부한다. 단어와 단어 사이에서 형성되는 의미의 순연한 결합을 거부하고, 이미지의 단순한 나열도 거절한다. 그는 의식의 단순한 언어적 표명을 경계했던 형식주의자들의 경우처럼, 의미가 곧바로 표출되는 것에 대해 문학성의 적으로 생각하고 있었던 것이다. 그의 이러한 수법은 최근의 상재한 『투투 섬에 안간 이유』의 머리말을 보면 금방 이해가 된다. 시인은 이 시집의 머리말에서 다음과 같이 말한다.

> 시를 쓴다기보다 그냥 받아 적거나 흥얼흥얼 주억거릴 때 나흘 긁어
> 몸이 유체이탈, 부유할 것 같다. 모든 문맥
> 모든 사물에 의미의 거머리가 붙어 다니는 게 지겹다
> 어떻게 국어생활을 떠나 아홉 번 무의미한 말로 너에게 닿을 길은 없을까.

비록 짧은 인용이긴 하지만, 이글에서 시인의 작품을 이해할 수 있는 중요한 두 가지 단서를 발견할 수 있다. 하나는 의미에 대한 부정이다. 시인은 "모든 사물에 의미의 거머리가 붙어 다니는 게 지겹다"고 했다. 이 말은 자연주의자들의 일물일어설을 정면으로 부정하는 것이다. 사물에는 의미가 사상되어 있다면 좋다는 뜻인데, 이는 김춘수가 설파했던 무의미의 시에 흡사해 보인다. 이런 맥락에 서게 되면, 김영찬의 시들은 해체지향적인 속성을 지니고 있는 듯이 보인다. 그러나 시인의 작품을 꼼꼼히 읽어보면, 그의 시적 방법들은 기존의 시적 문법들이 보여준 것들에 대한 위반의식에 불과할 뿐이다. 모든 참신한 시들이 그렇하듯 김영찬이 자신의 작품세계에서 가장 강조하고 싶었던 것이 눈에 번쩍 뜨이는 상상력에 있었음을 알게 된다. 그는 모든 사물에 의미의 거머리가 붙어 다니는 게 지겹다고 한 것처럼 사물이나 언어가 클리쉐되는 것에 못마땅하게 여겼다. 상상력의 자유로운 날개와 사은유에 대한 전략적인 거부가 만나는 자리, 그것이 김영찬의 시가 만들어지는 지대이다.

다음으로는 "어떻게 국어생활을 떠나 아홉 번 무의미한 말로 너에게 닿을 길은 없을까"라고 한 부분이다. '국어생활을 떠난'다는 것이 사물에 의미가 고착된다는 시적 의장과 맞물리는 것이다. 그렇다면 그가 탐색하고자 하는 '너'란 도대체 무엇일까. 서정시에서 흔히 탐구되는 절대적인 어떤 대상일가. 아니면 이성적인 님이나 정신분석학에서 말하는 이타적인 자아일까. 실상 이것에 대한 본질적 접근이야말로 김영찬의 시를 이해하는 바로미터가 될 것인데, 시인이 펼쳐 보인 5편의 시들 속에 투영된 내면을 들여다보게 되면, 그것의 본 모습을 어렴풋이나마 알게 된다. 본연의 모습으로서의 자아 혹은 존재완성의 자아가 바로 그것이다.

20100601~　Å#0303-00 ¢ ♪///88
이 숫자를 해석하는 즉시 나에게 달려오시오.
그 시간까지 살아서 당신을 만나게 되면 내 행복의 전부를
유산으로 양도할 것입니다. ♫~

이 인용문은 「케자르 세탁소」에 나오는 구절인데, 시인은 이 기호를 신비스러운 암호로 남겨놓으면서 그것이 해독될 때, 세탁소 주인으로부터 행복의 전부를 양도받을 수 있다고 했다. 여기에 나오는 숫자나 기호가 무엇인가에 대해서는 굳이 신경을 쓸 필요는 없다. 그것은 단지 행복의 문을 열기 위한, 자아 완성을 위한 길이 험난함을 보이기 위한 암호이자 단순한 기호에 불과하기 때문이다. 시인은 그 해독에 이르는 길을 위해서 꿈이라는 환상적 장치를 도입했으며 전도된 상황도 설정했다. 이런 목표를 달성하기 위해 시인은 초현실주의의 방법적 의장인 자동글쓰기와 몽환적 수법을 동원했다. 절대적 이상이라는 신

성의 지대에 들어가기 위해서는 이런 비현실적 장치들의 동원이 어쩌면 당연한 것이 아닐까.

존재의 완성이라는 커다란 문에 도달하기 위한 시인의 도발은 이제 그 출발선에 서 있다. 세상은 존재라는 중심점에 모여 있지 않고 언제나 흩어져 있다. 그 분산된 모습을 시인은 디지털 시대에 걸맞게 컴퓨터의 스크린 앞에서 찾는다.

> 살인자는 살인을 하기 위해서만 태어났고 만약
> 살인을 안 하거나 못하면
> 살인자가 아닌 셈
> 비문화적 코드를 타고 온 여인이
> 튤립 꽃에게 말을 걸어
> 꽃의 볼을 감싸 안고 키스를 퍼부었다
> 기습적인 행동에 당혹한 신사가
> 코피 묻은 손수건을 떨어뜨렸고 거기서 회로가 흔들렸으며
> 배수관이 터진 도시에 구정물이 흐른다
>
> 사건은 14 ″ 빈 방에서 빈발했다
>
> 한 번도 제대로 된 체위 하나 없는 플레이보이가 퇴짜 맞은 직후
> 뉴 포스팅을 선보인 동호인의 테라스에
> 밤무지개가 뜬다
> 한 번도 가본 적 없는 방, 한 번도 고통과 손 잡아본 적 없는
> 고통스런 집
> 무엇에나 집적대기를 좋아하는
> 사내들은 스토킹을 위한 가면을 쓰고

-「14 ″ 빈 방」 부분

컴퓨터는 시공간을 초월하는 공통의 지대이면서 모든 것이 함께 구

현되는 동시성의 지대이기도 하다. 따라서 그곳은 다른 어떤 장치보다
도 세상의 전부를 읽어낼 수 있는 좋은 매개가 된다. 시인은 세상의
정보를 얻기 위해, 그리고 자신의 정체성을 확보하기 위해, 컴퓨터 앞
에 앉는다. 디지털 시대에 컴퓨터는 생존 수단이고 삶의 소통 수단이
다. 즉 그것은 삶의 필수불가결한 요소인 셈이다. 그러나 시인의 그러
한 기대는 컴퓨터의 화면이 눈앞에 들어오는 순간 완전히 무너진다.
정보는 그 양이 너무 많아서 탐색이 불가능할 정도이고 메모리는 정
돈되지 않고 산만하게 흩어져 있을 뿐이다. 가령, "비문화적 코드를
타고온 여인이 튤립 꽃에게 말을 걸어" 어떤 신사에게 기습키스를 감
행하고. "기습적인 행동에 당혹한 신사가 코피 묻은 손수건을 떨어뜨
릴" 정도로 세상은 혼돈스럽다. 그리하여 시인이 응시하는 이곳의 현
실은 "배수관이 터진 도시에 구정물이 흐를"만큼 난장판이다. 이렇듯
컴퓨터 모니터 앞에 비춰진 세상은 온통 자아가 없는 인간들뿐이다.
"무엇이나 집적대기를 좋아하는 사내들은 스토킹을 위한 가면을 쓰"
는 것이 지금 이곳의 인간들이 보여준 자아상실의 현실적 존재 조건
들인 셈이다.

　인간의 불구화라는 근대적 비극이 신의 상실에서 시작된 것은 잘
알려진 일이다. 영원성의 감각이 떨어져 나간 이후 인간들은 스스로를
조정하고 규유하는 존재로 바뀌게 된 것이다. 모더니즘의 근본적 과제
가운데 하나가 영원성의 탈환여부에 놓여진 것도 이와 무관하지 않다.
그만큼 근대적 인간형들에게 부관된 자아탐색의 과제는 잔혹할 정도
로 심한 부하가 걸려있는 것이 사실이다.

　시인은 근대가 부과한 이런 엄정한 책무에 대해 그냥 가볍게 넘어
가지 않는다. 그는 그것을 확인하면서 계속 그것으로부터의 탈출을 감

행하고자 한다. 마치 다람쥐 쳇바퀴 돌리듯 그는 끊임없는 피드백 과정을 거듭거듭 하고 있는 것이다.

꽃병이 엎어져 난데없는 물은 와디를 적셔 홍건히 흐르는데
병 속에서 탈출한 꽃들은 난세의 춤을 춘다
마조키스트와 사디스트의 절묘한
만남이라고?
여보시게, 일필휘지 캘리그래피는 자유를 찾아 일획
날개를 펼칠 뿐
이런 식의 시시 껄렁 시답지 않은 주말오후란 한가롭긴 한데
어쭙잖은 게 아니냐고
제발 생트집 좀 잡지 말아주게
(…중략…)
그대(그대가 누군데?)와 나(나는 누군데?)는 일급 방랑자,
어디를 둘러봐도 먼저 누울 곳이 없다
없고, 그래서 엉덩이 앉힐 자리가 상기도 딱딱해지면
그 다음 행선지로 서둘러 떠나야 하지
그렇다네, 사소한 머리카락 하나에도 인생을 후회하는 버릇이 생겼지
그건 우리들의 선택이 아니지만

―「캘리그래피 미래에의 확장」 부분

인용한 시는 근대를 적응해가는 시인의 난망한 모습과 사회적 군상들이 적나라하게 제시된 작품이다. 우선 이 작품을 이끌어가는 화두는 마적단의 소녀이다. 이 소녀는 현실의 구석으로부터 벗어나고자 하는 해방의지의 구현자이면서 탈주자이다. 그럼에도 이 소녀가 과연 언제부터 방치된 존재였고, 방심할 수 있는 자유가 언제 허락된 것에 대해서 시인은 깊은 회의의 시각을 보낸다. 마치 해방된 것 같지만 실상은 전연 그렇지 않아 보인다는 것이다. 그럼에도 그의 사유의 여정은 여

기서 머물지 않는다. 그는 끊임없이 또 다른 자유가 무엇이고 어떻게 펼쳐질 것인가에 대해 여행을 계속하게 된다.

이런 시도 속에서 그의 시쓰기의 본질이 드러난다. '텔리그래피의 자유'가 바로 그것이다. "여보시게, 일필휘지 캘리그래피는 자유를 찾아 일획 날개를 펼칠 뿐"이라는 말은 시인의 시쓰기의 본질에 닿아 있는 말이다. 캘리그래피가 "글씨나 글자를 아름답게 쓰는 기술"이라는 사전적 의미를 갖고 있다는 사실을 감안한다면, 시인의 글쓰기는 미적 문자를 통한 탈주의지의 표방으로 인식될 수 있기 때문이다.

그러나 미적 문자를 통한 탈출은 5연에 이르면 다시 원점으로 회귀한다. 시의 표현대로 그대와 나는 하나의 규정된 의미로 환원되지 않기 때문이다. "그대(그대가 누군데)와 나(나는 누군데?)"에서 보듯 그대와 나는 하나의 소기로 의미화되지 않는 것이다. 그대와 나는 오직 '일급 방랑자'일 뿐이다. 시인의 이런 발상은 후기구조주의자인 라깡(Lacan)의 그것과 매우 가깝다. "내가 없는 곳에 내가 있고, 내가 있는 곳에 내가 없다"라는 기호의 끝없는 연쇄야말로 시인이 사유하고 있는 확정할 수 없는 의미의 미끄럼 현상과 동일한 것이기 때문이다. 그렇기에 '너'와 '나'는 "어디를 둘러봐도 먼저 누울 곳이 없"다. 뿐만 아니라 "엉덩이 앉힐 자리가 상기도 딱딱해지면/그 다음 행선지로 서둘러 떠나야 하는" 미확정의 상태가 지속되는 것이다.

미적 문자에 의한 탈주계획이란 근대를 뛰어넘는 시인의 야심찬 전략이다. 현실과 언어로부터 벗어나고자 하는 시도는 이미 여러 시인들부터 시도된 바 있다. 그들이 주로 시도했던 것은 의미와 의미의 연쇄를 해체하는 긴장의 전략이나 이미지의 파편적 나열을 통해서 성취해 내었다. 그러나 김영찬의 경우는 산문의 틀에서 이를 이루어내는 방법적 특색을 보여준다. 산문이란 통사론적 질서가 온전히 살아있는 구조이며, 지극히 솔직하게 자기 표현의 담론이 펼쳐지는 장이다. 이런 산문적 사유에서 캘리그래피라는 미적 문자의 형이상학을 펼쳐내는 것은 그만이 갖고 있는 득의의 영역이 아닐 수 없을 것이다.

시인의 지적 탐색과 열정은 흥미진진하다. 그의 산문적 흐름을 열심히 따라가다 보면, 매우 다양하고 기발한 상상력을 만날 수 있기 때문이다. 그의 산문시 속에서 얻어지는 것은 뻔한 통사론적 질서의 아름다움이나 원심적 세계의 다양성 등이 아니다. 또한 그는 산문 속에서 어떤 구체적인 전언을 전달하거나 독자에게 교훈을 주는 교술적 담론을 함부로 이야기 하지 않는다. 시인은 그러한 산문적 장치 속에서 자신의 시업인 존재란 무엇인가에 대해 매우 성실히 탐색해나갈 뿐이다. 그러한 흐름을 보여주는 또 다른 예가 「마크톱의 키스」이다.

혀를 서로 내둘러 언거言去에 언래言來 우리는 멀고먼 길을
걷고 또 걸었지
걷다가 잠깐
뜨거운 혀를 내려놓았지

단내 나는 타액 달콤하지만 두 입술의 종점은
여기까지라고
둘의 혀는
다른 길을 가야 할 운명이라고
불에 덴 혀를 뽑고 말았네

그것은 설왕舌往, 설래舌來의 아쉬운 전례를 남겼지만
간단히 말해서
마크톱,

아랍인의 경전에 쓰여진 기록대로
그렇게 될 일이었지

'마크툽'이란 파울로 코엘료의 「연금술사」에 나오는 말이기도 하고, 아랍인의 경전을 지시하기도 한다. 그리하여 그것은 "이미 쓰여있는 말"이나, "신의 뜻대로 어짜피 그렇게 된 것"이라는 의미를 갖고 있다. 이런 사전적 지식을 바탕으로 이 시를 읽으면, 우선 팽팽한 긴장감이 느껴진다.

이 작품은 성애적 본능을 바탕으로 인간의 존재를 규정하고자 한 매우 이색적인 작품이다. 굳이 프로이트의 정신분석학에 기대지 않더라도 인간의 정체성을 확보하는 것 가운데 대표적인 것이 성(sex) 혹은 사랑의 담론이다. 이 지대는 의식과 무의식의 분열이 통합되는 곳이며, 존재의 틀이 완성된다고 사유되는 곳이기도 하다. 이 작품에서 시인은 자신의 연인인 상대방과 아주 뜨거운 키스를 하며 서로의 존재에 대해 확인하려 든다. "혀를 내둘러 언거(言去)에 언래(言來)"까지 하면서 둘만의 관계 틀을 만들고 있는 것이다. 그러나 그것도 잠시 둘은 곧바로 "뜨거운 혀늘 내려놓고", "단내 나는 타액 달콤하지만 두 입술의 종점은 여기까지"라며 이내 선을 긋게 된다. "둘의 혀는 다른 길을 가야 할 운명이라고/불에 덴 혀를 뽑고 말았기" 때문이다. 이들이 이런 결과에 이르게 된 것은 "설왕舌往, 설래舌來의 아쉬운 전례를 남겼지만/간단히 말해서/마크툽, 아랍인의 경전에 쓰여진 기록대로/그렇게 될 일이었"다는, 이미 정해진 운명과 관련이 있다.

이렇듯 자아를 확정하고, 존재를 규정하려는 시인의 행보는 매우 다양한 경험 속에서 이루어진다. 한편으로는 미적 문자의 초월을 통해

서, 다른 한편으로는 사랑이라는 관능의 영역을 통해서 시도된다. 그
런데 그의 이러한 탐색들은 관념의 영역만이 아니다. 좀더 시야를 넓
혀 시공을 초월한 영역에까지 이르기도 한다. 「케추아어에 갇히다」가
그러하다.

마추픽추 봉우리를 섭렵한 크고 우람한 콘도르 날개로
태양의 중심부를 향한 똑바른
직선비행
우여곡절 끝에 모국어의 장애를 훌쩍 넘었다 싶은 순간
어수룩한 문맥 속에 살아남는 나는
원음의 편린을 부리로 모아
타액 묻은 어간 그대로 본래의 자리에
되돌려 놓는다

나는 정말 쓰잘데기 없는 문법에 이끌려 페루의 마법사를 자초
폐허의 유적에 갇힌다

케추아어는 남아메리카 토착민들의 언어다. 그것은 잉카제국을 꽃
피웠던 언어이다. 따라서 그것은 원시문명의 지대에 놓이는 언어이다.
이 언어가 갖는 이러한 성격은 존재를 탐색하고 자아를 완성하기 위
한 시적 자아가 기댈 수 있는 매력적인 대상이 아닐 수 없다. 이를 테
면 본질에 대한 접근 시도를 하기 위한 좋은 매개가 된다는 뜻이다.
그러나 이러한 기대는 기대로 그치게 된다. 케추아어를 숲을 건너는
순간, 즉 "모국어의 장애를 훌쩍 넘었다 싶은 순간", 존재의 완성을
기대고 싶은 욕망은 또 다른 대타적 욕망에 사로잡힘으로써, 그 목적
을 이루는데 실패하고 만다. "나는 정말 쓰잘데기 없는 문법에 이끌려

페루의 마법사를 자초"하면서, 궁극적으로는 그 "폐허의 유적에 갇히고" 말기 때문이다. 그는 자신을 여지껏 붙들고 있었던 통사론의 미망으로부터 벗어나지 못하고 마는 것이다.

존재의 진정한 끈을 붙들기 위한 김영찬의 시도는 매우 힘차고 열정적이다. 그는 자신을 가두고 있는 의미의 실타래를 과감히 떨쳐내고, 새로운 근원의 지대를 다다르고자 한다. 그러나 그 가열찬 노력에도 불구하고, 그는 그곳에 이르지 못하고 좌절하고 만다. 이런 의미에서 김영찬은 새로운 자아를 붙잡기 위한 탐색자이다. 서정시 본연의 목적 가운데 하나가 존재에 대한 끝없는 물음에서 시작된다. 이런 맥락에서 그를 진정한 의미에서의 리리시스트라고 부르는 것이 지나친 판단은 아닐 것이다.

자연의 호흡을 닮은 상상력

― 김창균의 『먼 북쪽』

김창균은 잔잔한 음성을 지닌 시인이다. 물론 그러한 음성들은 시를 통해 들려오는 소리이다. 그는 시가 지녀야 할 고운 리듬을 잘 이해하고 있으며 이를 어긋남 없이 잘 고르고 있다. 그의 시어는 편안한 호흡 속에서 적절하게 분절되고 이어지며 부드럽게 구사되고 있다. 이러함 때문에 그의 시는 물이 흐르는 듯한 자연스러움의 느낌을 준다.

리듬을 통해 이렇듯 자연스러움의 감각을 구현하는 일은 시인에게는 중요한 일 가운데 가장 앞자리에 놓일 것이다. 시가 운율의 예술이라는 원칙적 측면을 떠올리지 않더라도 시의 그러한 특징은 우리 인류가 시를 버릴 수 없는 이유를 명백히 말해주는 것이다. 시의 자연스러움의 감각이야말로 우리에게 자연의 리듬을 인식하게 해주는 매개가 된다. 시의 리듬은 자연 속에 흐르고 있는 근원적 리듬을 체험토록 하여 우리를 자연의 흐름 속에 순응케 하는 데 기여한다. 자연의 순환에 조율된 시적 리듬을 통해 우리는 억세고 거친 호흡을 고르고 비로소 고요하고 안정된 숨을 쉬게 된다. 시적 요소 가운데 리듬이 가장 주요하게 다루어져야 하는 이유도 여기에 있다.

김창균 시의 독특함은 자연에 가까운 리듬감각에서 끝나지 않는다. 그의 자연스런 호흡은 단순히 시어의 음악적 배치에만 한정되는 것이 아니라 상상력의 흐름에도 그대로 연장되기 때문이다. 그가 고르는 시어의 운율감은 상상력의 원활한 순환을 통해 시적 구성에도 자연스럽게 이어진다. 그의 시는 구겨지거나 단절되는 부분 없이 부드럽게 구성된다. 이음새가 보이지 않는 이어짐, 두드러지지 않는 병립과 조화는 김창균의 시를 매우 개성있게 한다.

나도 내 처도 그리고 어린 딸도
노을이 장엄하게 지는 심양의 저녁을 걷는다
뒤축 닳은 구두들이 길을 딛고 가고
사람들은 모르는 말들을 큰 소리로 주고받으며
우리 곁을 지나간다
그 장엄한 것들에 섞여 포도 몇 송이 사고
거스름돈을 찬찬히 챙겨 돌아 나오는 길
턱, 간신히 간신히만 밝은
가로등 아래 잠을 청하던 늙은 노숙자가
내 앞을 가로막는데 불쑥
오래전 내 할머니 냄새가 났다
이렇게 장엄하게 노을이 지고 지는데,
어느 한 시절 백석도 이 길을 걸으며
소수림왕과 광개토대왕을 생각했을 테고
또 국수를 먹었겠거니 생각하니
왠지 내 가슴에도
문득 무슨 뜨끈한 것들이 왔다 간다.

―「백석과 함께 만주를 걷는다」 전문

위의 시는 표제시는 아니지만 시집의 제목이 『먼 북쪽』인 만큼 이와 호응하는 대표시라 할 만하다. 다른 어떤 시들보다 시인의 애착이 느껴지는 듯하며 그의 시적 개성도 부족함 없이 드러나는 시이다. 위의 시에는 그 특유의 잔잔한 호흡이 곧게 흐르고 있으며 그 속에서 그가 보여주는 시의 구성 원리가 어김없이 반영되어 나타난다. 이 작품을 보면 자연스럽게 이어지는 상상력의 흐름이 실로 작위감 없이 펼쳐지고 있음을 알 수 있다. 우리의 시선은 그가 인도하는 대로 그의 마음을 따라 천천히 이동하게 된다. 가족을 품는 그의 따뜻한 마음이나 이국땅을 걷는 이방인의 고적함, 소외된 이들을 대하는 애달픈 마음, 먼 기억을 끌어안는 그리움의 심정 등이 그의 시에 한 발자국씩 아로 새겨지고 있는 것이다. 이들 마음들은 서로 거스르거나 부딪히지 않고 잔잔하게 흐르는 물처럼 이어감을 계속한다. 시에 나타나는 마음들은 다채로운 빛깔과 무늬처럼 서로서로 주고받으며 화사하게 번져 나간다. 마치 노을이 저녁 시간의 모든 피조물들을 곱게 물들이듯이 이 시간대에 놓인 시적 화자는 그의 시선에 포착된 사물들을 이처럼 전유해가는 것이다.

말하자면 시 전편에 흐르는 호흡은 자연의 경관과 함께 시 전체를 자연의 모습이 되도록 한다는 것을 알 수 있다. 특히 '늙은 노숙자'에게서 문득 '오래전 내 할머니 냄새'를 떠올리는 장면이라든가 순간의 '노을'을 보며 과거의 시인 '백석'을 연상하는 부분은 그가 자연의 일부로 끌어들이는 사물들의 폭이 어느 정도인지를 짐작하게 한다. 그는 기억을 동원함으로써 자신을 더욱 온전한 자연의 음이 되게 하는 것이다.

일주일에 한 번 농사일하러 가는 손바닥만 한 밭에
언제부터 거기 있었는지 모를 앵두나무 한 그루
거친 몸피나 덩치로 보아 나이는 꽉 찬 것 같은데
매년 꽃만 피우고 열매는 맺지 못하니
동네 노인들 오가며 베어버리란다
나는 가끔 하던 일 멈추고 그 곁에 다가가
꽃 피웠던 자리를 유심히 보기도 하는데
아무래도 그 속내를 알 수 없어.

꽃이 아깝지, 꽃이 아까워
꽃 지면 열매라는 말도 헛것
무엇을 오래 기다리는 독거노인 같은 저 나뭇가지
거미줄에 나방이 걸려 꽃잎처럼 팔랑인다

몇 차례 인공수정에 실패한 늙은 암소가
그 나방의 날갯짓을 오랫동안 바라본다

생의 마지막을 보는 눈이 참 맑다.

—「오래된 앵두나무와 암소 한 마리」 전문

이 작품은 열매를 맺지 못하는 '앵두나무'를 보며 떠오른 심사를 읊고 있는 시이다. 꽃은 피지만 '앵두'는 열리지 않는 나무를 두고 하는 '동네 노인들'의 두런댐은 심란하기도 하다. 시를 읽노라면 사람들의 '베어버리라'는 언사가 마치 '앵두나무'에게 심한 상처를 주는 것으로 들리는 것은 단지 착각일까? 이는 그만큼 시인의 시선이 자연의 피조물들에게 가까이 다가가 있음을 말해주는 것에 다름 아니다. 시인의 시선을 따라가다 보면 그가 사물을 보며 지니게 되는 마음의 다채롭고 섬세한 결들을 모두 느끼게 된다. 실로 '앵두나무'는 삶과 죽음의 경계에 위태롭게 놓여 있는 심란한 존재가 된다. 그러나 '그 속내를 알'고자 '꽃 피웠던 자리를 유심히 보'는 시인의 천진스런 태도는 이러한 마음을 일거에 잠재우고 예의 자연의 평온함 속으로 사물을 재편입 시킨다. 불구의 '나뭇가지'를 '독거노인'과 병치시키는 시인의 상상력은 소외된 존재들을 따뜻하게 끌어안으며 이들을 한 가지로 자연의 품속으로 끌어들인다. 그리고 그 안에서 '꽃잎처럼 팔랑거리는 나방'을 배치함으로써 자연의 원활한 순환과 흐름을 상기시키는 것이다.

자연에는 물론 죽음도 불완전함도 있지만 그것 자체도 자연 속에서라면 자연스러운 순응으로 보이는 법인 까닭이다. '몇 차례 인공수정에 실패한 늙은 암소가/ 그 나방의 날갯짓을 오랫동안 바라본'다는 설정이 쓸쓸하면서도 아름답게 느껴지는 것도 이 때문이 아닐까? 모든 것을 품는 자연의 커다란 순환은 쓸쓸함과 애처로움도 모두 하나의 따뜻함으로 감싸 안는다. '생의 마지막을 보는' 암소의 '눈이 참 맑다'는 구절은 자연의 깊이를 매우 역설적으로 보여주는 부분이라 할 수 있다.

위의 시는 여러 장면들에 떠도는 마음의 다양한 양태들이 이리저리 병치되어 모두 한자리에 모여드는 과정으로 구성된다. 마음의 다양한 모양들은 어쩌면 어울리기 힘들 정도로 서로 다르다. 그러나 시인의 섬세한 솜씨는 이들을 구김이나 이음새 없이 자연스럽게 갈무리해서 저항없이 번져가는 무늬를 만들어낸다는 것을 알 수 있다. 마치 다사로운 봄날의 파스텔톤의 화폭처럼 사물들이 화해롭게 만나는 풍경을 위의 시를 통해 볼 수 있게 되는 것이다. 이를 통해 사물들은 마치 자연 속의 교향악처럼 조화롭게 울리는 듯한 느낌을 불러일으킨다. 시인은 그의 세심한 시선과 따뜻한 마음을 통해 인간과 자연을 하나가 되게 하고 이 모두를 전체 자연의 리듬으로 잔잔하게 흐르게 한다. 그런 유장한 호흡과 이미지의 흐름이 시인이 펴낸 이번 시집의 특징이다.

욕망의 입벌림, 어둠 속의 질주, 그리고 탈출

김희업이 등단이후 첫 시집을 내었다. 시집 표제가 '칼회고전'으로 되어있는데, 제목이 낯설 뿐만 아니라 섬뜩하기조차 하다. 서정시하면 흔히 떠올릴 수 있는 순일한 정서와는 그 거리가 너무 먼 것이다. 도대체 이런 거리감들은 어디에서 오는 것일까.

김희업 시의 소재들은 일상에서 쉽게 접할 수 있는 것들이 대부분이다. '칼'을 비롯하여 '이발소', '닭발', '거미', '새', '어머니' 등등의 소재에서 알 수 있듯이, 시인은 우리 주변에서 흔히 볼 수 있는 것들로 시를 만들어내고 있다. 그런 친근한 일상성을 어떻게 낯선 정서로 일구어냈을까. 시가 관념의 표백으로 현저히 기울 수밖에 없는 장르적 특성을 갖고 있다는 사실을 모르는 사람은 없을 것이다. 이런 사실을 감안해도 시인이 직조해내는 정서들은 지극히 자극적이고 날카롭다는 점에서 이채롭다.

김희업의 시에서 이런 날카로운 감각들은 그의 작품들에서 서정시의 여백을 아주 제한적인 것으로 만들어버리는 요소가 된다. 그럼에도 그 좁은 빈 여백들이 폭넓은 외연을 갖고 있는 것 또한 사실이다. 만약 시인의 작품에서 이 감각이 금속과 같은 물질성의 문제에 한정되는 것이라면, 정서의 넓이라든가 폭을 운위할 필요는 없을 것이다. 시인의 그러한 감각들은 질료적 차원에서 길어올려지는 것이 아니기 때문이다. 그것은 정신의 어떤 부분들과 깊은 연관성을 맺고 있다.

서정시에서 정신의 영역만큼 흔한 주제도 없다. 일인칭 자기고백에 의해서 쓰이는 것이 서정시의 특색이기에, '자아'의 문제라든가 인간의 내적인 문제들이 서정시의 영역에서 다루어지는 것은 당연한 일이다. 존재의 문제나 내성의 문제, 혹은 인간의 본질이나 실존에 관한 것들이 서정시에서 득의의 주제가 되어 온 것은 이 때문이다.

금속성의 감각을 시의 표제로 삼은 김희업 시인의 시선이 가 닿아 있는 곳도 이 부분이다. 시인은 이런 속성을 이용하여 자기 시의 주제 내지는 출발로 삼고 있다. 금속은 차가움을 기본 속성으로 한다. 이런 감각이 냉철함을 기본 배음으로 설정한다면, 이를 이성과 같은 관념적 맥락과 결부시키는 것이 가능한 일은 아닐까. 김희업의 시들에서 냉철한 감수성이 느껴지는 것은 또 이런 데서 오는 것은 아닐까.

어미의 틈을 빠져나올 때 나는 우연히
불길한 운명의 문이 열리는 걸 엿보고 말았다

그 후 어둠을 건축하는데 평생 몰입했다
어둠의 설계도는 아주 세밀하고 견고해서
쉽게 무너지지 않았다

틈이 많은 나는 허약한 빛을 노출시켰다
틀어막기에는 내 손이 턱없이 부족했고

꼭지를 잠그는 방법조차 잊었다

세월의 벌판을 거닐어 보았다
어둠의 상흔(傷痕)
몸에 달라붙은 채 따라다녔다

저물녘 새 떼,
하늘의 젖가슴 파고들 때
지상의 어둠 실컷 맛보다
벌어진 입
고독이 수시로 들락거렸다

어미의 틈이 열릴 때
빛이 말을 걸어왔다
어둠의 개안(開眼)이었다

—「틈」 전문

　인간이라면 누구나 겪을 수밖에 없는 무의식의 기능적 억압 과정을 다룬 이 작품은 그러나 그 소재와 달리 지극히 이성적이다. 무의식에 억압이 존재한다는 것은 자연스런 과정이지만, 이 작품은 그러한 전이 양상을 아주 냉정하게 응시하고 있기 때문이다. 아니 똑바로 의식하고 있었다는 말이 옳을지도 모른다. 그의 시가 지극히 냉철하고 이성적이라고 한 것은 이 때문이다.

　시인 자신의 자화상이기도 한 이 작품은 지극히 프로이트(Freud)적인 관점에서 쓰인 것이다. 어머니로부터 분리되는 출생외상이라든가 무의식으로의 전이과정, 그리고 그 억압으로부터 끊임없이 벗어나고자 하는 자의식적 고뇌가 이 작품의 기본 서사구조이다. 프로이트적인 방식으로 규정된 인간의 삶의 모습 혹은 본질을, 시인은 '어둠의 설계도'

를 만드는 과정으로 표현했다. '어둠'은 천형(天刑)으로 짊어질 수밖에 없는 인간의 운명이고, '설계도'는 그러한 운명을 펼쳐 보일 수밖에 없는 삶의 과정을 의미한다. 이를테면 '어둠의 설계도'란 존재론적인 자기의식이며 자기규정에 해당되는 말인 것이다. 인간의 본질을 규정하는 이런 방식들은 지극히 클리쉐된 것이어서 참신성이 떨어진다. 게다가 프로이트적인 사유구조로부터도 멀리 비껴서 있는 것이 아니기에 더욱 그러하다. 그러나 이 작품의 특장은 프로이트적이면서도 이를 초월하는 데 그 시적 의미가 놓여 있다. 시의 제목이면서 소재이기도 한 '틈'이 바로 그러하다.

'틈'이란 라깡(Lacan)에 의하면 욕망의 입벌림이 시작되는 지점이다. 그는 이 '틈'에 의해서 사유의 에네르기나 욕망이 흘러나온다고 했고, 상상력의 힘이 생긴다 했다. 즉 '틈'을 경계로 한 닫힘과 열림의 팽팽한 긴장관계가 사유의 진폭을 크게 울려 퍼지게 하는 지대로 본 것이다. 이런 맥락에서, 「틈」에서 직조되는 사유의 짜임은 지극히 자연스러운 것이라 할 수 있다. 틈에 의해서 자아동일성이 분리되고, 또 거기서 욕망이 시작되기 때문이다. 욕망은 흔히 추동의 에네르기로 설명된다. 따라서 그 방향을 굳이 문제 삼는다면 상승적인 것이고, 앞을 향해 뻗어나가는 모양새를 갖는다. 그런 선조성에 비하면, 「틈」에서 전개되는 욕망의 삼각형은 지극히 내성화된 상태, 하강적인 곡선에서 이루어지는 특성을 보인다. 어쩌면 시인의 이러한 비일반화된 판단과 해석들이 비프로이트적이며 반라깡적인 태도가 아닐까 한다. 시인은 틈을 통해서 불길한 운명을 보지만, 그러나 그러한 운명으로부터 초월하고자 하는 어떤 자의식조차 보여주지 않기 때문이다. 시인은 내성에 바탕을 둔 수동적 자세만을 거듭거듭 취하고 있을 뿐이다. 욕망의 입벌림에 대해 적극적인 대응이나 최소한의 방어자세조차 취하지 않는 것이다. 시인은 단지 '어둠의 설계도'를 작성하는 데 충실하고 있을 뿐이다.

이런 소극성들이 '권태'(「앵무새는 이렇게 말했다」)를 불러일으키기도 하고, 무기력한 자아의 모습(「전신마취」)을 발견하게 하는 것은 어쩌면 당연한 인식론적 귀결일지도 모른다. 권태란 무력한 감각이 주는 정신적 피로가 그 원인이며, 현실적 자아와 본질적 자아의 괴리란 전일적 동일성의 상실에 그 원인이 있기 때문이다. 그러나 시인의 시선은 이런 표면적인 현상보다는 이면적인 본질에 더 깊은 관심을 기울인다. 가령, '틈'으로부터 튕겨 나온 어둠의 지형도들인데, 정신적 국면에서 그 어둠의 그림이 가장 잘 나타나는 곳은 억압의 기제나 현상들일 것이다. 시인이 이번 시집에서 전략적 이미지로 사용하고 있는 '억압'의 카테고리들이 많이 등장하고 있는 것도 여기에 그 원인이 있다.

막 굴러먹은 후레자식,
다들 날 그렇게 불러요
내 얼굴도 모르는데
난들 부모를 어떻게 알겠어요
이 시간 이후로 나에 대한 호칭은 생략하고
진화의 과정을 한 번 되돌아 봐요
생존
노동
약탈
윤간
전쟁
분노
한결같이 피의 냄새가 느껴지는 건

사람의 머리에서 나왔기 때문이지요

달빛 거머쥐고
묵상과 지새운 밤
내게도 차츰 변화가 생겼지요
빛나는 눈에
맑은 귀
입가엔 환한 미소가 불붙어요
복제할 수 없는 형체
내 영혼,
참 부드러운 모습이지요?

–「억압의 역사-돌-」 전문

이 작품 말고도 시인이 '억압의 역사'를 주제로 해서 쓴 시들은 '거미', '새', '물고기', '쥐', '벽' 등이 있다. 이러한 역사들은 작품의 소재들에 국한되는 것이기도 하지만, 보편적인 인간의 것이기도 하고, 시인 자신의 것이기도 하다. 인용시 「돌」의 경우도 마찬가지이다. '돌'의 진화과정이란 돌 스스로에게 부여된 것이기도 하지만, 보편화된 인간의 것이기도 하고, 시인 자신의 것이기도 하다. 이 과정은 '틈'으로부터 튕겨져 나온 이후의 삶의 모습으로, 철저하게 비동일적인 것들로 채워져 있다. '생존'에서 '분노'에 이르기까지 인간의 삶을 지배한 것은 '피의 냄새'에서 그러하다. 그런데 이 냄새들은 모두 '사람의 머리'에서 나온 것들이다. 여기서 '사람의 머리'를 하나의 개념으로 정리하는 것은 불가능한 일이지만, 무의식의 저편에 놓인 것, 곧 의식적인 것들이라는 점은 분명할 것이다. 자아동일성으로부터 벗어난 일그러짐에서 나온 것, 보다 구체적으로는 '틈'으로부터 흘러나온 것들이고, 시인 자신의 말을 빌면 '어둠들'이기 때문이다.

'생존'에서 '분노'에 이르는 제반 정서들이 어디에 그 뿌리를 두고 있는 것인지는 명확히 알 수 없다. 정신적인 맥락에서 이해할 수도 있고, 근대적인 맥락에서 이해할 수도 있을 것이다. 그러나 어디에 있는 것이든 동일성에 이르는 길은 크게 다른 것 같지 않다. "참 부드러운 모습"으로의 도정이 그 어둠의 끝이기 때문이다. 그리고 여기에 이르는 길들은 '달빛 거머쥐고'에서 알 수 있듯이 자연과의 일체화된 삶이라든가 '묵상'과 같은 자기 기원에서이다. 이러한 화해방식은 지극히 보편적인 것이다.

이번 시집에서 선보인 김희업의 시세계는 어둠과 그 초월이라는 이분법으로 구성된다. 전자가 인식이라면, 후자는 해법이다. 그 해법은 「돌」의 경우처럼, 자연의 빛으로 자신의 어둠을 밝히거나 기도와 같은 자의식적인 초월을 통해 이루어진다. 이는 아주 일반화된 방식이긴 하지만, 그것이 시인의 시세계를 전부 설명해준다고는 할 수 없을 것이다. 가령 다음과 같은 방식도 있기 때문이다.

당장 내게 들이대더라도
두렵지 않을 것 같다
이미 오래전 칼이 내 몸을 두 차례 다녀갔기 때문
처음엔 낯선 방문자로 다가와 불쾌하게 굴던 칼,
모면하려 버둥거리다,
하는 수 없이 내 몸 칼에게 건네주었다
(…중략…)
두 번째 칼이 방문했을 때는
서로가 서로의 몸을 탐색하듯
어서 내 몸 더 깊숙이
어딘가 있을 희망의 성감대를 찾아내어, 내심
건드려 주었으면 했다

> 그날 이후로 칼에 대한 두려움이 사라지게 되지만
> 아, 알 수 없는 깊이를 느낀다는 것은
> 얼마나 황홀한 오르가슴이냐!

-「칼 회고전」 부분

이 작품은 칼에 대한 기억을 소재로 쓴 시이다. 흔히 칼의 용도란 무엇을 자르는 것으로 일반화된다. 그것은 흉기라는 역기능적인 요인도 있지만 궁극적으로는 인간에게 순기능적인 역할을 한다. 칼의 그러한 순기능적인 속성은 인용시에서도 크게 다르지 않다. 우선 이 작품에서 서정적 자아는 칼에 대한 두 가지 기억을 갖고 있다. 수술대 위에서의 기억과 에로티시즘으로서의 기억이 바로 그러하다. 이 두 가지 칼의 용도는 모두 본능의 영역에 닿아있기도 하지만 또 매우 그로테스크적이기도 하다. 생의 역능을 제거하기 위한 칼과 황홀을 위한 매개로서의 칼이란 어딘가 형용모순처럼 보이기 때문이다. 어떻든 섬뜩함 속에서 생의 건강한 자태를 찾는다거나 황홀경에 젖는다는 점에서 원초적 상황이나 본능의 모습을 떠오르게 한다. 이는 죽음이 곧 엑스타시와 통한다는 역설의 논리에서 그러하다.

어둠의 설계도를 끊임없이 그리며 그 터널 속에서 배회하던 시인은 칼이라는 수단을 통해서 세상 밖으로 나오게 된다. 그 칼은 어둠을 밝히고, 억압의 틀을 뛰어넘는 수단이다. 날카로운 금속성의 감각 속에서 부드러운 모성을 찾아가는 방식이야말로 어둠의 설계도를 지워가는 시인만의 고유한 치유방식은 아닐까 한다.

김희업은 이제야 비로소 첫 시집을 상재했다. 등단은 오래 되었지만 이제 첫걸음마를 시작한 시인이다. 그는 둔탁한 쇳소리에 기반한 차가운 감각을 시의 출발점으로 삼았다. 이성에 의한 본능에의 응시가 바로 그러한데, 시인이 그 속에서 포착해낸 것은 어둠의 설계도였다. 그는 그 설계도를 그리면서 자의식의 고뇌에 젖기도 하고, 억압의 터널 속을 헤매기도 했다. 그런 격랑 속에서 시인은 자신의 격한 음성들이 부드러운 소리로 걸러지는 경로와 방식들에 대해 끊임없이 탐색해 들어갔다. 가령, 갈라진 틈을 위무하거나 환부를 다스리는 칼의 효용적 가치에 대한 추구 방식 등이 그러했다. 순하게 여과된 모성의 세계 역시 그러한 길에 이르는 길은 아닐까.

잠을 침대에서 자야만 한다고 우길 필요는 없다 섹스도 꼭 침대에서 해야 한다는 법은 없다 다만 스프링이 갖는 탄성이 그대를 안락하도록 유도할 뿐 그대는 번번이 무거운 하루를 침대에 내맡기려 한다 침대가 그대의 엉덩이 무게를 버거워 할 때마다 재빠르게 체위를 바꿔가며 침대의 비위를 맞추어 왔다면 지금껏 불편한 잠을 두고두고 탄식할 것이다 잠이 흔들렸기 때문에 몸과 꿈이 흔들렸던 폐허의 지난밤 그렇다면 말없이 자라는 실한 식물을 한번 생각해 보라 흙의 잠이 어떠한가 바닥을 기어본 사람이 바닥에서 위안 받듯 우선 바닥은 추락의 위험이 없어 아늑하다 귀를 대어보면 알게 될 것이다 잠이 방바닥에 뿌리내리는 소리 고요히 쏟아져 흙으로 스며드는 잠 그대의 체위는 흙에 가장 어울린다 흙이 그대를 편안하게 잠재울 것이므로

-「흙」 전문

흙이 모성적 사유의 첫 번째 놓이는 것이라 할 때, 김희업의 통합적 상상력이 여기에 머무르는 것은 자연스러워 보인다. 이 세계는 칼의 순기능에 닿아 있는 것이면서 '달빛'과 '묵상'의 연장선에 놓이는 곳이다. 땅이야말로 통합적 자의식이 온전히 구현되는 공간이 아닌가. 근대의 세례를 받은, 그리하여 분열된 자의식 속에서 인식의 완결을 위해 나아간 곳이 흙과 같은 토속적 세계였음은 잘 알려진 일이다. 시

인의 시선이 이곳으로 향하고 있음은 그러한 시사적 맥락과 무관하지 않다고 하겠다. 시인이 나아가는 이런 완결된 상상력들에 대해서 이제 주의 깊게 응시할 차례가 되었다.

상대적인 것을 통해 얻은 근원의 자리

―박남희의 『고장 난 아침』

현대 사회를 지배하는 사유구조 가운데 우리에게 가장 큰 영향을 미치는 것이 무엇일까. 이 흔하고도 일반화된 질문에 명쾌한 답을 주는 것은 어려운 일이지만 이런 결론을 내리는 것은 가능하지 않을까 한다. 이른바 절대적 관념이나 절대적 세계같은 것은 불가능하다는 관념이다. 이미 근대의 휘발성같은 순간성들이 중세의 영원주의나 절대주의와 같은 사유체계를 무너뜨린 지 오랜 시간이 흘렀다. 그만큼 현대란 어떤 절대의 권위도 없고, 견고한 틀 역시 존재하지 않는 사회가 된 것이다. 이런 현대적 특성을 기왕의 철학적 사유들은 포스트모던이나 해체적 방법 등을 동원하여 우리에게 극명하게 제시해준 바 있다. 어디 철학뿐인가. 이런 철학적 의장을 배음으로 깔고 등장한 문예학들도 다양한 방법적 갈래와 음역을 통해서 또 다른 사유의 성채를 제시해 왔다.

근대를 특징짓는 것은 절대적 세계관이 아니라 상대적 세계관이다. 계몽 시대를 풍미하던 자아만능주의라든가 태양중심주의는 이미 오랜 전부터 도전을 받아 왔고, 그 맨 앞에 선 것이 지난 세기를 풍미한 포스트모던적 흐름이었음은 잘 알려진 일이다. 이제 상대적 세계관을 목도하는 것은 매우 자연스러운 일이 되었으며, 그것은 더 이상 어떤 절대의 권위도 행세하지 못하는 주변적인 것으로 전락했다.

우리 시대에 이런 막대한 임무를 충실히 수행해 왔던 것은 전적으로 해체적 사유의 모델들이었다. 그렇다면, 서정의 영역에서는 이런 음역들의 표현은 불가능한 일일까. 이런 의문 또한 매우 상대적 입장에 서 있는 것으로서 어떤 절대적 사고와는 완전히 반대편에 있는 것이긴 하다.

박남희의『고장난 아침』이 의미 있고 재미있는 것은 일단 여기서 그 원인을 찾을 수 있지 않을까 한다. 이 시집이 주로 천착하고 있는 것은 상대적 세계관이다. 근대 이전을 지배하고 있는 절대적 세계는『고장난 아침』에 이르면 철저하게 파괴된다. 시에서 해사성이나 해체성을 도입하지 않고 서정성만으로 상대적 사유를 포착할 수 있었다는 것이야말로 이 시집이 가지고 있는 근본 의의라 할 수 있다. 우선, 시인이 진단하고 있는 현대의 근본 특징들은 다른 시인들과 마찬가지로 현대 사회의 병리적 국면인 물화적 단면이라든가 개인의 욕망같은 것에서 찾고 있다.

> 드디어 하늘은 엽서를 쓰기 시작했다.
> 이메일을 쓰고 문자를 날렸다
> 마음속을 빠져나간 하늘은
> 컴퓨터 속으로 들어와 있었다
> 하늘은 어느새 복제 되어 짝퉁이 되어 있었다

―「하늘변천사」 부분

하늘은 물화될 수 없는 영역을 차지하고 있는 것이어서 상품화란 애초부터 불가능한 것이다. 그럼에도 무한증식하는 현대의 상품화 전략은 대상을 마구 뒤집어 놓는다. 개념화될 수 있는 것이라면, 어떤 것이든 상관없이 상품화를 시도하고 있기 때문이다. 하늘은 절대적이고 영원한 것이라는 형이상학적인 의미를 갖고 있는 것이긴 하지만, 그러나 하늘의 그러한 절대성은 현대 물질문명의 상품화전략에 밀려 그 선험적 가치역을 상실하고 만다. 상품화 전략이라는 현대 사회의 또 다른 절대성이 하늘 본연의 가치체계를 무너뜨리는 것이다.

현대 사회의 병리는 절대적 가치의 고양에서 발생한다. 그것이 상품화의 전략이든 혹은 물화된 전략이든, 아니면 개인의 무한욕망이든 상관없다. 문제는 그런 그 가치란 것이 모두에게 용인되고 긍정되는 것이 아니라는 데에서 발생한다. 한쪽의 이익만을 대변하는 아집이 횡행하고, 개인의 욕망이 넘실거리는 곳에서 본질이 파괴된다. 그것은 시인의 작품에서 순환을 방해하는 모난 돌기나, 상처의 흔적으로 현현된다.

상대적인 것을 통해 얻은 근원의 자리 219

> 저 물은 북받치던 설움이 선뜻 눈물이 되지 않을 때의 알 수 없는 비
> 밀을 가졌다.
>
> 나에겐 물집이 잡혔던 몇 번의 기억이 더 있다
> 뜨거운 물에 데었던 기억과
> 과격한 노동의 끝
> 벌건 손바닥에 맺혔던 물집의 기억

－「물집」 부분

인용시는 지극히 평범한 일상에서 일어난 사건을 소재로 한 작품이다. 물집은 아픔의 흔적을 한줌의 물로 보여준 것이긴 하지만, 그러나 여기엔 좀 더 색다른 의미가 담겨져 있다. 무엇인가 자연스런 흐름이 막혔을 때, 물집이 생겨난다. 그런데 그것은 "북받치던 설움이 선뜻 눈물이 되지 않을 때의 알 수 없는 비밀" 또한 가졌다. 물이 흐르지 못하면 고이게 된다. 물집은 물이 고여서 만들어진 것이고 썩은 물이기도 하다. 소통되지 않는다는 것은 절대적인 어떤 것과 그 속성이 같다. 절대성이란 질량의 변화가 일어나지 않는 선험적 질서를 그 특징으로 한다. 그런데 그 절대성이 보편적 진리를 수반하지 않을 경우 잘못된 도그마나 오류의 근원이 되는 것은 지극히 당연한 일이 될 것이다.

박남희가 『고장난 아침』에서 탐색해 들어가는 것은 그런 절대성이 아니다. 시인은 상대적 흐름과 가치를 소중히 하는데, 그가 가치를 두는 것은 절대적 질량으로 남아있는 어떤 것에 있는 것이 아니라 상대적으로 가감이 가능한 어떤 것에 있다. 그런 상대적 유쾌성이야말로 물화된 현실을 헤쳐나가는 시인의 거멀못이다.

중심을 생각하면
점점
외곽이 궁금해진다

이런 것을 무어라고 말해야 하나
사랑이라고 해야 하나

어떤 가려움증일까

외곽을 생각하면
점점
중심이 가려워진다

―「어떤 가려움증」 전문

　중심은 절대의 공간인 반면 외곽은 상대적인 공간이다. 근대의 대표적인 물리학자 뉴튼은 공간의 절대성에 대해 이야기 한 바 있는데, 이것은 사유자나 관찰자의 시선과 상관없이 독립적인 어떤 것으로 존재한다. 그러나 주어진 어떤 것을 절대적인 것으로 이해하는 것은 가능하지 않다는 것이 아이슈타인이 보여준 상대성 이론이다. 공간이란 독립적인 어떤 실체가 아니며 인식자의 시선이나 사유에 따라 얼마든지 가변될 수 있는 것이다. 이런 가설에 서게 되면 중심주의라는 말 자체가 성립할 수 없게 된다. 「어떤 가려움증」이 말하고자 하는 것도 이런 상대주의적 관점이다. 서정적 자아는 중심에서 어떤 절대적 질량의 가치를 느끼고 만족해하지 않는다. 오히려 그는 절대적 중심에서 외곽을 인식할 정도로 유연한 자세를 유지한다.

　실상 서정적 자아의 이러한 상대적 관점은 포스트모던이나 해체적 사유에 가까운 것이다. 시인은 이들처럼 굳이 기호로부터 의미를 추방시키지 않고도 중심을 와해시킨다. 그렇다고 주변으로의 무게추가 한 없이 기울어지는 것도 아니다. 외곽에 경도되기 시작하면, 다시 중심이 가려워지기 때문이다. 서정적 자아는 중심과 외곽 그 어느 쪽에도 의미의 추를 늘어뜨리지 않고 교묘한 줄타기를 즐긴다. 그에게 절대적 공간이란 부질없는 것이며 오직 상대적 공간만이 의미 있게 다가올 뿐이다.

> 구름과 이별한 빗방울이 전속력으로 뛰어내려
> 제 몸을 부수는 것은 목마른 땅의 간절한 눈빛이
> 빗방울을 전속력으로 잡아당기기 때문이다
> 이렇듯 이별의 속도는 마음이다
> 마음이 버리고 마음이 잡아당긴다
> 언뜻 보면 지구는 태양이 버린 마음이고
> 달은 지구가 버린 마음이다
> 멀어져가는 지구와 달을 끝내 버릴 수 없어
> 다시 끌어당기는
> 태양과 지구의 마음을 어쩔 것인가
> 사람들은 그것을 인력이라고 부르는 모양이지만
> 그것은 사실 사랑이다
> 멀어지려는 것을 끌어당기다보면 어느새 둥근 사랑이 된다
> 이별의 속도가 제로가 된다

– 「이별의 속도」 전문

인용시 역시 상대적 관점이 무엇인가를 밝 보여주는 작품이다. 여기서 빗방울은 구름과 이별한 채 전속력으로 땅에 떨어지는 것으로 묘사된다. 그런데 이 빗방울을 당기는 것은 목마른 대지이다. 이 운동은 이별이란 장치에 의해 분리되기도 하지만 사랑에 의해 합쳐지기도 한

다. 그렇기에 이별의 속도는 궁극적으로는 제로가 된다. 곧 이별이란 없다는 뜻이 된다.

그러나 시인의 그러한 상대적 물음들이 자칫하면 공허한 유희나 도식적 관점이라는 지극히 상식적인 차원의 그것으로 전락할 소지가 전혀 없는 것은 아니다. 이거 아니면 저거, 혹은 이런 관점 혹은 저런 관점이라는 것은 매우 편의주의적인 발상이기 때문이다.

그럼에도 대상에 대한 박남희의 이런 물음들은 본질을 향한 여정이라는 측면에서 대단히 의미 있는 것이라 생각된다. 그는 기호의 놀이가 아니라 의미의 유희를 통해서 대상의 본질에 육박하려하기 때문이다. 시인은 여태껏 사물의 본질이 갖는 궁극적 의의에 대해서 계속 질문을 던져 왔다. 시인에게는 두 개의 눈이 있는데, 이 두 눈은 각기 다른 방향에서 응시한다. 사유의 양극단, 대상의 양극단에서 본질이라는 중심으로 자신의 시선을 끌고 간다. 그리하여 그는 이 번뜩이는 눈을 사물의 양극단에 들이대고 그 본질을 밝혀나가기 시작한다. 하나의 절대 진리를 위해서 두 개의 눈은 변증법적인 운동을 시작하는 것이다.

> 달이 둥글다고 달빛도 둥근 것이 아니야
> 실타래가 실을 술술 풀어내듯
> 달이 제 몸을 풀어내는 것이 달빛이 아니야
> (…중략…)
> 달빛이 어떻게 생겨나 어디로 흘러가는지
> 언제 흘러와 어떻게 꽃피고 열매 맺는지
> 삼라만상에 출렁이는 꽃과 나무.
> 강물과 바닷물을 보고 있으면
> 달빛의 구조를 알 수 있어

> 그러므로 달빛은 달의 것이 아니야
> 달이 밝다고 달빛도 밝은 것이 아니야
> 달빛을 보려면
> 삼라만상에 그득한 생명들의 표정을 보면 돼
>
> ―「달빛의 구조」 부분

　이 작품은 의미의 유희를 거친 시인의 시선이 어디에 가 닿아 있는 것인지를 잘 말해주는 시이다. 우선 시인은 '달빛의 구조'가 무엇이고 그것이 어떤 함의를 갖는 것인가 하는 문제는 그 자체만의 현상만 가지고는 불가능하다고 인식한다. 표면상에 드러난 모습만으론 그 모든 것을 다 이해할 수 없다는 것이다. "달이 둥글다고 달빛도 둥근 것이 아닐" 뿐더러 "달이 밝다고 달빛도 밝은 것"이 아니기 때문이다. 이렇게 이해하는 것은 그의 사유방식대로라면 절대적 기준에 의한 것이다. 이 기준은 하나의 단면만을 제공하기에 사물의 모든 부분을 이해하는 것이 불가능하다고 본다. 달과 달빛 이외의 다른 부분을 인식해야 한다는 것이다. "삼라만상에 출렁이는 꽃과 나무/강물과 바닷물"을 보아야 하고, "삼라만상에 그득한 생명들의 표정"을 보아야만 달과 달빛의 구조를 온전히 이해할 수 있다는 것이 그것이다.

　'달과 달빛'이라는 선험적 존재성을 뛰어넘는 곳에 그것의 온전한 모습을 보게 된다. 시인의 그러한 상대주의적 관점은 단지 사물 인식의 차원에서만 그치는 것이 아니다. 가장 절대적인 가치로 인정받는 사랑이라는 관념도 마찬가지의 인식이 있어야 가능하다고 본다. 진정한 사랑이란 "한쪽 괄호가 또 다른 쪽 괄호를 만나/스스로 그 안에 은밀한 것들을 가두고/괄호 밖의 손에게 해와 달 모양의 열쇠를/훌쩍, 넘겨주는 일"(「바깥이 안을 꺼내다」)에 의해서만 그 진정성이 확보되는 것으로 보기 때문이다.

절대적 관점을 뛰어넘어 상대적 입장에서 대상을 응시하는 것이 박남희의 시적 의장이다. 이 상대성 이론을 통해서 그는 사물의 본질을 이해하려 한다. 그 본질이란 있는 그대로의 모습인데, 이를 자연스러움이라 할 수도 있고 원초적 어떤 것이라 할 수도 있으며, 우주의 이법과 같은 형이상학적 관념이라 할 수도 있다. 그는 있는 그대로의 것을 중시하는데, 기형이라도 그것이 자연 그대로의 모습이라면 이를 더 의미 있게 생각한다. 가령, "엄지손가락 옆에 또 하나의 손가락을 가진 육손"(이것은 분명 기형인데도)조차도 그것이 자연적인 것이라면 매우 소중하다는 것이다.

시인의 상대적 인식은 이렇게 천연적인 것에 못 박혀 있다. 그는 가공과 인공을 싫어할 뿐만 아니라 근원을 파괴하는 물신화라든가 사물의 선험성만을 강조하는 어떤 절대적 진리에 대해서도 통렬히 부정한다. "아파트도 타워팰리스도 없이/동굴 하나로 여태껏 살아가는/이 땅의 가난한 웅녀"(「동굴을 살려 주세요」) 같은 근원만이 인간 삶의 근본 조건임을 알기 때문이다. 그의 상대적 관점이란 이런 본질이나 근원을 위한 방법적 의장이었다.

기억과 불온한 현실의 변주, 그리고 우주적 통일
—손택수의 『나무의 수사학』

오늘날 우리 시단을 이끌고 가는 주류랄까 거대담론이랄까 하는 것이 무엇인지 알아내는 것은 쉬운 일이 아니다. 그 이유는 여러 가지 요인에서 찾을 수 있지만, 가장 큰 이유는 거대 담론의 상실이다. 20세기를 엄격하게 규정지어왔던 냉전이데올로기가 사라진지도 오래인데, 실상 이 담론만큼 전지구상의 구성원에게 큰 영향을 끼쳐왔던 사유도 없을 것이다. 하지만 지금은 사정이 변했고 시대도 달라졌다. 이 변화된 현실을 두고 우리는 어떤 포오즈를 취하는 것이 옳을까? 그 커다란 물줄기가 가신 다음 지금 우리 앞에 남아있는 것이 무엇일까? 이런 물음들이 지극히 저속한 차원에 놓여 있음에도 불구하고, 한편으로는 매우 뜻 깊게 다가오는 것은 어떤 연유에서 일까?

21세기 초엽에 놓인 우리 시단에서 주류랄까 하는 것을 인지해내기가 쉽지 않다는 전제에서 이 글을 시작했다. 그러나 우리 주변을 꼼꼼히 들여다보면, 손에 잡힐 듯한 혹은 눈에 보일 듯한 줄기들이 전혀 없거나 감지되지 않는 것은 아니다. 다만 지난 세기 우리 주변을 지나치게 엄습해왔던 거대담론의 실체가 너무 큰 것이어서 그것이 갑자기 빠져나갔을 때 오는 허전함이 우리의 감각기관을 마비시켜 둔하게 했을 따름이다. 인류가 사회를 만들고, 그 속에서 삶을 영위한 이후로 시의 소재나 문학의 영역을 외면하고 회피할 만큼 이상적인 사회는 존재하지 않았다. 따라서 그 현실적이 아니면 이상적인 모습이나마 간직하고 그려보려고 시인들은 부단히 애를 써 왔다. 이 과정에서 문학의 조류랄까 주도적인 흐름이 만들어지는 것은 당연할 터, 우리 주변에서 흔히 말해져 왔던 생태담론이나 인간주의적 담론 등은 바로 그 연장선에서 있는 것들이었다. 뿐만 아니라 존재 완성이나 개인적 이상의 실현같은 지극히 내밀한 문제도 그러한 맥락으로부터 자유로운 것이 아니다. 우리가 감각하는 지독한 공허감이 현재를 공백으로 인식하는 것일 뿐 우리 주변에서 면면히 흐르는 내밀한 느낌들을 어찌 다 막을 수 있을 것이며, 또 그것을 문학의 주된 담론으로부터 비켜서 있게 하는 것도 불가능한 일일 것이다.

손택수의 세 번째 시집 『나무의 수사학』이 말하고자 하는 것도 이 부분과 밀접한 상관관계가 있다. 이 시집은 실천문학사에서 나왔다. 80년대를 살아온 문학도라면 이 출판사가 주는 선입견이랄까 어떤 주도적인 이미지로부터 사실 자유로운 것이 아니다. 여기서 흔히 떠올려지는 이미지는 검은 색 판화라든가 하는 투쟁적인 모습과 민중적인 정서에 깃든 것들 뿐이었다. 또 그것이 독자들을 압도해 온 것 역시 사실이다. 30여년 가까운 세월이 지난 지금 '실천문학'이 주는 이미지가 그렇게 순화되었다거나 혹은 80년대의 그 선명한 이미지로부터 혼성화 되었다고 보기도 어렵지 않을까? 『나무의 수사학』이 이 분위기로부터 자유롭지 않은 것 또한 어쩔 수 없는 현실이다. 그러나 손택수의 이번 시집을 찬찬이 읽어나가면 과거의 그러한 이미지나 분위기로부터 어느 정도는 벗어나 있는 것처럼 보이기도 한다. 그렇다고 그의 시들이 전연 생뚱맞은 어떤 다른 세계로부터 시작되는 것은 물론 아니다.

손택수의 시들은 현실의 뿌리로부터 분리된 채, 어떤 초영역의 현실이나 일상적 진실의 세계로부터 벗어나서 직조되지 않는다. 그의 시들이 현실의 모순과 그 모순을 봉합하려는 합법칙적인 역동성에 기반한 것은 아니지만 어떻든 현실과 그렇게 멀찍이 떨어져서 생산되고 있는 것은 아니다.

이 시집은 모두 3부로 구성되어 있고, 각각의 부분들은 마치 하나의 시집처럼 고유의 주제들을 가지고 있다. 1부가 아름답던 혹은 그렇지 않던 과거의 회상을 배경으로 쓰인 시들이 차지하고 있는가하면, 2부는 현대 문명의 제반 문제점에 대해서 쓰이고 있으며, 3부는 조화로운 삶의 세계나 자연의 완결성에 대해 이야기하고 있다. 이 각각의 시세계들이 전연 다른 주제로 구성되어 있지만, 그러나 시편들을 꼼꼼히 들여다보면, 이들은 하나의 틀로 단단히 묶여져 있음을 알게 된다. 시집의 제목인 '나무의 수사학'이 말해주는 것처럼, '나무'라는 유기체가 전일적 특성으로 하여 온전하게 펼쳐지는 세계에 대한 희구내지는 욕망이 이번 시집의 근본 틀 혹은 주제가 될 것이다.

'나무'로 표상되는 전일적 세계로 이르기 위해 시인이 동원한 통로는 두 가지이다. 하나가 과거의 기억이라면, 다른 하나는 현재의 불온한 현실이다. 이 두 가지 축이 충돌, 결합하면서 '나무의 수사학'이라는, 시인만의 고유한 시의 창조 공간을 만들어낸다. 즉 과거지향적인 기억과 현재지향적인 비판이 교차하는 지점이 그의 시쓰기의 출발이 되는 것이다.

싸늘한 불빛이 거리를 떠돌다 온 뭡를 쓸쓸히 맞이할 뿐이다
문을 닫은 채 웅크려 빛을 빨아들이는 벌레 구멍을 숨구멍처럼 더듬
는 밤
하늘에 난 저 별은 누가 갉아 먹은 흔적인지,
구멍 숭숭한 저 별이 빨아들이는 빛은 어느 가슴에 가서 맺히는지
이런 적적한 밤 나는 아직도 옛날 정지를 잊지 못해서
하릴없이 낡은 밥상을 끌어안고 시를 쓰곤 한다
밥상이 책상으로 둔갑하는 줄은 까맣게 모르고 새근거리는 식구들,
그들 곁에서 쓰는 시가 비록 꼬들꼬들하게 익은 밥알 같은 것이 될
수는 없겠지만
할머니의 아궁이에서 올라온 그을음이 부엌강아지 젖은 콧등에 까뭇
이 묻어날 것 같아선
애벌레처럼 사각사각 연필을 깎으면서
살강의 흰 그릇처럼 정갈하게 놓여 있는 종이 위에
어룽거리다 가는 말들을 찬찬히 베껴 써보곤 하는 것이다

-「바늘 구멍 사진기」 부분

이 작품은 시인이 왜 시를 쓰는가에 대해 밝히고 있다. 일종의 시론
시와 같은 성격을 갖고 있는 시인데, 시인이 시를 쓰는 이유는 아주
간단하다. "벌레들이 정지문에 구멍을 내놓은 구멍"과 "그 구멍 속에
빛이 들어오면 아궁이 그을음이 낀 벽에 상이 맺힌" 자연그대로의 모
습을 그리워하고, "이런 적적한 밤 나는 아직도 옛날 정지를 잊지 못
해서/하릴없이 낡은 밥상을 끌어안고 시를 쓰"고 싶기 때문이다. 지극
히 동화적인 상상력과 소년같은 천진함이 배어있는 기억이 시인의 시
쓰기를 추동하고 있는 것이다. 시집의 1부를 차지하고 있는, 시인의
과거의 삶을 물들이고 있는 유년의 기억들은 그 건강성 여부를 떠나
서 시인에게는 창작의 샘으로 기능하고 있는 것이다. 이외에도 시인의
과거를 수놓은 것들은 어머니에 대한 그리움도 있고(「육친」), 가난했던

시절의 먹거리에 대한 추억도 있다(「감 항아리」). 뿐만 아니라 농촌생활에서 오는 보편적인 아픈 기억도 공유되어 나타나기도 한다(「흰둥이 생각」).

지나온 과거가 건강하든 혹은 그렇지 않든 간에 과거의 기억은 시인에게 매우 귀중한 시적 자산이 된다. 비록 그것이 삶의 완결성에 대한 강열한 열망으로 승화되지는 않는다 하더라도 시인에게 과거란 서정의 한 축으로 굳건히 자리 잡고 있는 것이다. 시인은 어째서 이런 과거의 모습들을 집요하게 들추어내는 것일까. 단순히 과거추수적인 습관일까. 아니면 현실도피주의적인 수법일까. 혹은 인간이면 흔히 젖어들게 되는 낭만적인 고질의 결과일까. 물론 그 전부일 수도 있고, 또 전부가 아닐 수도 있다. 그러나 시인의 경우는 그러한 과거에의 집착이나 기억이 단순히 현실 우회적인 것이 아님은 분명해 보인다. 시인에게 그러한 과거의 잣대는 지금 여기의 불온한 현실을 반추하고 성찰하는 매개로 기능하고 있기 때문이다. 즉 시인의 기억은 그의 시 쓰기의 두 번째 동기인 현실에 대한 비판적 시선과 불가분의 관계 속에 놓여 있는 것이다.

기억이 하나의 생산적 힘이 될 수 있는 것은 그것이 현실과 분리되기 어려울 때 비로소 가능하게 된다. 기억이란 완벽한 모형으로 인간의 의식 속에 동시적으로 살아있는 심리적 기제이다. 손택수가 기억의 기능적 가치 속에서 현실의 불온성을 읽어낼 수 있었던 것도 기억의 메카니즘 때문이다. 아름다웠던, 특히 동화적 상상 속에 남아 있던 어머니에 대한 기억이나 유년의 아름다운 추억은 언제나 전일적인 완결성으로 인간의 의식 속에 남아 있기 마련이다. 이런 과거의 전일성이 현실과 곧바로 병치되거나 충돌될 때, 시인의 시에서 현실의 불온한 단면들은 곧바로 수면위로 떠오르는 것이다.

여기 하수도관을 뚫고 들어간 나무가 있다
잇몸이 가려운 시궁쥐 이빨처럼
드릴 구멍을 낸 뿌리들

만년필로 검은 잉크를 빨아들이듯
관에 들러붙은 오물을 빨아들인다면
내다버린 아기와 죽은 고양이 울음소리가
폐수를 따라 올라온다면

광기로 부글거리는 늪을 품고 구토를 하는 나무들아
걸러내고 걸러내다 지쳐 게워내는 고통의 초록들아

버릴 수 없다 가지와 가지를 물들이고,
가지와 가지 사이 여백까지 푸르스름
번져가기 위해 덧나는 잎이 네 욱신거리는 수사들이라면

나무야 나의 시는 조금만 더 낡아야겠구나
제 머리를 쥐어뜯으며 미쳐가는 만년필 속
폐수를 거슬러 오르는 한 마리 푸른 물고기가 있어

–「나무의 수사학4」 부분

이 작품은 시인의 이번 시집에서 볼 수 있는 두 번째 시론시이다. 그의 첫 번째 시쓰기가 과거의 기억이라면, 두 번째는 이렇듯 현실적인 것에 토대를 두고 있다. 인용시는 요즈음에 흔히 볼 수 있는 일종의 생태담론에 가까운 시처럼 보인다. '오물'이라든가 '폐수'라는 담론들은 이 시대를 풍미한 생태주의적 발상의 첫머리에 놓여 있는 것들이기 때문이다. 그런 문명의 찌꺼기를 걸러서 물활적 생명력으로 치환시킨 것이 나무의, 혹은 초록의 수사학이다. 그런데 시인은 그러한 나무를 자신의 시쓰기와 곧바로 병치시키면서 자신의 시쓰기의 본질내지는 의미를 읽어낸다. 시인의 시쓰기란 "제 머리를 쥐어뜯으며 미쳐 가는 만년필 속/폐수를 거슬러 오르는 한 마리 푸른 물고기"를 기르고 얻으려는 강렬한 소망 때문에 이루어진다는 것이다.

현실에 대한 시인의 격정적 발언들은 단순히 문명적인 것에만 그치지 않고(「광화문 네거리엔 전광판이 많다」), 사회의 다양한 부분에 걸쳐 확산되어 나타난다. 상품화되어 가는 인간에 대한 풍자가 있는가 하면(「풍선인형」), 인간에 대한 끝없는 욕망과 그에 따른 자연의 무차별적인 파괴에 대한 비판의식도 있고(「곰을 위한 진혼곡」), 철거민, 실업자, 춘투와 같은 비판적 사회담론도 있다(「나무의 수사학3」). 현실에 대한 비판적 실타래들이 많다는 것은 그만큼 그의 시들이 현실정향적인 특성이 많다는 뜻이고, 거대 담론이 소멸해가는 시점에서는 예외적인 국면이 아닐 수 없다.

비판적 시선은 완결성에 대한 일탈과 정비례하는 것이고(「모과」), 의식의 여백 또한 이와 똑같은 함량으로 기능한다는 뜻이다. 시인에게 다가온 혹은 느껴진 공허감이란 과거의 기억과 현재의 불온성 사이에서 얻어진 틈에서 발생한 것이다. 시인은 어찌 보면 건강한 과거와 이에 미치지 못하는 현실이 똑같이 일치하는 지금 여기의 온전한 현재를 꿈꾸는 자가 아닐까. 그 온전성이란 존재의 완결성일 수도 있고, 총체성이 구현된 사회일 수도 있다. 과거의 완전성과 현재의 불완전성이 만들어낸 틈이 그의 시쓰기의 긴 여정이었다. 그 여정의 끝이 완결되는 지점은 과거의 그것과 현재의 그것이 똑같이 포개지는 곳이다.

식육점 간판을 가리다
잘려 나간 가지 끝에

물방울이 맺혀 있다
흘러갈 곳을 잃어버린 수액이
전기 톱날 자국 끝에 맺혀 떨고 있는 한때
나무에게 남아 있는 고통이 있다면 이제는
아무런 고통도 느껴지지 않는다는 것
수로를 잃은 물방울이 떨어질 때의 그
아찔하던 순간도 잠시
빈 소매를 펄럭이듯,
팔 없는 소맷자락 주머니에 넣고 불쑥
한 손을 내밀듯
초록에 묻혀 있는 나무
환지통을 앓는 건 어쩌면
나무가 아니라 새다
허공 속에 아직도
실핏줄이 흐르고 있다는 듯
내려앉지 못하고 날갯짓
날갯짓만 하다 돌아가는.

– 「나무의 수사학2」 전문

인간사의 모든 고통이란 있던 그대로의, 흔히 말하는 자연그대로의 관계망이 무너질 때, 발생한다. 인간과 문명 사이에 내재하는 지독한 대립과 그 충격 속에 모더니티의 위기가 발생했듯이 시인은 자연스런 흐름과의 관계가 무너질 때, 현실의 여백, 정신의 여백이 발생한다고 인식한다. 이런 자연스런 흐름을 두고 우주의 이법이나 자연의 질서라고도 할 수 있고, 정의나 평등이라 할 수도 있을 것이다. 그것이 어떤 경우이든 톱니바퀴처럼 잘 물려있는 관계가 일탈될 때, 사유의 고통, 현실의 고통은 시작된다. "제가 뿌리 내린 땅과 한 몸이 되어서 땅덩이째 옮기지 않으면 목숨을 끊고 마는 독한 양비귀꽃"(「죽은 양귀비를 곡함」)

처럼, 자연스런 관계가 끊어지고 흐름이 역류할 때, 생의 비극이 시작되는 것이다.

시인이 「나무의 수사학2」에서 말하고자 하는 것도 이 부분이다. 관계가 무너질 때, 조화가 무너지는 것은 당연하며, 삶의 완전성도 궁극적으로는 와해된다고 보는 것이다. 과거의 건강성과 현재의 불온성이 병치되고 그 변증법적 통일이 이루어지는 지점이 바로 여기이다. 우주의 이법, 톱니바퀴처럼 맞물려 들어가는 완전한 관계에의 열망, 이것이 손택수가 이번 시집에서 보여준 시쓰기의 세 번째 단계에 해당한다. 부분이 결합되어 하나의 전체로 완성되는 세계, 깨어진 관계가 온전히 통일된 관계로 회복되고 나아가는 단계가 바로 그가 꿈꾸었던 시쓰기의 궁극이었던 것이다.

광장 "아고라"에 모인 일상과 참여의 몸짓들
―김희정의 『아고라』

김희정의 두 번째 시집 『아고라』는 제목에서부터 우리에게 친숙함을 주고 있다. 인터넷을 사용하는 사람치고 "아고라"라는 말을 모르는 사람이 없을 것이기에 그러하다. 요즘의 "아고라"는 우리 사회의 주요 쟁점을 두고 자유로운 토론과 치열한 공방을 주고받는 대화의 공간인 것이다. 남녀노소, 계파나 입장의 차별없이 논객으로 활약할 수 있는 장의 대명사인 것이 "아고라"다. 그런 만큼 오늘날의 "아고라"는 사회의 모습을 단적으로 보여줄 뿐만 아니라 사회의 에네르기를 가늠할 수 있는 척도가 된다고도 할 수 있다.

김희정이 시집 제목을 "아고라"로 내세운 까닭 역시 인터넷의 그러한 여러 특성을 십분 고려한 것에서 찾아볼 수 있지 않은가 한다. 우선 그가 인터넷 세대라는 점과 그가 지닌 사회에 대한 높은 관심과 참여도를 떠올릴 수 있을 것이다. 시편들에 드러나는 시인의 모습은 인터넷 세대로서의 개방적인 태도 및 사회를 보는 민주주의적 지향성을 강하게 암시하고 있기 때문이다. 그에게 "아고라"는 단순히 온라인상의 한 페이지가 아니라 자신과 일치하는 코드가 된다. 이 외에도 김희정은 "아고라"를 통해 삶의 다양성을 가감없이 담아내고 싶었던 것으로 보인다. 삭제되거나 검열되지 않는 관심의 다양성들을 있는 그대로 수용함으로써 일상의 넉넉한 폭을 그려내고자 한 데서 그가 "아고라"를 제목으로 세웠던 이유의 일단을 발견할 수 있다.

실제로 그의 시편들은 다양성과 개방성, 그리고 비판성을 특징으로 하고 있다. 그의 시편들은 시인의 일상적 체험 영역들을 폭넓게 아우르면서 그를 통해 자아의 성찰적 면모들을 꾸밈없고 솔직하게 보여주고 있다. 그의 일상들은 따뜻하고 섬세한 정서의 망에 걸러져 잔잔한 물결을 이룬다. 또한 그것은 일회적인 단편으로 그치는 것이 아니라 시인에게서 반성적 시선을 끌어내기 위한 한 계기가 된다. 이로써 시인의 내면은 그 폭과 깊이를 점차적으로 더해간다 할 수 있다.

일상을 통해 성찰을 보이는 시편의 특성을 다양성과 개방성이라 한다면 비판성은 시인의 사회 참여의식에서 비롯되는 부분이다. 일상적 체험을 주 내용으로 하고 있는 시편들에 비해볼 때 사회 참여적 특징을 드러내는 시편들은 분명 시인의 또 다른 면모로서, 성찰적 특성과 달리 시인의 날카로운 통찰을 과시하고 있다. 시국에 관하여, 자본주의에 관하여, 문명에 관하여 예리한 비판의식을 보이는 모습은 시인에게 비판성이 주된 특징으로 자리하고 있음을 알 수 있다. 말하자면 다양성과 개방성, 비판성을 지니고 있는 시인의 시선은 일상성과 사회성이라는 양 부면으로 그 모습들을 예각화 혹은 구체화시키고 있는 것이다. 그리고 시인은 이들을 어느 것 하나 소홀함 없이 모두 끌어안아 "아고라"라는 광장으로 끌어내고 있다.

1. 일상의 감각들

그의 시편들에 떠오르는 일상들은 다양하다. 커피를 마시면서 떠오르는 노랫말, 퇴근 후 집에 왔을 때 눈에 띄는 사물들, 딸아이의 말버릇, 인터넷에서 마주친 블로그, TV 속에 등장하는 화면들 등이 그것들이다. 어쩌면 어떠한 필연적 맥락없이 선택된 소재들이라 할 만한 것들, 때문에 우연적이고 가볍게 선택된 소재들이 시인의 작품들의 주제가 되고 있는 것이다. 이러한 특징으로 인해 그의 시들 속에서 일관된 세계관을 읽어내는 일이 어렵게 느껴질 수도 있을 것이다. 또한 시들이 단편적 소재들의 단순한 나열이라는 인상도 줄 수 있을 듯하다.

그러나 이러함 속에는 일상들의 다양성 이외에도 시인의 주요한 부분, 즉 의미를 열어가는 정서적 물길이 오롯이 나타난다는 의의도 담겨있다. 시인은 다양성의 소재들을 통해 뚜렷하고 일관성 있게 자신의 정서의 물결을 부각시킨다. 이때의 정서는 감각에도 이성에도 치우쳐 있는 것이 아니라 감각에서 이성에까지 정신의 모든 기능들을 한데 융합시키는 종합적 특질을 지니는 것임을 알 수 있다.

> 지지직 지지직
> 희미하게 화면이 잡힌다
> 엄마의 울음소리 들리고
> 누이의 신음소리 들리고
> 도살창으로 끌려가는
> 누렁소 발자국 소리가 들려왔다
> 끝내 누구도 만나지 못한 채
> 화면 속으로 나는 걸어갔다
>
> —「난시청 지역」 부분

　인용시는 언제나 있는 것이기에 특이할 것도 없는 TV화면의 모습을 소재로 한 작품이다. 잘 잡히지 않는 화면을 앞에 두고 안테나를 이리저리 돌려보는 모습을 상상케 하므로 위의 시는 소재를 감각적으로 처리하고 있는 점이 특징적이다. '지지직'거리는 소리, '무수한 알갱이들로 가득한 화면', 이를 야기시키는 '바람'과 '폭설'의 묘사는 소재에 대한 감각적 형상화를 잘 보여주고 있는 것이다. 그러나 이런 감각적 묘사에만 함몰될 경우 이 시는 시인의 특장을 잘 구현하지 못하였을 터이다. 시인은 사물에 관한 이미지적 형상화에만 주안점을 두지 않고 있기 때문이다. 그는 그것을 수용하고 용해시켜 이로부터 정신의 소용돌이치는 깊은 영역으로 형이상의 추를 길게 늘어뜨린다. 이 영역은 감각이 뚫고 들어가 파문을 일으키는 부분, 정서의 무늬를 각인시키는 부분이자 성찰과 이성으로 나아가는 물길을 여는 부분이다. 이곳에서 자아의 진정한 모습이 얼굴을 드러내며 타자들이 끌어들여져 대화가 이루어지고 관계가 형성된다. 따라서 때론 우울함도 슬픔도 아픔도 자리하는 곳이 이곳이다. 「난시청지역」의 '엄마의 울음소리', '누이의 신음소리', '도살창으로 끌려가는 누렁소 발자국 소리'는 바로 타자들과 만나 생기는 관계의 무늬라 할 수 있다. '화면'을 감각하는 자아는 이로부터 '울음소리' 내는 '엄마'와 '신음소리' 내는 '누이'를 만나는 장을 떠올리는 것이다.

　이처럼 감각과 감성, 감성과 이성을 한데 용해시켜 자아의 울돌목을 만들어내는 특질은 이번 시집의 여러 작품들에서 공통적으로 나타나는 요소다.

　새치가 머리카락 사이로 솟아있다

몇 번 시름하다
시간에 맡겨두었더니
잡풀처럼 번져간다
그 옛날 아버지 머리에서 솎아낸 새치
젊은 머리카락 따라 올라올 때
미안했던 마음 보다
몇 개 뽑았는지에 관심이 갔다
아버지는 세월의 흐름 막을 수 없었던지
어느 날부터 염색을 했다
희끗희끗한 아버지 머리는 회춘을 했지만
염색약에 젖은 새치
서릿발 보다 차가운 세상 풍파와
힘겨운 싸움 계속하지 않았을까
아버지 자리에 앉은 나
딸아이가 새치를 뽑겠다며 달겨든다
검은 머리카락 속에 흰 머리카락
마냥 신기해하는 딸아이
뽑은 개수 세는 모습
어릴 적 나를 닮았다

한 세대 건너서야 보이는
생生의 뿌리

—「새치」 전문

　　일견 무의미할 것 같은 일상의 아주 사소한 사물인 '새치'가 시인의
시선에 포착되어 시인 고유의 개성을 드러내게 될 때까지의 과정은
정신 작용이 거치는 일련의 궤적과 일치한다. 감각에서 정서로, 정서
에서 성찰로의 궤적이 그러하다. 또한 정서역에서 만나게 되는 여러
타자들, 아버지나 딸아이는 시적 자아와 관계를 맺으며 자아에게 일정

한 감정의 물결을 만들어내는 것이다. 뿐만 아니라 여기에서 멈추지 않는 정신작용은 결국 인생을 통찰하는 이성의 기능으로까지 그 물길을 열어가고 있음을 알 수 있다.

이들 과정을 거치면서 '새치'는 어느덧 '생의 뿌리'가 된다. '새치' 있는 '나'는 '아버지'가 되고 '딸아이'가 되며 현재의 '나'는 과거의 '나'와 미래의 '나가' 된다. 감각이라는 표면으로부터 시작된 '나'는 일련의 정신 작용에 힘입어 깊이와 폭을 갖춘 성찰적 자아로 거듭난다. 이 안에서 시간의 믹스가 일어났고 타자들의 뒤섞임이 일어났으며 정서의 소용돌이가 지나갔다. 그리고 이를 관조하는 이성의 반성적 사유가 뒤이어 전개되었다.

이러한 과정을 두고 자연스러운 연상작용이라 이름할 법도 하다. 그러나 이러한 작용이 일관성 있게 반복될 때 이를 두고 무의식적 정신작용이라기보다는 치우침없이 정신의 종합적 기능을 발휘하는 시인의 개성이라 하는 편이 더욱 타당할 것이다. 사물을 예사로이 넘기지 않는 시인의 감각이 돋보이는 것도 이 때문이거니와, 시인은 사물을 자기의 세계 속으로 끌어들여 일순간에 그것을 자기화해내는 기능적 정신작용을 구사하고 있다. 이때 시인의 감각은 시인과 세계를 폭넓게 관계 맺게 하는 유용한 매개이자 장치가 된다 할 것이다.

2. 성찰의 루트

일반적으로 시인들은 자기 세계의 깊이를 증명하기 위해 내면을 집중적으로 추적해 들어간다. 내면에 솟았다 사그라지는 사유의 흔적들은 이때 아름답고 화려한 선이 되어 완성된 작품으로 탄생하기 마련이다. 추상화가 되었든 동양화가 되었든 한 폭의 그림으로 형상화된 시인의 내면은 그 깊이와 무늬로써 눈부신 빛을 발하곤 한다.

이에 비하면 김희정 시인의 경우 내면은 본격적인 조명을 받지 못한다고 말할 수 있다. 김희정 시인은 자신의 내면에 집중하기보다는 앞서 언급했듯 일상의 사물에 시선을 던져 그것들이 스스로 자신을 끌어들일 때까지 기다린다. 사물이 자기를 풀어헤치고 시인의 기억 속에서 일치점을 찾아낼 때까지 시인은 묵묵히 사물을 들여다본다. 그리고 사물이 비로소 기억을 헤집어내어 자신을 흔들어 댈 때에 천천히 그 속으로 발을 들여놓는다. 그렇기 때문에 시인에게 내면의 집중 조명은 좀처럼 만나기 힘든 요소라 할 수 있다.

그러나 이 점이 시인에게 내면을 삭제한다거나 깊이가 부재하다는 점을 말해주지는 않는다. 시인의 시에는 분명 내면속에서의 성찰이 이루어지고 있기 때문이다. 그리고 이때의 성찰적 내면에서는 여느 시인과 다를 바 없는 무늬와 깊이가 아로새겨져 있음을 알 수 있다. 그렇다면 집중적인 조명 없이 이루어지는 깊이는 어떻게 이루어질 수 있는가. 그것은 사물과 자아 사이의 유비추리를 통해 환기되는 성질의 것이라 할 수 있을 것이다.

> 달력을 떼어내고
> 휴대전화를 꺼냈다
> 번호를 누르며
> 만남의 기억 더듬는다
> 더러는 죽거나 연락두절
> 쉽게 번호를 지우는 내 모습
> 낯선 이름이 바라본다
> 어느 술자리에서

> 명함 대신 주고받았던 기억
> 스치기만 해도 인연因緣이라 했는데
> 불가의 말 뒤로 한 채
> 무관심 했다
> 나 역시, 이 밤 그에게
> 삭제되고 있지 않을까

－「십이월」 전문

‘휴대전화 속의 번호’가 일으키는 기억들은 비단 가까운 지기들만을 가리키지 않는다. 가까운 사이였다 해도 ‘죽거나 연락두절’의 주인공들은 기억위로 떠올랐다 지워지는 대상들이다. 그 속엔 명함 대신 전화번호를 나누었던 스쳐지나가는 인물들도 존재한다. 일상 속에서 누구든지 흔히 겪게 되는 이러한 체험에는 내면의 결들에 대한 상세한 묘사를 요하지 않는다. 번호를 지우는 공통된 경험만으로도 우리는 모두 동일한 내면을 공유하게 되기 때문이다. 시간에 관한, 이별에 관한, 만남과 의미에 관한 다채로운 사유들을 우리는 일순간에 모조리 해낸다. 타인과의 인연에 있어 존재의 비중감 같은 것들도 이 순간 하게 된다. 그리고 우리는 대체로 누군가에게 의미 있고 가까운 사람으로 존재하고자 하는 소망을 확인한다.

이들 등속의 사유의 소용돌이를 헤맨 이후 찾아오는 일이란 무엇일까에 대해 시인은 이를 극명하게 제시해준다. 그것은 곧 ‘성찰’이다. 어떠한 사물이나 현상의 양상을 그대로 ‘나’에게 적용해 보는 것, 그러한 행위는 유추의 매개를 통해 ‘나’의 영역으로 직행하는 것에 다름 아니다. ‘나’ 역시 누군가에게 있어 일회적이고 무의미한 존재가 될 수 있다는 생각은 ‘나’를 멈칫하게 만든다. ‘나’ 또한 고민없이 ‘삭제

되는’ 존재일 것이라는 점은 인간관계를 소홀함과 무관심으로 이끌었
던 ‘나’ 자신에 대한 반성과 성찰을 유도하게끔 한다.

> 아내를 만지고
> 시詩를 쓰고
> 처자식을 먹여 살리는 손
> 그 손에도 독毒이 살고 있다
> 포근한 손을 닮고 싶었는데
> 자꾸 거칠어 진다
> 너를 만져주지 않아
> 손에 그늘이 생긴 걸까
> 오른 손과 왼 손 번갈아 겹쳐본다
> 언제부터 이렇게 차가웠을까

-「손」 전문

‘손’이 매개가 되어 성찰하게 되는 부분은 ‘나’의 내면에 새겨진 성
격에 관한 것이다. ‘차가움’, ‘거칢’, ‘그늘’, ‘독’ 등은 마음속에 길러
진 성격에 해당한다. 그리고 그것이 ‘마음’을 만들어 갈 수 있었던 까
닭은 ‘손’이야말로 생활의 주된 도구이자 주체이기 때문이다. ‘손’은
시적 자아의 생활의 중심에 놓여 있는 존재다. ‘손’은 일을 할 수 있게
하고 사랑을 할 수 있게 하고 밥을 먹게 한다는 것이다. 성찰을 통해
시적 자아가 꿈꾸는 성격은 ‘포근함’이다. 시적 자아는 따뜻하고 부드
러운 ‘손’을 가꿈으로써 성격 또한 그리 될 수 있기를 소망한다.

실상 일상 속에서 ‘손’에 시선을 드리우는 일은 드물지만 그렇다고
특이한 일도 아니다. 따라서 우리는 ‘손’을 주시하는 시인의 시선에서
그다운 개성을 읽게 된다. 사소하기만 한 사물에의 응시, 그로부터 시
작하여 내면에의 고찰로 이어지는 일련의 과정은 시인 특유의 시창작

법을 말해준다. 또한 ‘손’에 관한 유추를 통한 ‘성격’에의 성찰은 그 짜임의 논리성에서뿐 아니라 사유의 깊이에서도 부족함이 없음을 말해준다. 이때 시인은 본격적으로 자기 내면을 조망하는 대신 ‘손’이라는 사물이 스스로 말을 시작하여 본질의 깊이에까지 육박해 들어가도록 길을 열어주며 기다리기를 계속하는 것을 알 수가 있다.

3. 비판의 사회

김희정 시인의 이번 시집에 주된 요인이 되고 있는 다양성과 개방성, 그리고 비판성은 소재의 일상성과 자아 성찰, 그리고 사회 참여 의식에 각각 대응된다. 일상생활 속에서 선택되는 소재상의 특성이 시적 다양성으로 이어지고 이들 소재를 매개로 자아와 타자간 관계 맺기를 시도하고, 성찰적 자아를 이끌어냄이 개방성에로 귀결된다는 점은 앞서 고찰한 대로이다. 이제 남은 문제는 ‘비판성’을 구체화시키는 경로가 무엇인가 하는 점만이 남아있다.

앞에서도 살펴보았듯 김희정 시인은 일상에서의 사소한 사물과의 조우를 우연으로 치부하지 않고 이를 매우 의미 있는 영역으로 전화시키는 특질을 보여준다. 시인의 시선에 포착된 사물들은 단지 감각적 대상으로 머물지 않고 깊이 있는 사유와 성찰이 가로지르는 넓은 장이 되기 때문이다. 사물은 스스로를 있는 힘껏 주장하면서 동시에 시인의 내면 속에 숨어 있던 잠든 존재를 일깨운다. 사물을 통해 자아는 깨어나고 새롭게 거듭난다. 말 그대로 사물은 존재가 숨 쉬는 드넓은 광장이 되는 것이다.

그러나 “아고라”는 일상의 다양성만을 수용하는 광장이 아니다. “아고라"는 더 넓은 광장, 보다 넓은 광장이고 또한 그리 되어야 할 것이다. "아고라"에서 시인이 사물을 통해 환기하고자 했던 것이 일상성과 자아의 영역이라면 또 다른 영역에는 사회성이 존재한다. 사회성은 일상성과 다른 영역, 다른 경로를 통해 "아고라" 안으로 포섭된다. 그것은 단도직입적 성격을 지닌다. 시인은 별다른 매개 없이 직접적으로 발언한다. 사회에 대해, 체제에 대해, 문명에 대해 어떠한 머뭇거림이나 장식없이 시인은 직설적이고 단호하게 발화한다. 이러한 그의 태도는 명쾌할 뿐만 아니라 그 비판적 성격이 서슬 퍼럴 정도로까지 생생하다.

그림자 없는 빌딩들
우후죽순 도시에 자란다
하늘을 찌르듯 올라가는 기세
빛을 삼키고, 배설물은 썩고 썩어
개미들을 노리고 있다

—「캐피탈 빌딩」 부분

밤거리 불나방이 되어
화려하게 외출하는 간판들
후끈 달아오른 몸
뭇사람 발길 잡기위해
어둠 삼킨다

—「간판」 부분

'캐피탈 빌딩'이나 '간판'이 가장 먼저 연상시키는 사실은 그것들이 자본주의를 환기하는 상징적 매체라는 점이다. '캐피탈 빌딩'을 통해서 우리는 고속행진하는 자본 확장의 면모를, '간판'을 통해서는 현란한 번득임을 앞세운 거리의 집요한 상업 행위를 떠올리게 된다. 모두 자본의 힘을 통해 자본주의를 공고히 하는 본질적 매개체들이라 할 수 있다.

그러나 인용시에서 풍겨나고 있듯이 '캐피탈 빌딩'과 '간판'을 보는 시인의 시선은 대단히 비관적이고 우울하다. 우선 시인은 '캐피탈 빌딩'을 부패하고 어두운 것으로 묘사한다. 이 작품에서 '개미'는 '빌딩'의 기세에 눌려 더할 수 없이 작아진 보통 사람들 내지 일꾼들을 의미한다. '캐피탈 빌딩'은 '개미'들을 착취하여 세워진 음험한 자본의 실체가 된다.

'간판'을 보는 시선 역시 우울한 것은 마찬가지다. '간판'은 겉과 속이 다른 자본주의적 이중성을 처절히 보여주는 장본인에 해당한다. '밤'만 되면 '어둠을 삼켜'가며 '화려하게 외출하는 간판'은 마치 호객 행위를 하기 위해 짙은 화장으로 얼굴을 가린 가녀린 존재들을 연상시킨다. '하루에 태어나고 죽는 수백 수천 개의 간판들'이나 '수명 다한 간판들'은 상업의 거리에서 쉽게 쓰이고 버려지고 헤지고 낡아가는 존재들을 암시한다 할 수 있다. '간판'의 몸짓을 가리켜 '외줄 타듯'하는 '곡예'라고 본 발상도 자본주의 및 상업의 거리를 바라보는 시인의 우울한 시선을 구체화시킨 것에 다름 아니다.

이처럼 사회를 향한 시인의 발언은 직설적이고 분명하다. 그리고 사회에 대한 비판 의식은 곧 노쇠한 자본주의에 대한 비판의 연장에 놓여 있음을 알 수 있다. 시인에게 자본주의는 본질적인 면에서 아직도 건재하는 악의 근원이자 뿌리가 아닐 수 없다. 어쩌면 자본주의라는 핵은 아직도 그 힘을 상실하지 않은 채 세계 곳곳에서, 삶의 부면 곳곳에서 깊숙하고 고질적으로 뿌리박고 있는 실체가 아니겠는가.

버스들은 달리기 경주하듯
앞서가니 뒷서가니
아이들 태우고
세계 명문 대학을 향해
다람쥐 쳇바퀴 돌듯
급하게 도로에 뛰어든다
(…중략…)
학원 앞에서
버스는 급하게 먹은 음식 토해내듯
아이들을 쏟아낸다
꿈을 새겨 넣듯 만들어진
모차르트 학원 가방
페르마 학원 가방
아인슈타인 학원 가방을 들고
아이들은 간판 속으로 뚜벅뚜벅 들어간다

–「희망을 싣고」 부분

　이제는 어디서나 볼 수 있는 취학 아동들의 생활을 위의 시는 소재로 삼고 있다. 어린 초등학생 때부터 이 학원 저 학원으로 경쟁하듯 달려가야 하는 아이들의 생활은 이미 익숙해진 생활 풍경이 한 부분이 되었지만 그런 만큼 이들 풍경이 지닌 문제점에 대해서는 우리들 감각이 무뎌진 것 또한 사실이다. 아이들의 유일한 꿈이자 희망이 된 '일류대학진학'은 희망도 꿈도 아니고 아이들의 족쇄가 아닐까 하는 점이다. 이러한 목표들은 아이들에게서 자유를 빼앗고 즐거움을 빼앗고 꿈을 빼앗는다. 그 지상 목표가 사라지지 않는 이상, 아이들은 쳇바퀴 도는 다람쥐의 신세를 면하지 못하게 된다. 그리하여 아이들은 기계가 되고 껍데기가 되고 소화불량이 된다.

　김희정 시의 다른 영역과 마찬가지로 이 작품에서도 우리는 사회를 비판하는 시인의 예민하고도 우울한 시선을 만나게 된다. 시인은 자신의 우울한 목소리를 숨기려 하거나 포장하려고도 하지 않는다. 그의 목소리는 여느 때처럼 분명하고 직접적이다. 따라서 이러한 그의 시는 사회 참여적 속성을 선명히 드러낸다는 것을 알 수 있다.

김희정은 많은 독자에게 사회 참여적 시인으로 기억되고 있다. 또한 일상을 따뜻하고 넉넉하게 끌어안는 품과 인상도 강하게 심어주고 있는 시인이다. 이 가운데 어느 부분이 김희정 시인의 본 면모인가 하는 의문에 대한 해답이 이번 시집 『아고라』를 통해 잘 드러나고 있지 않은가 한다. 김희정 시인의 본 면모는 어느 하나가 아니라 양면 모두에 있다는 점이 이번 시집을 통해서 밝혀지고 있다. "아고라"가 내세우는 광장적 속성인 참여와 자유, 다양성의 특징이야말로 김희정 시인의 성격과 똑같이 일치하는 것이기 때문이다.

축제와 성찰의 장으로서의 자연
―최하림의 『최하림시 전집』, 이성부의 『도둑산길』

1. 감각의 축제로서의 자연

최하림 시인이 전집을 내었다. 『최하림시전집』이라는 표제로 문학과
지성사에서 출판되었는데, 이 전집에는 그동안 시인이 상재했던 시집
이 모두 들어 있다. 『우리들을 위하여』(창작과비평사, 1976)를 필두로 『작은
마을에서』(문학과지성사, 1982), 『겨울 깊은 물소리』(열음사, 1987), 『속이 보이
는 심연으로』(문학과지성사, 1991), 『굴참나무숲에서 아이들이 온다』(문학과지
성사, 1998), 『풍경 뒤의 풍경』(문학과지성사, 2001), 『때로는 네가 보이지 않는
다』(랜덤하우스 중앙, 2005) 등 6권의 시집이 실려 있는 것이다. 여기에다가
습작기 시절의 시 몇 편과 최근에 쓰인 시들까지 덧붙여져 있다. 이렇
게 본다면 이 전집 속에는 데뷔이전부터 현재에 이르기까지 시인의 작
품들이 모두 들어 있는 셈이 된다.

최하림 시인이 60년대 중반에 등단했으니 그 양으로 비춰볼 때, 그
렇게 많은 분량도 아니고 그렇다고 표나게 적은 분량도 아니다. 작품
의 적고 많음에 따라 그 시인의 역량을 비례적으로 평가하는 일만큼

어리석은 일도 없을 것이다. 양과 질이 절대적으로 비례하는 것은 아니기 때문이다. 그럼에도 최하림 시인의 경우에 있어 작품의 양은 질과 분리시켜 논의하는 것이 어려워 보인다. 똑같은 세계관으로 동일한 일상을 계속 창조해야하는 양적 지루함을 최하림 시인에게서 발견하는 것은 쉽지 않은 일이기 때문이다.

전집이란 한 시인의 시세계를 총결산하는 자리이다. 또한 한 시인의 일상을 기록해 놓은 그 자신만의 작은 역사이기도 하다. 따라서 어떤 시인의 전집을 들여다보는 것은 그 시인의 세계관과 역사를 더듬어보는 일과도 같다. 뿐만 아니라 그 시인의 시선이 역사적 지평과 연결되어 있는 경우, 우리는 사회의 한 단면 역시 이를 통해 이해할 수 있을 것이다. 굳이 전집이라는 자리를 빌어서 논의하지 않더라도 최하림의 시세계를 일별할 기회를 갖는 일이 흥미로운 것은 아마도 이런 문제의식과 밀접한 관련이 있는 때문은 아닐까.

최하림은 우리 현대사가 그러하듯 굴곡 많은 삶의 현장을 살아왔고 또 그것을 시속에서 충실히 담아내었다. 그의 눈길이 가 있는 곳에는 언제나 삶의 모순이 존재했고, 건강한 일상이 억압당하고 있었다. 그의 비판적 시선을 따라가게 되면, 일상의 어두운 구석과 자연스럽게 만나게 되는 것도 이런 이유 때문이다.

그러나 부조리한 현장에 대한 그의 저항적 발언들이 구체적 실천을 요구하는 것은 아니었다. 그의 대사회적 시선들은 불합리한 일상에 두되 그로부터 어떤 변혁적 자세나 미래에 대한 강력한 전망을 담고 있지는 않았다. 그의 발언들은 조용한 것이었고, 내적으로 키워 올려진 견고한 알맹이 같은 것이었다. 그렇지만 그 응시의 눈은 사회의 모순을 예리하게 각인시키는 것이었다.

칼날의 댓닢이 밤에도 자지 않고
흔들리는 것을 보고 있다 달빛의
신경이 흔들리는 것을 보고 있다
여기저기 떼 몰려 가고 있는 아우성을
들으며 유배의 꿈을 부르는 우리들은
우리들이 무엇인가를 보고 있다

ㅡ「우리들은 무엇인가」 부분

시인의 시선이 향한 곳은 "대밭에 말 못할 소리"가 나는 곳이었고, "부정의 울부짓음"이 있는 장소였다. 그가 이런 현실에 주목하는 것은 물론 열악한 현실에 대한 고발의식에서 기인한 것이긴 하지만 궁극적으로는 "뒤숭숭한 잠결에도 그들이 떨리는 꿈을 꾸고 있기" 때문이기도 하다. 부조한 현실을 뚫고 나오기 위해 꿈틀대는 그 가련한 꿈에 대해 조그마한 힘이라도 보태기 위한 것, 그것이 최하림 시의 출발이었던 것이다.

이런 문제의식에서 출발한 최하림 시업의 필생의 과제는 바로 현실과 하나되는, 그리하여 자아와 세계의 완결성이 성취되는데 그 목적이 있었다. 그가 현실을 예리하게 응시하고 이로부터 초월하고자 하는 것도 이런 욕망과 불가분의 관계에 놓이는 것이었다. 그런데 시인의 이러한 사유와 관련하여 우리의 주목을 끄는 부분은 내적 역동성의 힘에서 뿜어져 나오는 정밀함이다. 사회의 부조리에 대한 시인의 감각은 주로 시각적인 것이었다. 앞서의 언급처럼 그의 시선이 닿는 곳이란 사회의 불합리한 현실이었기 때문이다. 그러나 중기 이후 시인은 그러한 감각에서 벗어나기 시작한다. 고요라든가 정밀함이라든가 하는 소리의 감각을 시적 의장으로 차용했기 때문이다.

나는 저녁 구천동 길을 간다 새들이 숲속으로 사라지고 무량의 시간
들도 사라진다 돌아보면 길섶에서 모습을 감추던 기억도 이 시간에는
옷자락을 끌며 어디론가 사라진다 나는 발밑에서 고요가 부서지는 소리
듣는다 사물들이 제각각의 소리로 중얼거리고 얼비치며 떠나간다 나는
고요의 깊은 속으로 들어간다

─「구천동 시론」 부분

소리란 고요의 감각 없이는 불가능하다. 우리가 늘상 듣는 천지의
소리란 제각각이며 저마다의 소리를 낸다. 조화음이 있는가 하면 불협
화음도 있기 때문이다. 이 많은 소리가운데 그 본질에 육박해 들어가
기 위해서는, 서정적 자아의 귀는 차분하고 고요해져야 한다. 그래야
만 세상 속에 내재하는 소리들을 정확히 구별해낼 수 있게 된다. 최하
림의 시에서 입림(入林)의 과정이 매우 중요한 시적 기제가 되는 것은
이와 무관하지 않다. 그것은 세상의 깨끗한 소리를 구별하는 매개이면
서 준거점이 되기 때문이다. 그는 그 소리로부터 우주의 이법을 건강
한 사회를 간취해낸다. 맑은 소리란 그가 탐색해온 시적 여정의 중요
한 단위가 되는 여기에 그 원인이 있다.

겨울이 내려오는 길로 세 사람이 가만가만 이야기를 주고 받으며 걸
어가다가 다리에 이르러 너무 멀리 왔다고 생각하는지 껄껄 웃으며 고
개를 외로 돌린다 언제 내렸는지 모를 눈이 왼쪽 소나무 가지 끝에 조
금 남아 있고 가지와 가지 새로 진박새들이 오르내린다 바람이 새 깃을
가볍게 흔든다 시간들이 출렁인다 겨울이 좀더 빠르게 이동해가고 공기
가 무겁게 내린다 무엇이 우스운지 세 사람은 다시 또 껄껄 웃는다 웃
음소리에 놀라서인지 십리 안팎의 진달래와 철쭉과 산동백이 다투어 피
고 봄이 폭죽처럼 터져 오른다 밖으로 열린 유리창에서도 캘린더 넘기
는 소리 요란하다.

─「봄날이 온다」 전문

최하림은 세상을 똑바로 응시하기 위해 청각적인 감각을 택했다. 그는 삶의 지혜의 소리를 듣기 위해 정밀한 숲으로 들어간다. 그곳에서 그는 세상에 대한 어두운 울림도 듣고 밝은 소리도 듣는다. 그 지혜의 소리를 통해서 그는 지향해야할 목표점을 찾아낸다. 밝은 소리였다. 그것이 입림의 과정에서 얻은 시인의 크나큰 성과였다.

이 이후로 시인은 이제 숲에서 나온다. 다시 세상을 보기 위해서다. 그러나 그의 시각작용은 이전의 그것과는 판이하게 다른 모습을 띠게 된다. 숲이 준 정밀한 역동성을 바탕으로 그는 세상을 다시 응시하기 시작한 것이다. 최하림의 시적 특색을 풍경의 시학이라함은 이런 변용의 결과가 아닐까 한다.

「봄날이 온다」는 시각과 청각이 하나의 즐거운 교향악으로 울리는 성찬의 시다. 서정주의 「상리과원」을 다시 옮겨 놓은 착각을 불러일으킬 정도로 조화로운 시이다. 이 작품 속에서 자연과 인간의 소리는 하나로 어우러진다. 맑은 소리가 아름다운 풍경을 배경으로 교향악처럼 울려 퍼지고 있는데, 시인이 그토록 찾아다닌 유토피아가 이렇듯 눈앞에 전개되고 있는 것이다. 최하림이 자신의 시업을 총결산하는 자리에서 말하고자 했던 것은 바로 이런 축제의 장이었다. 그것은 또한 시인의 필생으로 과업으로 탐색해 들어간 시적 주제이기도 했다.

2. 성찰의 내밀한 장으로의 자연

『도둑산길』은 이성부 시인의 아홉 번째 시집이다. 그리고 '산'을 소재로 한 시집으로서는 네 번째 시집이다. 기왕의 작품들을 보면, 이성부의 시세계는 크게 두 가지 갈래로 양분된다. 하나가 민중적 정서를 바탕으로 한 것이라면, 다른 하나는 자연이 중심 주제가 된 작품세계이다. 그러나 그의 시세계들이 이렇게 명쾌하게 구분된다 하더라도 두 시기의 시들이 전연 딴판으로 존재하는 것은 아니다. 소재와 지향하는 의식이 다르다 하더라도 이 둘의 저변을 가로지르는 하나의 축이 존재하고 있기 때문이다. 그것은 바로 사랑이라는 의식인데, 여기서 알 수 있는 것처럼, 이성부의 시들은 일관되게 하나의 원리를 추구해 왔다. 그런데 그 원리는 무슨 대단한 사상이나 주의와 같은 거대 담론 속에 편입되는 것은 아니었다. 어찌 보면 이런 거대한 담론체계들은 이성부의 시세계에서는 사치에 불과한 것이었는지 모른다.

이성부의 초기 시의 화두는 민중이었다. 그런데 민중과 같은 거대집단들에 대해 시선을 던질 때에도 그는 조직이라든가 실천이라든가 하는 운동으로서의 문학에 대해서는 관심을 갖지 않았다. 분열이나 갈등과 같은 파열적 인식에 대해서는 어느 정도 동조한 것은 사실이지만, 그러나 그 치열한 모순의 현장에서 변혁의 깃발을 높이 들지는 않았던 것이다. 대신 그는 그러한 갈등을 통합하는 사유들에 대해서는 적극적인 자세를 취했는데, 특히 사랑과 같은 완결적 사유들은 그만이 보지하고 있던 독특한 시법이었다. 그의 그러한 사유체계는 산과 같은 미시적 단위에서 직조되는 시세계에 이르러서도 크게 변하지 않았다. 그는 자연의 이법을 랑그의 체계에서가 아니라 파롤의 차원에서 받아들였기 때문이다. 따라서 그가 주장하고 호소하는 세계들은 미시적인 작은 것들의 실천에서 찾아진다.

이성부의 시들은 거대담론에서 미시담론으로 거듭거듭 축소되는 양상을 보여 왔다. 소재가 그러했고, 그 소재에서 추구되는 담론의 실천 양상 또한 그러했다. '민중'에서 '서정적 자아'로 소재가 넘어왔는가

하면, '사랑'과 같은 거대 담론에서 '자아의 완성' 혹은 '삶의 건강한 실천'과 같은 담론으로 작아져 온 것이다. 이런 축소지향적인 시세계의 변화가 이성부 시의 큰 특징이라 할 수 있는데, 이런 변화는 이번에 상재된 『도둑산길』에서도 쉽게 확인할 수 있다.

> 바위에서의 무서움, 극한적인 싸움에서 돌아본 생과 사물의 본질 추구가 『야간산행』이었다면, 우리나라의 큰 산줄기와 그 기슭에 얽힌 사람들의 삶, 역사, 문화 따위를 살펴본 것이 『지리산』과 『작은 산이 큰 산을 가린다』라고 할 수 있겠다. 『도둑 산길』도 산에 다니면서 얻은 시편들임에 틀림없으나, 산과 내가 교감하고 말하고 깨우치고, 담담하게 세상을 내려다보았다는 점에서, 전과는 달리 더 미시적이고 또 관심의 폭이 넓어졌다는 생각이다.
>
> —『도둑산길』 시인의 말 부분

이 글은 시인의 산읽기가 어떤 함의를 갖고 있었는가 하는 점을 잘 일러주고 있다. 여기서 그가 추구한 산의 의미는 크게 두 가지로 갈라지는 바, 하나가 극한적인 싸움에서 돌아본 생과 사물의 본질 추구나 산에 얽힌 사람들의 삶, 역사, 문화와 같은 거대 담론이었다면, 다른 하나는 이번 시집의 경우처럼, 산에 대한 그 내적 탐구가 서정적 자아의 주변에 국한되어 성찰되는 미시 담론이다. 즉 "산과 내가 교감하고 말하고 깨우치고, 담담하게 세상을 내려다보았다는 점에서, 전과는 달리 더 미시적" 관점으로 산에 대해 고찰했다는 것이 이번 시집의 궁극적 의도라는 것이다.

시인의 말처럼, 『도둑산길』에서 산에 대한 의미는 자아의 성찰과 결부된 것들이 상당히 많이 나타난다. 자연에서 "걷는 것이 나에게는 사랑찾아가는 일"이라든가「어느 사이 속보가 되어」 "내 몸의 무엇인가를 비

로소 알게 하는 길입니다"(「까닥고개」)라는 것이 그 본보기들이다. 뿐만
아니라 "산에 오르면/나의 무거움도 조금씩 덜어지는 것을 느낍니다/
편안합니다"(「어느 만큼」)에서 보듯 산은 시인에게 없어서는 안될 삶의
한 축으로 나타나기도 한다.

산은 이렇듯 시인에게 구도자이면서 성찰의 매개이다. 시인과 산과 호
흡하면서 산과 더불어 살고 산에서 삶의 진리를 얻고자 한다. 산이 무엇
이기에 시인이 이토록 산에 오르며 그것을 모방하고자 하는 것일까.

> 새로운 산 내음이 더욱 짙게 나를 따라온다
> 서울 가까운 산들과는 많이 달라서
> 코 흠흠거리며 이 정체가 무엇인지 살피기에 바쁘다
> 여린 찻잎 우려낸 뒷맛같이 향긋한
> 내가 엄니의 자궁 속에서 배냇짓하며
> 저절로 익힌 내음일지도 몰라
>
> — 「산 내음이 다르다」 부분

> 자연은 말 그대로 내버려 두어야 저절로 살아 커서
> 저희들끼리 살랑살랑 춤추며 노래한다
> 이것을 바라보며 사람들은 스스로가 행복하다고 느낀다
> 허나 행복을 바라는 사람의 욕심은 끝이 보이지 않아
> 사람의 뜻대로 개입하고 간섭하고 파괴하고
> 깊이 들어가 소리와 내음과 흔적을 퍼뜨리면서부터
> 녀석들은 집주인이 길손에게 쫓겨나듯 터전을 잃어버린다
>
> — 「도둑산길」 부분

시인이 산을 탐색해 들어가는 것은 「산 내음이 다르다」에서 보듯
그것이 인간의 보편적인 꿈인 근원과 관련되어 있기 때문이다. 산내음
이란 곧 인간의 뿌리였던 자궁 속의 내음이기에 그것은 모성적인 것

이고 원점에 해당된다. 불구화된 인식들의 궁극적인 지향점이 이런 근원사상과 불가분의 관계에 놓여 있음은 지극히 상식에 속하는 일이다.

이렇듯 산은 인간과 대비되는 자리에 놓인다. 자연과 인간의 해묵은 이런 대립은 어제 오늘의 일이 아니지만 그래도 시인은 그러한 대립을 다시 예각화하고자 한다. 「도둑 산길」은 그 대항적 관계를 잘 시사해주는 작품이다. 자연이 아무리 식상하고 낡은 사유모델이라 해도 그것은 인간에게는 없어서는 안 될 귀중한 실체이다. 시인에게 인간의 세계가 영원한 타자라면, 자연은 영원한 동일자이다. 그는 자연과 인간의 대립 속에서 숨가쁜 줄타기를 거듭거듭 한다. 반성적 사유를 끊임없이 해도 그 자신 역시 인간이기에 자연의 영역은 언제나 조심스럽다. 성찰의 매개로서 그것은 수용되어야 하지만, 그러나 그러한 수용은 또 다른 파괴를 낳기 때문이다. 그렇기에 산길은 멈칫스러운 행위가 될 수밖에 없다. 시인이 그러한 산길을 '도둑산길'이라는 역설적 표현으로 묘사한 것은 이와 밀접한 관련이 있다. 그만큼 산은 시인에게 순결한 것이고 경외의 대상으로 다가온다.

이런 경건한 감각이 산에 대한 시인의 대응방식이다. 그는 그것을 통해 반성적 사유를 길러 나갈 것이고, 이를 통해 삶의 완성을 꾀해 나갈 것이다. 완전한 자아와 삶의 평화를 위해서 오늘도 계속 산에 오르고 있을 시인을 지켜보자.

자아 혹은 의식을 새롭게 초월하는 방법
―마종기의 『하늘의 맨살』, 오탁번의 『우리 동네』, 조창환의 『마네킹과 천사』

시가 자아와 세계의 갈등에서 시작된다는 것이나 혹은 자의식의 팽창에 의해 문학적 형식이 결정되고 내용이 재구성되는 것은 거의 상식에 속하는 일이다. 점점 가열차게 튀어 오르는 자아를 단속하고 대상과 어떻게 조화관계를 유지할 것인가 하는 문제는 시인들이 감당해야할 커다란 몫이 아닐 수 없다. 물론 이런 갈등과 길항의 문제는 시속에 펼쳐지는 세계에서만 국한되는 것은 아니다. 그것은 인간의 존재요건에도 똑같이 적용된다. 가령 나이가 많아지면서 느끼게 되는 의식의 축소화 현상같은 것이 바로 그러하다.

인생의 연륜이 깊어간다는 것은 욕망의 무화현상과 분리시켜 설명하기 어려운 것이 사실이다. 삶에서 욕망이 떨어져 나갈수록 삶의 주체들은 자신을 객관화시킬 수 있는 여지는 그만큼 많아지게 된다. 욕망의 덫에 갇혀있을수록 인생이라든가 삶 혹은 어떤 객관적 진리라고 하는 형이상의 문제들은 주관적 판단으로부터 자유롭지 않은 것이다.

우리 시단의 원로급 시인이라 할 수 있는 세 분이 시집을 상재해내었다. 이들을 원로라는 말로 굳이 표나게 강조한 것은 이 시인들이 펼쳐 보인 시세계가 욕망의 굳어진 틀로부터 과감히 떨쳐나와 스스로를 객관화할 수 있는 시기에 도달했다는 점 때문이다. 욕망은 서정적 자아를 경계지우고 수평적 관계를 거부하는 특징을 갖고 있다. 그것에 집착하거나 사로잡히게 되면 자아와 사물이 하나가 되는, 동일성 세계로의 지향이라는 인간의 영원한 꿈은 난망한 일이 되는 것이다. 그러나 이들 원로 시인들의 시세계에서는 그러한 수직적 위계질서가 거의 감각되지 않는다. 욕망이라는 이름의 기관차, 인간 내부에 존재하는 자아의 협소한 울타리가 이들로부터 영원히 떠나간 까닭이다.

1. 바깥에서 본 사유-마종기의 『하늘의 맨살』

마종기의 『하늘의 맨살』은 삶의 반추나 회한이 짙게 울려나는 시집이다. 이러한 반성적 사유들이 가능하게 했던 것은 우선, 대상과 거리화된 시인의 시선 때문이다. 시인이 태어난 곳은 일본이었다. 성장기와 학창시절을 한국에서 보내긴 했지만, 그 나머지의 모든 생은 또다시 미국에서 보냈다. 이런 거리화된 삶 자체가 그의 시적 이력이나 자양분을 이루게 한 것은 틀림없는 사실일 것이다. 그러나 이런 타자화된 삶이나 시각이 시인의 시세계를 형성하는데 절대적인 영향을 끼쳤다는 생각하는 것은 저속한 역사주의적 태도에 불과하다.

시인의 외부적 사유가 그의 전기적 사실과 분리시키기 어려운 것은 사실이지만 궁극적으로는 욕망의 무화현상이라는 인간의 보편적 감수성과 깊은 관련을 맺고 있는 것이 이번 시집의 특색이다. 욕망이 엄습해 오던 시절에 자아 이외의 어떠한 사물이 감각되는 것은 사실상 불가능한 일이다. 욕망의 에너지에 편승된 육체는 질주하는 자동차처럼 시인의 사유구조를, 혹은 정신을 견인해왔다. 그것은 시인의 표현대로 거의 '무모한 생애'(「길목에 서 있는 바람」)에 가까운 것이었다. 이는 철저하게 내적인 사유에 국한된 것이었고, 외부의 객관적 사유와는 관계가 없는 것이었다. 그러나 이런 질주들이 정당한 것이었다면, 혹은 원근적 희망과 적절하게 연결된 것이었다면, 이 흐름은 멈추지 않았을 것이다. 서정적 자아를 경계지우고, 외부의 시선을 막으면서, 시인은 계속 전진했었을 것이기 때문이다.

그러나 이런 질주가 거듭 진행되지 않는 곳에서 의식의 반전이 일어나기 마련이다. 이는 곧 방향성의 상실과 연결되는데, 시인이 자신의 삶의 길을 '고장난 신호등'(「길목에 서 있는 칼바람」)이라고 한 것은 이 때문이다. 그리고 반성이라든가 성찰이라고 하는 퇴행적 감수성이 일어나는 곳도 이 지점이다.

사람과 사람이 만나면
말을 나누던 시대가 있었다.
함께 웃던 시대가 있었다.
돌아보면 그지없이 하찮은 일상을
나는 바쁘다며 앞만 보고 달렸다.

겨울이 되어 모두 혼자가 되었다.
아무리 눈여겨 찾아도 보이지 않는다.
그리운 것은 어디서 동면에 들었는가.

잘 자고 있니?
수척하고 아쉬운 휴식.
숨되 쉬지 않고

> 꿈만 꾸는 너.
> 네가 참 보고 싶은데
> 지상이 깨어나질 않는다.
> 잘 자고 있니?

–「동면」 부분

　이 시에서 동면은 몇 가지 의미 층위를 갖는다. 우선, 사전적 의미로서의 동면인데, 단순히 겨울잠을 잔다는 것이 그것이다. 두 번째는 자연의 이치로서의 동면의 의미이다. 겨울이 되면 대부분의 동물들은 잠을 잔다. 이들이 자는 것은 자연의 이치이자 우주의 섭리에 해당된다. 그리고 마지막 세 번째는 휴식으로서의 의미인데, 실상 시인이 말하고자 했던 것도 이 부분이다. "사람과 사람이 만나면 말을 나누던 시대"가 있었고, 또 "함께 웃던 시대가 있었"지만, 그러나 시인은 "바쁘다며 앞만 보고 달려"왔다. 어찌 보면 더불어 살 수가 있고, 함께 웃으며 부대끼며 살 수 있는 인간적 삶들이 펼쳐져 있었음에도 불구하고 시인은 이를 바쁘다는 핑계로 굳이 외면하면서 살아 온 것이다. 그는 그 편편치 않은 삶의 결과를 동면이라는 자연의 섭리를 통해서, 자연의 휴지기를 통해서 자신의 삶의 성찰을 이끌어내고 있는 것이다.

　이런 반성적 사유를 통해서 시인은 서정적 자아를 가두었던 욕망의 단단한 외피로부터 자신을 이끌어낸다. 자아는 그 껍질을 벗고나와 비로소 자신의 뒷모습을 되돌아보기 시작하는 것이다. 그 결과 자신이 벗어던진 욕망의 껍질을 보기 시작하고, 자기 주변의 사물들과 비로소 대화하기에 이른다. 이렇게 전환된 삶의 자세가 "나는 아직 세상을 어떻게 살아야 하는지 익숙지 않"(「익숙지 않다」)은 것은 당연한 일이지만, "어색한 술수와 욕망으로/국경은 푸른 산을 가로지르고/물살 센 강물도 잘게 자른"(「국경은 메마르다」) 것을 보거나 "꿈으로 들어가는 많은 길"
에서 "세상의 생사와는 관계없는 교유"(「밤의 묵시록」)를 만난 것은 큰 소
득이라 할 수 있을 것이다.

> 내가 살아온 길이 허술했던 이유를
> 이제야 조금은 알 것도 같다.
> 언 손으로 나무의 살을 포옹한다.
> 아무도 억울한 일 당하지 않기를,
> 아무도 눈물짓는 일이 없기를.
> 지구가 아직 다 익기전,
> 지구가 아직 둥글어지기 전.
> 사랑이 우선 존재했다고 주장하는
> 아이오와의 겨울 숲, 저기 겨울 숲--

-「겨울 아이오와」 부분

성서에 의하면, 인간이 이 세상에 태어나 최초로 벌인 사건은 사랑
이다. 따라서 "태초에 사랑이 있었다"라는 말은 인간의 순수성을 담보
하는 절대적인 경구가 된다. 그러나 이것은 하나의 이상과 유토피아일
뿐 지구상에서 구현된 적은 한 번도 없다. 인간적 삶이 왜곡될 때마다
구호처럼 외쳐지는 이 말은 그러한 상황으로 다시 되돌아가고픈 역설
적 상황을 말해주는 것이라 할 수 있다. 다만 우리가 태초의 그러한
흔적과 그 일말을 알 수 있는 것은 온전한 자연, 순수한 자연의 모습
을 통해서일 뿐이다. 시인이 그리워하는 것도 이것이다. 자연과의 소
통 속에서 그 의미를 체득하여 인간과 자연이라는 경계를 무화시키는
세계, 위계적 인간관계가 사라지는 세계야말로 태초의 사랑과 비견되
는 모습으로 그는 판단하고 있는 것이다.

　시인은 이제 욕망의 감옥으로부터 벗어나와 순수 자아의 세계로 다시 되돌아가려 한다. 어떠한 외피나 껍질도 없는 세계로, 곧 태초의 근원적 세계로 회귀하려드는 것이다. 그러한 세계는 "공기의 위에서 내가 가벼워지지 시작하고", "사면과 팔방이 하얗게 밝아져", "모든 소원이 피어나기 시작하는", 그의 적절한 표현대로 "하늘의 맨살"(「네팔에서 온 편지」)이라는 공간일 것이다.

2. 일상에서 길러진 영원–오탁번의 『우리 동네』

　오탁번 시의 출발은 일상이다. 관념으로 물든 시를 형이상의 시로 명명할 수 있다면, 오탁번은 그 반대의 경우이다. 일상에 대한 시인의 집착이 어느 정도인가 하는 사례는 이미 그의 초기 시에서부터 보아온 터다. 60년대의 시인들이 관념의 늪을 헤매면서 주관주의를 외칠 때에도 그는 이들로부터 멀찌감치 벗어나 있었다. 그의 그러한 시작법들이 『우리 동네』에 이르러서도 크게 달라진 것은 없다. 그의 붓끝은 일상의 현실로부터 전연 벗어나 있지 않기 때문이다. 다만 이전의 작품세계와 차질이 되는 것이 있다면, 자아가 거의 감각되지 않는다는 것뿐이다.

　『우리 동네』에서 서정적 자아의 독특한 개성을 찾는 것은 쉽지 않은 일이다. 자아를 만들고 기르는 욕망의 삼각형을 찾아볼 수가 없는 것이다. 그의 자아들은 절제되지 않은 욕망의 흐름뿐만 아니라 세계와 대결하는 거친 음성 또한 잘 들을 수가 없다. 시인의 목소리는 단일화되어 있으며, 인간의 음성으로 특화되거나 나 혼자만의 고유의 것으로 각인되지 않는다. 이런 일원화된 사유체계를 두고 현자 의식이라고 해도 좋지 않을까.

인간을 억압하는 강력한 기제 가운데 하나가 욕망에 있음은 익히 알려져 있거니와 그것의 노예가 되었을 때, 대상과의 소통은 불가능한 일이 된다. 서정적 자아는 오직 그 욕망에 사로잡혀 사물에 대한 인식이나 타자와의 교류를 쉽지 않은 일로 만들어버린다. 특히 인간과 대립적인 관계에 놓여있는 자연에 대한 인식은 더더욱 그러하다.

『우리 동네』에서 보이는 오탁번의 욕망들은 크게 세 가지로 집약된다. 식욕, 성욕, 물욕이 바로 그러한데, 실상 이러한 욕망들은 인간들을 지배하고 인간을 억누르는 가장 근본적인 기제들이라 할 수 있다. 시인은 이런 감각을 배꼽티 아가씨를 보면서 느끼는 회춘의 감각(「운수 좋은 날」)으로 느끼거나, 장작에 굽는 고구마 혹은 끓이는 라면에서 간취되는 밥의 이미지(「함박눈」)로 치환하거나, 17만원의 금반지에서 얻어지는 물욕적 상상력에서 인식한다. 이런 감각들은 인생을 달관한 자들이나 현자의 이미지와는 거리가 멀다. 그러나 이것이 인간의 심연 속으로 빨려 들어가 분열되지 않은 통합의 감각으로 되돌아 나올 때에는 지극히 경량화된 모습을 띠게 된다. 곧 비로소 삶의 지혜라든가 정신적 높이를 획득할 수 있게 되는 것이다.

『우리 동네』에서 사물과의 소통을 단절시키고 인간의 이기성을 무디게 하는 해법, 곧 경량화된 욕망들은 해학에 의해 가능해진다. 해학은 지혜가 솟구쳐 오르게 하고 여유를 갖게 하는 서정의 샘이다. 그것은 사물간의 거리나 인간들 사이의 거리를 해소시켜주는 적극적 매개일 뿐만 아니라 권위적인 질서와 같은 공식적 도구마도 쉽게 허물어준다. 시인은 해학의 그러한 기능적 장치를 통해서 식욕을 "맨날 까먹는" 일회적인 것으로, 그리고 성욕을 "맨입 정도로 얻을 수 있는" 일회적으로 것으로 되돌려버리며, 금반지를 "50억년 된 우주의 기념품 쯤" 정도로 가볍게 뛰어넘는다.

시인은 해학의 이런 기능적 장치를 통해 일상 속으로 더욱 가깝게 들어간다. 그럼에도 시인은 그러한 일상으로부터 다시금 거리를 두게 된다. 물리적으로는 가까워지면서도 심리적으로는 더욱 멀어지는 것이다. 이런 역설적 거리가 아마도 오탁번 시의 방법적 특색일 것이다.

> 벌초를 해서 깎은머리가 된
> 추석 무렵의 무덤들이
> 띠앗 좋은 오누이처럼
> 왕겨빛 가을 햇볕 아래
> 도란도란 다정하다
> 깊은 산 명당 터에서
> 오랜 저승의 잠을 자다가
> 마을 가까운 산밭으로
> 문득 이장된 무덤들이
> (…중략…)
> 할아버지 할머니들이
> 촉루가 된 세월 잊어버리고
> 이승의 가마솥에서 피어나는
> 송편 찌는 솔잎냄새에
> 입맛을 쩝쩝 다신다

—「추석」 부분

삶과 죽음은 다르지 않다. 죽음이 또 저 멀리 있는 것도 아니다. 현격히 거리화된 죽음이 현존의 삶과는 거리화된 것이 아니라 지금 여기의 현장과 곧바로 연결되어 있는 것이다. 삶이 곧 죽음이고 죽음이 곧 삶의 세계란 사유는 해학의 정신 없이는 불가능하다. 시인의 작품들은 경계가 구분되어 있지 않다. 하나의 독립된 삶의 공간이 따로 존재하지 않고, 독립된 사물의 공간도 존재하지 않는다.

시인의 이러한 통합적 상상력은 자연과 일상이 공존하는 사유로 뻗어나가거나 원형적 진실의 세계로 확대되는데서 형이상학적인 의미를 획득하게 된다. 발이 시린 것도 잊은 채 숫눈을 밟는 동일화된 삶의 세계가 그러하고(「숫눈」), 삶의 원형질이 보존된, 정물화된 세계로의 지향이 그러하다.

> 노란 비옷을 입고 길에서 철벅대는 모습을 보고 무슨 일인가 해서 차에서 내렸다 나는 그때 참 희한한 활동사진 한 장면을 보았다 초등학교 동창생은 맨손으로 길에서 물고기를 잡고 있었다 삼태기 속에는 눈치 버들치 메기 모래무지 쏘가리가 들어있었다 물살이 워낙 세차기 때문에 급류에 떠내려가지 않으려고 물가로 나온 물고기를 맨손으로 잡는 애련리의 어느 여름날
>
> —「홍수」 부분

동화적 상상력으로 치장된 이 작품의 장면들은 어느 여름날이든지 쉽게 볼 수 있는 풍경이다. 쉽게 볼 수 있고 언제나 볼 수 있다는 것은 보편의 영역, 혹은 영원의 영역을 떠나서는 설명되지 않는다. 그것은 어쩌면 불구화된 요즈음의 세계가 추구해야할 또 다른 꿈의 세계일지도 모른다. 시공간을 떠나 언제나 반복될 수 있는 세계의 재현이야말로 또 다른 영원성이기 때문이다. 오탁번의 영원주의는 신비화되거나 관념화된 것이 아니다. 그의 영원성은 철저하게 일상에서 걸러진 것들이다. 욕망이 무화된 '일상에서 걸러진 영원성', 그것이 그가 추구해온 반근대의 또 다른 신화가 아닐까 한다.

3. 천상적인 것과 지상적인 것의 소통―조창환의 『마네킹과 천사』

조창환의 『마네킹과 천사』는 제목 자체가 아주 돌발적인 결합으로 이루어져 있다. 도대체 이런 엉뚱한 상상력은 어디에서 비롯되는 것일까. 시인의 삶은 최근 한 획을 그었다. 지난 몇십 년간의 강단 생활을 정리하고, 그는 이제 또 다른 삶을 살기 위한 준비를 하고 있는 것이다. 새로운 출발이란 늘 지난 과거를 정리하고 반성하는 토양위에서 시작된다.

『마네킹과 천사』를 꼼꼼히 읽어보면 시인의 시세계도 이런 정형화된 삶의 틀과 교묘하게 맞물려 있음을 알게 된다. 우선, 시인의 삶이 여타의 다른 시인들, 혹은 평범한 일상의 군상들과 하나도 다름이 없음은 다음의 시에 잘 나타나 있다.

출근길 교차로에 신호등이 망가져 있다
빨강, 파랑, 노랑 불이 한꺼번에 켜져 있다

수십 년 동안, 그는
노끈에 매인 염소처럼 살았었다

그 안에서 몸 떠는 맑은 피가
눈물샘 가운데 수정으로 뭉친 것을

한 번쯤 깨뜨려
다른 삶을 살아보라는 듯

작고 노란 꽃잎
우박구름처럼 떠오르는 봄날

뜨거운 입김을 불던 천사 하나가
출근길 교차로에서

수류탄처럼
폭발한다

-「뜨거운 봄」 전문

이 작품에는 두 가지의 시적 자의식이 존재한다. 하나가 멈춤이라면, 다른 하나는 진행의 사유이다. 시인이 살아온 지나온 삶들은 "노끈에 매인 염소처럼" 폐쇄적이고 억압적인 것이었다. 그러나 그 시간들에 대한 반성적 사유가 시인의 의식에 틈입에 들어온 순간 새로운 반전이 일어나게 된다. 시인 자신을 추동시켜온 삶의 에네르기들은 방향지시라는 고유한 기능을 잃은 신호등처럼 멈춰버리기 때문이다. 반면 그러한 폐쇄적 사유 속에서도 시인의 자의식 속에는 또 다른 삶의 에너지가 꿈틀거리기 시작한다. "몸 떠는 맑은 피가/눈물샘 가운데 수정으로 뭉쳐서" 한번쯤은 다른 삶을 살아보라는 듯 강렬하게 솟구치고 있기 때문이다.

『마네킹과 천사』의 시도동기는 바로 이 멈춤과 진행의 긴장관계에 있다. 시인의 시세계가 이전의 것과 확연히 구분되는 곳도 이 부분이다. 그는 이번 시집에서 예전에 볼 수 없는 존재의 새로운 전환을 시도하고 있는 것이다.

염소처럼 매인 삶을 살아왔다는 것은 한편으로는 지극히 갑갑한 일상을 견디어 왔다는 것일 수도 있고, 타인이나 다른 사물들과 스스로를 구별 짓는 철저한 자의식의 감옥 속에서 살아왔다는 것일 수도 있다. 또한 근대적 삶의 특색인 이성 전능주의에 갇힌 삶일 수도 있다.

어느 하나의 요소에 의한 것이든, 아니면 이들 모든 것이 복합되어 있는 것이든, 이제 시인에게 필요한 것은 그러한 것과는 구별되는 또 다른 삶에 대한 모색에 놓인다.

이런 존재의 전환과정에서 시인의 시야는 전연 새로운 곳에서 펼쳐진다. 바로 사물들과의 구별없는 소통이다. 여기서 구별이라는 말을 표나게 강조한 것은 남다른 의미가 있다. 시인의 말처럼 "노끈에 매인 염소처럼" 살아왔다는 것은 자신만의 삶이나 자의식의 전능만을 올곧게 믿어왔다는 뜻이 된다. 서정적 자아라는 견고한 틀 속에 갇혀서 자아 이외의 것들과는 어떤 소통이나 교류도 차단해 왔다는 의미이다. 천사와 같은 신성성, 그리고 거기서 얻어지는 구원의 메시지도 실상은 이런 자아 고립적 삶의 태도에 단단한 한 몫을 해온 터이다.

그러나 자아의 껍질을 던져버리기로 한 마당에 천사로 표방되는 구원의 깃발은 더 이상 의미를 잃게 된다. 이번 시집에서 천사의 이미지가 지극히 세속화되거나 구원으로서의 의미를 상실한 것은 이와 밀접한 연관이 있다. 가령, 평범한 일상의 인물들 속에 더 이상의 어떤 존재감을 찾을 수 없는 천사가 하품을 하는 행위(「애인 둘」)나 자연의 눈부신 적멸을 목도한 천사가 목구멍에 소름이 끼치는 것(「여백」) 등등이 그러하다.

시인의, 사물과의 말걸기는 마네킹과 같은 무정물에서도 이어진다. 쇼윈도 창가에 서 있는 마네킹이 "안보는 척하면서 눈길을 주고", "입술 삐쭉 내밀며 아랫도리 오므리며", "구미호 다 된 줄을 오늘 처음 안" 사실이 그것인데, 이런 의미화는 세속화된 천사의 이미지와 동일한 차원에 놓이는 것이다. 시인의 내적 공간에는 시인 자신만이 보지하는 세계도 없고, 천상적인 것의 신성성도 없으며, 지상적인 것의 사소함도 없게 되는 것이다. 이쯤 되면, 시인이 이번 시집의 제목을 왜

'마네킹과 천사'라고 한 이유를 알게 된다. 마네킹과 천사, 곧 세속적인과 천상적인 것들이 비위계적 층위로 수평화되는 것에 대한 갈망 때문에 그러한 것이었다. 또한 삶과 죽음이 동일한 차원에 놓이는 것(「웃고 있네」)이나, 인간과 자연의 똑같이 움직이는 혼종형태(「이모네 석류나무」)로 구현되는 것 역시 마찬가지의 경우이다.

> 하느님이 세상을 만드신 첫날 아침
> 하늘과 땅 사이에 지평선이
> 솟아오르고
> 하늘과 바다 사이로 수평선이
> 나타났다
> 어둠을 쪼개고 빛이
> 터질 때
> 씨앗에서 단단한 껍질들 깨뜨려져
> 생명이 움터났다
> (…중략…)
> 사람은 총을 만들었다
> 사람은 기계를 만들었다
> 사람은 적을 만들었다
> 사람은 죽음을 만들었다
>
> — 「첫날 아침으로」 부분

인용시를 보면 시인이 이번 시집에서 의도했던 의미가 보다 명쾌해진다. 이제 시인의 귀는 사물들에게 열려 있기에 그의 시선은 천상적인 것들에 대해 굳이 구원의 응시를 보내지 않아도 된다. 인간과 자연은 서로 소통되어 있으며, 궁극적으로는 하나임을 알기 때문이다. 그가 「첫날 아침으로」에서 말한 태초의 세상을 유토피아로 상정하고 있음은 그 연장선에서이다. 시인은 '총'과 '기계', '적', '죽음'과 같은 폐쇄되고 한정된 악으로부터 한 단계 멀리 벗어나 있다. 그는 이런 위악적인 것들의 반대편에서 마네킹의 음성도 듣고, 나무의 음성도 듣는다. 대상을 끌어안는 정신의 넓이와 깊이를 비로소 단단히 갖추게 된 탓이다.

근원을 찾아가는 자아의 두 모습

―오세영의 『바람의 그림자』, 홍신선의 『우연을 점찍다』

1. 문명과 노장적 자연인식―오세영의 『바람의 그림자』

오세영의 『바람의 그림자』는 『오세영 전집』이 간행된 이후 첫 시집이다. 이전에 『임을 부르는 물소리 그 물소리』가 있긴 하지만, 그것은 이미 『전집』 속에 수록된 것이기에 『바람의 그림자』가 첫 시집이라 할 수 있다. 보통 『전집』이란 한 시인의 문학세계를 총 정리하는 결산의 장이다. 그렇다면, 이미 망라된 문학 세계를 뒤로 하고 또다시 나온 작품이란 어떤 세계를 담고 있는 것일까. 그러나 지금 이 자리에서 거대한 성채로 쌓아올린 오세영의 문학세계를 모두 검토하는 것은 불가능한 일이고, 또 그럴 여지도 허락되지 않는다. 그것은 그의 문학세계가 질적, 양적으로 방대할 뿐만 아니라 사유의 깊이 또한 간단하지 않기 때문이다. 오세영의 시들은 인식의 폭이 대단히 확산되어 있어서 그 테두리를 아우르는 것이 매우 어렵다. 하나의 고비를 넘으면 또 다른 고비가 우뚝 서 있기에 그 앞에 선 해석자들은 또 다른 좌절을 계속 맛보게 된다. 시의 의미들이 하나로 수렴되기 어렵다는 것은 그 의미역들이 부채살처럼 다양한 갈래로 뻗어 있기 때문일 것이다.

오세영의 시들은 출발점이 있지만 종착역은 보이지 않는다. 그 서정의 한 자락만이라도 잡을 수 있다면, 그의 시 세계로 들어가는 입구를 발견하는 일과 같을 것이다. 우선, 나는 그러한 입구를 깔끔함이라는 감각에서 찾고 싶다. 오세영의 시를 읽으면 금방 알 수 있는 일이지만 그의 시들에서는 군더더기가 전혀 발견되지 않는다.

서정적 장르라는 갇혀진 틀 속에서 오세영은 갑갑해하지 않고 그것이 허용하는 기교를 모두 구사한다. 그의 작품세계에서 은유와 상징, 역설, 아이러니와 같은 방법적 의장들이 서정의 투명한 옷을 입고 끝없이 펼쳐진다. 허접스럽고 느긋한 시의 방법적 장치가 없다는 것이야말로 오세영 시의 최대 강점인 것이다. 이런 깔끔함은『바람의 그림자』에서 크게 변하지 않는데, 그것이『전집』과 동일성, 혹은 연속성이다.

투명한 깔끔함이『바람의 그림자』와『전집』과의 일관성이라면, 이 둘 사이의 비동일성이란 무엇일까. 다양한 갈래로 뻗어나가는 오세영의 시세계들 가운데, 시인이 가장 공들인 부분은 존재에 관한 물음들이었다. 존재론적 고독과 같은 형이상학적 문제들은 오세영 시인이 붙들고 있었던 필생의 주제였다. 그런 의미론적 귀결에 이르기 위해 시인이 발견해낸 것이 모순과 역설의 변증법적 운동이었음 잘 알려진 일이다. 그리고 그 운동 속에서 얻어지는 생명의 펄떡임들은 오세영의 시를 역동적인 소용돌이로 끄집어들이는 동인이었다. 그런데 이러한 힘들은 주로 존재 내적인 틀에서 갇혀있는 것들이고, 시인의 시선 또한 이 영역으로부터 벗어나려 하지 않았다. 그러나 최근에 들어서 오세영의 시선은 이런 한정된 틀을 벗어나 시야를 좀더 높은 곳으로 돌리기 시작했다. 시인은 인간 속에 내재된 제반 문제가 존재론적인 것보다, 보다 근원적이고 외연적인 것으로 확대하기 시작한 것이다. 그 시야 또한 그의 시세계만큼이나 넓고 거대한 것이어서 쉽게 감각하기 어려운 게 사실이다.

이 일련의 전화과정에서 오세영은 인간이란 외부와 차단된 내적인 것에서 규정되는 존재가 아니라 외적인 어떤 것과 끈끈하게 결합된 존재로 인식하기에 이른다. 그리하여 존재란 단독자가 아니라 관계론적 질서에 묶여있는 통합적 실체라는 사실을 알게 된다. 존재가 건강하기 위해서는 존재자체 뿐 아니라 그것을 둘러싼 환경 또한 건강해야 한다는 것이다. 오세영의 시에서 자주, 그리고 심각히 검토되는 문명의 문제들은 이런 배경하에서 길어 올린 것들이다. 그의 최근 시들을 꼼꼼히 검토해보면 문명과 그 부정적 속성에 대한 진단들을 쉽게 읽어낼 수 있는 것은 이런 이유 때문일 것이다.

> 역사상 지금처럼
> 억압과 수탈이 강요된 시대가
> 또 언제 있었던가.
> 댐이다, 방조제다, 옹벽 친 산간도로다
> 곳곳마다 가로 막힌 물길과 산맥.
> 채굴이다, 남벌이다 개간이다, 증산이다
> 곳곳마다 파헤친 들과 숲.
> 자연은 지금 온통 분노와 증오에 떨고 있다
>
> 드디어 인내의 한계에서 폭발한 민중의
> 절규,
> 걷잡을 수 없는, 저 통제불능의
> 폭력 시위.

―「쓰나미」 전문

자연과 인간의 대립이 시작된 것은 어제 오늘의 일이 아니다. 그러나 근대에 들어서 만큼 이 양자 사이의 대립이 첨예하게 드러난 적도 없다. 초기에는 자연을 기술적으로 지배하고, 인간화시킴으로써 이를 완전히 장악할 수 있을 것으로 믿었다. 하지만 결과는 그 반대로 나났다. 시의 표현처럼 "역사상 지금처럼 억압과 수탈이 강요된 시대"도 없었기 때문이다. 자연에 대한 도구적 지배가 근대의 위기로 이어졌음은 당연한 일이거니와 '쓰나미'란 그런 위기의 상징적 표현이다. 시인의 위기위식은 "저 끝없는 질주/지구는 지금 이상 난동"(「온천」)으로 표현되기도 하고, "환경파괴에 견디지 못한 자연의 저 녹색테러"(「녹색테러」)라는 보다 직접적인 발언으로 나타나기도 한다.

환경의 위기나 문명의 위기들은 지구의 곳곳에서 경고음을 계속 울려대고 있다. 이제 그것은 항상적이고 매우 심각한 문제가 되었는데, 시인 또한 이에 발맞추어 그런 빨간 불들에 대해 계속 응시의 눈길을 보낸다. 문명과 자연의 화해할 수 없는 평행선을 시인은 위태롭게 걸어가면서 그러한 위기들에 대해서 계속 감각하고 있는 것이다. 이 위기들에 대해 오세영은 어떤 판단을, 어떤 대안을 갖고 있는 것일까. 이 물음에 대한 답이야말로 존재론적 고독에서 떨쳐나온 오세영만의 거대담론이지 않을까.

> 서로 모여서 모래가 된다 하지만
> 모래알은 끝내 홀로다.
> 그러나
> 흙을 보아라,
> 그는 스스로 자신을 버려 삭을 줄을
> 아는 까닭에

나, 남의 구분이 없다.
촉촉이 젖은 그의 가슴이 꽃을 피운다.
한 방울의 물조차 흡수를 거부하는
모래여,
깨지는 것은 홀로 되지만
삭는 것은 항상
전체가 된다.

—「모래알」 전문

　인용시는 한편의 깔끔한 시이다. 이 작품을 자연이나 우주의 이법과 같은 범우주적인 사유의 틀과 분리시켜 논하는 것은 의미가 없다. 어찌 보면 거의 노장적 자연인식과 가까운 사유태도를 보인다. 오늘날 문명의 위기가 닥쳐올 때마다 항상 그 대안적 담론으로 거론된 것이 노장적 자연사상이다. 부분이 아니라 전체로서 기능해야 조화로운 삶을 영위할 수 있다는 노장적 인식만큼 근대의 위기에 대해 효과적으로 대처할 수 있는 형이상학도 없을 것이다. 문명적 사고는 "나와 남의 구분"과 상대적 관점에서 비롯된다. 자연과 인간을 하나가 아니라 둘로 인식하는 구분의 사유가 그 핵심적 폐해 원인이다. 그 상대적 분포의 관점이 문명의 위기가 배태시켰는바, 이를 뛰어넘기 위해서는 "나와 남의 구분"이 없는 절대적 관점의 세계로 되돌아가야만 한다. 이곳과 저곳의 구분이 없는 전체, 그러한 관계론적 일체성 속에 빨려 들어 가야만 상대적 구분의 세계를 초월할 수가 있는 것이다. 그러한 세계를 가능케 하는 것이 통합의 세계, 곧 인용시에서 보이는 흙과 같은 세계이다. 흙은 "삭음으로써 전체"가 되는 까닭이다.

　존재론적 한계 속에 갇혀 몸부림치던 오세영의 언어들은 내면 밖으로 떨쳐 나와 좀더 넓은 세계로 향하고 있다. 그의 담론들은 이제 폐

근원을 찾아가는 자아의 두 모습　**279**

쇄되어 있는 것이 아니라 개방되어 있다. 그는 그 열린 소통을 위해 전체 속으로 육박해 들어가 자신의 호흡기에 녹색 초원의 푸른 냄새를 불러들이기 시작했다. 그리하여 문명에 찌든 병든 폐를 닦아내어 건강한 폐로 되돌리려 한다. "들숨과 날숨사이의 리듬"(「간발」)만이 조화로운 생임을 알고 있기에, "봄은 화해로부터 오고, 강물도 너와 나 더불어야 흐르는"(「고드름」) 것을 알기 때문이다.

2. 존재완성과 시쓰기의 동행 – 홍신선의 『우연을 점찍다』

인간이 나이를 먹는다는 것을 무엇을 말하는 것일까. 공자의 말처럼, 지천명(知天命)과 이순(耳順)을 알아가는 과정일까. 아니면 그 반대의 과정일까. 지극히 단순해 보이지만, 실제로는 전혀 그렇지 않은 것이 인생의 복합다단한 면들이다. 삶의 주체들은 인생에 대해 그것이 무엇이다라고 정확히 말하는 것은 대단히 어려운 일이라는 것과, 설령 그것이 정확히 언표화 되었다고 해도 결국은 엇박자일 것이라는 점을 받아들여야 할 것이다. 이를 두고 인생이란 우연일까 필연일까를 고민하게 되는 것은 당연한 일일 것이거니와 그런 면에서 홍신선의 다음 시는 시인자신 뿐만 아니라 독자로 하여금 많은 생각을 하게하는 작품이다.

> 눈먼 거북이가 바다에 떠도는 널빤지 구멍 속으로
> 모가지 한 번 내미는 것이
> 목숨 점지되는 인연이라는데
> 쪽방촌 성폭행범처럼 점점점 씨를 묻으며 드나드는 저 앵벌이 선택은
> 인연인가 우연인가

매화들 뭇 가지에서 가건물처럼 철거된 빈 꽃자리
곧 거북이 모가지만 한 열매들 불쑥불쑥 내솟고
그즈음 앵벌이는 또 사창굴 여느 꽃의 곪아 터진 몸 찾아다니며
가장자리 나달나달 핀 종이쪽지 구걸 사연이라도 돌리는가
이 꽃의 음호(陰戶) 속에 저 꽃의 치골 위에
점. 점. 점 우연을 점 찍는가

–「우연을 점찍다」 부분

　계기적 질서의 의해 이끌려지는 것이 인연이라면, 조각난 부분들에 의해 순간적으로 선택되는 것이 우연이다. 인연이 신의 영역에서 유효한 것이라면 우연은 인간의 영역에서 유효한 것이다. 그런데 대부분의 인간사에서 이 둘 간의 관계를 혼동하고 경우에 따라서는 작위적인 의미를 부여하여 그 본연의 의미를 훼손하려든다. 가령, 우연히 만난 사람을 인연으로 치부하는 것이라든가 그 역으로 인연을 우연으로 되돌리는 경우가 그러하다. 그런데 동전의 양면처럼 쉬워 보이는 이 관계가 언제나 그리 녹록치 않은 관계로 나타난다는 사실이다. 이런 어려움에 직면할 경우마다 사람들은 신에 호소하기도 하고, 존재론적 한계에 대해 절규하기도 한다.

　그러나 이런 호소와 절규에도 불구하고 우연과 필연에 대해 명쾌한 해답을 얻는 것이 쉬운 일은 아니다. 특히 그것이 인생사에 맞물리는 경우는 더욱 그러한데, 근대의 인간을 자율적 인간형으로 규정한 것도 이와 무관하지 않을 것이다. 인간이 자율적 존재가 되었다는 것은 인간이 신으로부터 분리되었다는 의미이다. 인간이 신으로부터 떨어져 나올 경우 우연은 더욱 큰 비중으로 되돌아오게 되는데, 대부분의 경우는 그러한 우연을 삶의 필연으로 이해하려 든다. 그리하여 우주의

이법에 순응하거나 자연의 순리를 받아들임으로써 우연의 당혹스러움
으로부터 벗어나려 하는 것이다. 그러한 순리를 받아들이는 대표적인
경우가 나이에 대한 인식이다. 따라서 나이를 먹는다는 것은 단순히
숫자로만 계상할 수 없는 그 무엇이 담겨있게 된다.

> 처서 부근에서
> 주춤주춤 내려간다
> 늙음이란 하루하루 지하로 철수하는 일
> 폐허인 내면을 폐쇄하는 일
> 그렇다 더 멀고 험한 길 준비에
> 제 몸 깊이 살아온 시간을 거두어들이는
>
> ―「처서부근에서」 부분

늙어간다는 것은 필연적인 일이지 우연적인 것은 아니다. 필연을 받
아들이게 되면, 우연은 한순간의 휴지조각에 불과하다. 우연을 초월하
는 것이 필연이기도 하지만, 다른 한편으로 그것은 순리에 속하는 문
제이기도 하다. 순리적인 삶에 이끌릴 때, 순간도 우연도 결국은 하나
의 점에 불과하기 때문이다.

홍신선은 그러한 순리 가운데 하나를 나이에서 배운다. 늙음이란
"하루하루 지하로 철수하는 일"이듯 그 과정을 자연스럽게 수긍한다.
또한 이에 대한 이해는 욕망의 닻을 내리고 존재론적 완성의 길로 나
아가는 것이기도 하다. 실상 홍신선의 시들은 존재가 무엇이고 그것의
궁극적 함의가 무엇인지에 대해 끊임없는 질문을 던져왔다. 시인은 존
재 완성을 위한 자의식적 수단을 계속 탐색해왔는데, 그의 연작시 「마
음경」은 그러한 시적 자의식의 표백이다. 그는 '마음경' 연작시를 통

해서 그러한 작업을 계속 벌여왔지만, 그러나 그가 갈구해온 경전이란 성경이나 불경과 같은 구체적인 실체로서의 경전은 아니다. '사경'(寫經)이란 말에서 알 수 있듯, 그것은 구체적으로 감각되는 것이 아니다. 단지 그것은 경을 베끼는 일인데, 이런 논리에 따를 경우, 사경이 이루어질 수 있는 곳이나 대상은 헤아릴 수 없을 정도로 많아진다. 마음으로부터 교훈을 얻을 수 있고, 그것을 존재 완성의 지렛대로 받아들일 수 있는 실체들이란 도처에 널려 있기 때문이다. 따라서 시인이 모범으로 삼는 경전은 어디에서도 찾을 수 있을 만큼 산재되어 있고, 경우에 따라서는 범신론적인 것으로 받아들여도 무방할 것이다.

'사경'은 유형 무형의 대상을 통해 유발되는 내면과의 소통과정이다. 따라서 한 쪽이 사경의 대상이나 과정이 놓여 있다면, 다른 쪽은 마음과 연결되어 있다. 곧 사경을 통해 이르는 곳이 궁극에 가서는 '마음경'이 되는 것이다. 따라서 '마음경'이란 자기애적인 것이고, 시인이 완성하고자 하는, 존재완성의 본 모습에 해당된다고 할 수 있다.

사경이든 마음경이든 홍신선의 시에서 경전은 절대적인 형이상학을 갖고 있는 실체가 아니다. 그것은 단지 추구해야할 목표이고 과정 중에 있는 것이다. 절대적인 어떤 지점에 이른다는 것은 신의 영역과 맞물린다. 인간은 신이 아니다. 따라서 인간은 다만 그곳에 이르고자 하는 열망만을 간직하고 있을 뿐이다. 불구화된 존재들에게 그러한 상태야말로 숙명이고 또 한계 지어진 근본조건이 아니겠는가.

백천만억 생각들 세입자처럼 들어 살던
뭇 생살이 모두 다비되고 난 뒤에,
알겠다,
인간이 유한을 극복하는 길은

> 고작 누더기 몇십 행짜리 기록물임을
> 누추한 시인 누구나 몸 바꾸어 시신(詩身)으로나 사는 길임을
>
> ―「마음경·50」 부분

인용시는 오규원을 추모하는 작품으로 다소 허무주의적이다. 그러나 그 이면에는 시인 자신의 인생조건 또한 담겨져 있다. 그 조건이란 유한과 무한의 갈등 속에서 빚어지는 존재론적 한계이다. 시인은 그러한 한계를 글쓰기라는 행위를 통해서 진단하고 또 초월하려고 한다. 이런 맥락에서 보면 글쓰기는 홍신선의 사유구조에서 매우 중요한 인식수단이 된다고 할 수 있다. 즉 시쓰기란 시인에게 존재의 한계와 초월 사이에 가로놓인 매개가 되기 때문이다. 그것은 그의 시쓰기가 일상적 차원에 가로놓인 세속적인 수단과는 거리가 멀다는 것을 의미한다. 시인에게 시쓰기란 "말들을 끝없이 혹사시킨"(「퇴직을 하며」) 자기 성찰의 수단이며, "그동안 잘못 살았다는 듯 저 회한의 골목을 헤매고 다니게"(「또다시 고향에서」) 만든 회한의 매개이다. 그런 성찰과 회한이 마음경을 완성하는 과정이다. 따라서 시쓰기 과정과 마음경의 완성이란 시인에게 결국 동일한 것이 된다고 하겠다.

우연히 점 찍힌 존재, 그러한 우연을 순리로 받아들이는 인생의 과정 속에서 홍신선의 글쓰기는 시작된다. 그는 그러한 순리를 사경을 통해서 읽어내고, 종국에는 마음경으로까지 확대시킨다. 마음경이란 존재완성의 목표이며 도정이다. 이 길 앞에 놓인 것이 시인의 시쓰기이다. 홍신선에게 마음경의 탐색과 그 완성은 시쓰는 행위와 불가분의 관계에 놓인다. 따라서 "대명한 하늘 땅 사이, 먹먹한 목청 큰 사자후 한방/귀청 장렬히 터진 뭇 회중들의 먹은 귀때기들도 쓸어버리는" 거

대하고 통쾌한 소리는 그의 시쓰기의 최종 목표일 것이다. 그것이야말
로 마음경으로 표상되는 존재완성의 길이기 때문이다.

일상과 성찰, 그리고 서정의 샘

―김상현의 『근황』에 대하여

1992년 조병화 시인의 추천으로 문단에 나온 김상현 시인이 최근에 시집 『근황』을 상재했다. 등단이후 8번째 시집이니 양적으로 적다고는 할 수 없을 것이다. 시인의 그러한 왕성한 창작욕은 두 권의 소설집과 두 권의 산문집을 낳게 하기도 했다. 이는 문학에 대한 시인의 열정이 무엇인가를 말해주는 반증이 아닐 수 없다.

그러나 시인의 문학적 특색을 그 양적인 풍성함이라든가 열정적인 자의식에서만 찾는 일은 그의 문학적 본질을 올곧게 알게 되는 정도가 아닐 것이다. 나는 우선 김상현 시의 특색을 그의 순한 인상에서 찾고자 한다. 인간치고 순하거나 선하지 않은 사람이 없으련만, 김상현 시인에게는 이 말이 특히 들어맞는 것 같다. 그것이 그의 문학적 인상의 출발점과 어느 정도 관련이 있다는 것이 필자의 판단이다.

시인의 그러한 기질적 인상의 편안함에서 오는 상상력을 원만함이라 부르면 어떨까. 첫 시집 이후 시인이 겨냥했던 곳은 삶의 치열한 현장이 묻어나오는 장소나 모난 공간이 아니었다. 그의 시선들은 날카로운 모서리나 예민한 이데올로기들이 춤을 추는 갈등의 현장과는 무관했던 것이다. 시인은 언제나 두루두루 소통되는 둥근 원의 세계를 지향했고 또 그리워했다. 이번 시집의 표제시에서도 언급했던 "그래도 기다려지는 것이 있다. 사랑이라는 푯말이다 그 푯말이 종착지가 되었으면 한다"(「근황」)는 말처럼, 시인은 언제나 원만함의 세계를 동경했던 것이다.

이제 시인의 나이 이순이 되었고, 자신이 살아온 삶을 되돌아 볼 시간 또한 갖게 되었다. 갑년이라는 원점의 세계에서 그는 다시 자신을, 세상을 응시하기 시작한 것이다. 젊은 날의 열정을 뒤로한 채, 또 다른 시작점에서 시인이 다시 바라본 세계는 무엇일까. 나는 우선 그러한 세계에의 감각을 '여유'에서 찾고자 한다.

하늘로 솟았는지
땅 속으로 꺼졌는지
그 많던 사람들
일시에 사라지고
안부조차 물어오는 전화없다

가끔씩 문자로 찍히는
반값 대리운전 전화번호가
외로우면 나가서
술이나 퍼마시라 부추긴다

휴대전화를 서랍 속에 넣어두고 다닐까 생각하다
혹시나 적시나 하며
한 때 정 주었던 사람들의 목소리
기다려보지만
그뿐,

달팽이처럼 지금
휴대전화는 깊은 겨울잠에 빠져있다

－「겨울잠에 빠진 휴대전화–실업일기2」 전문

인용시는 시인이 처한 지금 여기의 상황을 잘 말해준다. 일상의 늪에 젖어 살았던 시인은 어느 누구보다 분주한 삶을 살았다. '그 많던 사람들'이 시인의 주변에서 웅성거리고 삶의 공유지대를 형성해 온 것이다. 그러나 지금은 어떠한가. 분주했던 과거의 삶과 달리 시인 주변의 사람들은 "하늘로 솟았는지/땅속으로 꺼졌는지" 일시에 사라지고 시인의 곁에 존재하는 것은 아무 것도 없는 현실이 되었다. 오직 하나 남겨진 것은 한때 시인의 그러한 바쁜 삶을 매개했던 휴대폰뿐이다.

이 작품은 일상이 삶의 외피를 벗어날 때 일어날 수 있는 시인의 심리라든가 내면을 다루고 있다. 그러나 이러한 내면은 시인 혼자만의 자의식적인 것도 아니고 현실의 맥락과 완전히 동떨어진 것도 아니다. 고독과 같은 정서가 전자의 경우라면, 사회 인심이라고 불리는 통상의 정서는 후자와 관계되기 때문이다.

일상이란 분주한 산문의 세계이다. 이런 굴레에서 어떤 통어적 질서 감각을 찾은 것은 매우 어려운 일이다. 서정적 자아만을 위한 세계로 수렴되는 인식이나 매개되는 관계항을 찾기가 쉽지 않다는 뜻이다. 그러나 일상의 세계로부터 벗어나는 것은 역으로 그러한 질서 감각을 찾거나 회복하는 데 좋은 계기가 될 수도 있다. 일상과 성찰이란 언제나 그런 것처럼 반비례의 관계에 있기 때문이다. 이런 맥락에서 보면, 실업으로 인한 일상으로부터의 벗어남은 시인에게 또 다른 자아를 향한 여정과도 같은 것이었다. 현실의 길항관계로부터 벗어난 또 다른

자아에 대한 인식이 여유의 감각과 불가분의 관계에 놓여 있음은 이
때문이다.

> 이빨이 아파서 병원에 갔다. 칫솔이 치근을 갉아먹었기 때문이라고
> 한다. 국어사전에 갉아먹는다는 뜻은 이로 조금씩 갉아서 먹다와 남의
> 재물을 좀스럽게 뜯어 먹다 이다. 아무튼 맞는 말이다. 지난 육십 년을
> 하루 세 끼를 꼬박꼬박 곡식으로 갉아먹은 일, 들녘의 어린 순들을 채식
> 으로 갉아먹은 일, 가끔이긴 하지만 순한 짐승의 살을 육식으로 갉아먹
> 은 일, 그리고 할 일 있어, 할 일 없어 시간을 야금야금 갉아 먹다 느즈
> 막에 치근까지 곪은 것이다. 칫솔이 닳고 치근이 닳고 발바닥이 닳고 손
> 바닥이 닳아 한순간에 깊은 반성을 할 때에야 갉아먹는 일도 멈추겠지
> 만 지금은 이빨이 아프다.
>
> - 「삶의 본질에 대한 반성문」 전문

삶이 일상으로부터 자유로워질 때, 이런 성찰의 감각에 이르는 것은
자연스러운 일이다. 여기서 시인에게 성찰이란 두 가지의 조건이 덧붙
여진다. 하나는 그것이 진행형이라는 것이고, 다른 하나는 자기 도덕
성과 관련되어 있다는 점이다. 이 작품에서 반성적 사유의 증표인 치
통은 어떤 대상을 자기화하는 과정에서 빚어진 것이다. 이는 인간의
영원한 굴레인 욕망의 덫으로부터 자유롭지 못함을 말해주는 것이다.
그리고 다른 하나는 시인의 성찰이 내적 욕망의 차원에 한정되어 있
다는 것이다. 시인의 이런 의미화는 기질과 관련된 문제여서 쉽게 말
할 수 있는 부분은 아니지만, 시인에게 어떤 대사회적 맥락과 관련된
도덕적 염결성을 찾아내기란 쉬운 일이 아니다. 그의 도덕성은 자기
내적 욕망의 테두리 내에 갇혀 있을 뿐, 보다 큰 담론의 체계와 밀접
히 연결되어 있지는 않기 때문이다.

머리 위의 신에게는
버림을 받지 않으려고
작은 일에도 눈물을 흘리지만
발 아래 신에게는
함부로 돌멩이를 걷어차면서도
미안해 한 적이 없다

내 살아 온 일이 다 이 같아서
제 몸을 닳아가면서 나를 감싸준
많은 존재에 대해서는
감사와 찬미를 잊어버리고
머리 위 신만 찾는 바리새인

눈물 없이 신발을 닦는다

-「두개의 신」 부분

인용시에서 성찰의 대상과 깊이가 앞의 작품보다 좀 더 외연화되고 깊이가 있긴 하지만, 인식의 폭과 넓이가 확장된 것은 아니다. 시인은 형이상학적인 절대자에게서 어떤 도덕관이나 보편적인 맥락을 이끌어 내지 않는다. 절대적 신이란 구원이라든가 영원과 같은 정서에 닿아 있는 것이 아니라 오직 시인 자신의 개인적 국면에서만 머무는 존재이기 때문이다. 그만큼 김상현의 시들에서 보이는 성찰의 관계망들은 시인 내부의 문제, 곧 기질적인 면들과 깊이 관계되어 있다.

손주가 다니는 바둑교실에선
집 짓는 방법을 가르친다
집 지키는 요령을 가르친다
남의 집 허무는 수단을 가르친다

남의 집 빼앗는 술수를 가르친다
야금야금 큰 집 짓는 술책을 가르친다
아직은 너무 어린아이에게

그런 것 배우고 컸기 때문에
어른들이 고작 하는 일이 평생 동안
집에만 매달리는 모양이다

한 몸 누울 자리에 만족하지 못하고.

―「바둑 교실」 전문

이 작품은 성찰과 관계된 김상현의 시 가운데 그 사유의 폭이 가장 넓은 경우이다. 바둑이라는 게임을 통해서 욕망의 무한 발산과정이라는 보편성의 맥락을 읽어내고 있는 까닭이다. 그럼에도 이런 무욕에의 경계를 읊고 있는 시가 김상현의 시의 본령은 아니다. 시인의 반성적 사유들은 인간이라는 보편의 영역보다는 시인 자신의 존재론적 국면에 보다 많은 초점이 맞추어져 있기 때문이다. 이것이 김상현 시인이 갖는 시적 한계가 아닐까 하는 생각이 들긴 하지만, 그러나 이는 어디까지나 기질의 문제에서 오는 것이지 시의 소재나 대상의 폭과 같은 문제 혹은 시의 질과 관계되는 문제는 아니라고 할 수 있다.

시인이 응시하는 것은 앞서 언급했던 것처럼 이데올로기의 칼이나 삶의 예민한 현장과 같은 모서리가 아니다. 그가 관심을 가졌던 것은 오직 원만함의 세계이다. 거기에다가 순함이라는 기질이 덧붙여져 시인의 시들은 누구나 쉽게 접근할 수 있는 시의 성채를 만들어낸다. 시인의 시들이 편안하게 읽히거나 독자들의 반면교사로 인식되는 것은 이 때문이다. 그것이 갑년이라는 인생의 정점을 맞이하여 더욱 농익게 우려진 것이 시집 『근황』의 특색이다.

　김상현은 도덕과 같은 거대 담론을 쉽게 이야기 하지 않는다. 신과 같은 영원성의 문제라든가 어떤 절대적인 형이상학에 대해 문제제기 하거나 이에 접근해 들어가려고도 하지 않는다. 시인은 지금까지 그래 왔던 것처럼 지금 여기의 환경, 혹은 자신을 둘러싼 주변에서 시의 씨앗을 찾아내고 이를 아름다운 꽃으로 피워올렸다. 그 시의 씨들은 인생이라는 갑년을 맞이하여 산문화된 일상으로부터 벗어나 진정한 자아와 다시 만나게 된다. 바로 인생의 반추 혹은 회고라는 성찰이 감수성과 더불어서 말이다.

　성찰을 통한 진정한 자아와의 만남이 『근황』의 근본적 주제가 될 것인데, 그 방향은 대략 두 가지 관점에서 이루어진다. 하나가 어머니의 세계라면, 다른 하나는 자연의 세계이다. 물론 이 두 세계는 모두 모성적 상상력이라는 테두리로 묶일 수 있는 것이라 할 수 있다. 하지만, 그 기투하는 방식에 있어서는 약간의 차이가 있다. 전자는 주로 바라봄의 세계라면 후자는 일체화되는 세계이다.

　　귀가 어두운 어머니를 부를 때
　　난 언제나 그녀의 손등을 톡톡 두드린다
　　내가 부르는 소리를
　　어머니는 손등으로 듣는다
　　하루 종일 누워만 계신 어머니가
　　오늘은 이런 말을 하신다
　　"꼭 네가 내 손등을 톡톡치는 것 같아
　　눈을 떠 보면 네가 없어야"하신다
　　쓸쓸함이 눈시울에 가득하다
　　세상에서 가장 아름다운 소리는
　　어머니를 부르는 소리일 것이다

불러보는 것만으로 모든 시름과 아픔이 치료되는
기도와도 같은 소리일 것이다
오늘도 나는 하루의 외로움을 치료 받으려고
병든 어머니의 손등을 톡톡 두드린다
그러면 언제나 변함없이
어머니의 눈이 나를 따뜻하게 받아준다.

– 「어머니의 귀」 전문

바람은 숲에 와서 놀다가지만/상처를 받지 않는다/산새들도 꼬리보다 긴 울음을/숲에 남겨두고 가지만/다시 찾아올 때는 흔적을 걱정하지 않는다/비온 뒤끝 젖은 구름에/골짝마다 신경통을 앓아도/숲은 그저 물길이라며 스스로에 감사한다/꽃의 화려함에 상처를 받은 이들도/숲에 오면 마음을 놓는다/나무들도 숲에서는 모두가 한몸이 된 듯/바람이 일면 함께 흔들리고/가뭄이 들면 함께 목말라 한다/내가 나무이고 우리가 숲이기를 바라던 생각/깊어져 있을 때/나무는 상처를 주지 않는다는/숲의 언어가 새롭게 둥지를 튼다.//

– 「나무는 상처를 주지 않는다」 전문

「어머니의 귀」는 부모와 자식간에 형성되는 효를 주제로 한 시이다. 그러나 이 효는 삼강오륜과 같은 뻔한 효는 아니다. 어쩌면 부모와 자식 사이에 있을 수 있는 애틋한 정에 가까운 시이다. 시인에게 어머니는 인식의 완결을 매개해주는 존재로 인식된다. 어머니의 음성은 "불러보는 것만으로 모든 시름과 아픔이 치료되는/기도와도 같은 소리"이기에, "오늘도 나는 하루의 외로움을 치료 받으려고/병든 어머니의 손등을 톡톡 두드리기" 때문이다. 시인은 그러한 어머니의 존재를 통해서 삶의 고뇌와 애환으로부터 벗어난다. 어머니는 단지 물리적으로 존재하는 존재가 아니라 시인의 정서를 완결시키는 정신적 존재인 것이다.

「나무는 상처를 주지 않는다」는 자연의 질서 내지는 이법을 읊은 시이다. 자연이 철학적 의미를 갖기 시작한 것은 그것을 기술적으로 지배하기 시작한 근대 이후의 일이다. 자연과 인간의 이분법, 문명과 비문명의 대립이 있어 올 때마다 자연은 새로운 의미부여를 받아 온 것이다. 자연만이 근대의 불안과 정서의 불구를 치유해줄 유일한 대안으로 제시된 것이다. 「나무는 상처를 주지 않는다」는 자연이 주는 그런 통상의 맥락을 의미화한 작품이다. 자연은 우주의 질서이고 영원한 이법인데, 그 저편의 놓인 문명이라든가 인간의 욕망이란 자연의 그것에 비교하면 한갓 신기루에 불과하다. 이런 인식에 도달할 경우에만 자연이란 진정한 가치로 우리에게 다가온다는 것이 이 시가 말해주는 함의이다. 시인은 온전한 자아 혹은 전일적 자아를 이렇듯 모성적 상상력에 찾아낸다.

20여년의 시력을 보여준 시인이 인생의 정점에서 펼쳐낸『근황』은 그 시간의 무게만큼이나 시의 깊이와 여유를 주는 시집이다. 이러한 폭과 원숙함은 시인 자신의 기질적인 것에서 오는 것이긴 하지만, 통합의 세계가 무엇인지, 그리고 욕망이 거세된 무욕의 세계가 무엇인지를 잘 일러주고 있다. 시인은 인간 존재와 같은 무거운 주제도 지금 여기의 일상에서 길어 올린다. 시인이 탐색해 들어가는 방향은 원만함이 동반되는 둥근 원의 세계이다. 그러한 세계로의 지향은 인생의 갑년을 맞이하여 더욱 원숙한 경지에 이른 듯하다. 그것은 삶을 다시 편안하게 반추하는 여유의 감각에서 온 것이다.

어떤 형이상학적인 사유나 거대 담론에 기대지 않고도 인생이라는 혹은 삶이라는 보편적 주제를 서정의 샘으로 삼는 솜씨야말로 시인만이 갖는 득의의 영역이라 할 수 있는 것이다. 그것이 이번 시집이 갖는 궁극의 의의이다.

더불어 사는 사회를 위한 시쓰기

─염홍철의 『한걸음 또 한걸음』

데뷔한 지 얼마 되지 않아 염홍철 시인이 시집을 냈다. 길지 않은 시간의 여백을 딛고 펼쳐낸 시집이기에 무척 소중하게 느껴진다. 시집 치고 귀하지 않은 것이 없으련만 염홍철 시인에게 이번 시집이 더욱 값지게 느껴지는 것은 바쁜 일상 속에서 길러진 것이라는 점 때문일 것이다. 잘 알려진 것처럼 염홍철 시인은 행정가이다. 더불어 그는 정치에도 몸담은 인물이다. 우리 사회에서 이러한 이력이 주는 인상이란 매우 특이하고 다양하다. 그러한 인상들 가운데 하나는 이들이 매우 분주한 상황 속에 처해있다는 것, 그리하여 정서적 여유를 꿈꿀 만한 시간상의 공백을 갖지 못하는 바쁜 처지에 놓여있다는 것 등일 것이다. 그럼에도 염홍철 시인은 일상의 분주한 시간들을 쪼개어 시를 썼고, 이를 모아서 시집을 내게 되었으니, 시에 대한 사랑이 얼마나 깊은 것인가를 알게 해주는 일이 아닐 수 없다.

일상의 분주함 속에서 정서적 여백을 찾아내고 이를 하나의 결실로 묶어낼 수 있는 것은 전적으로 시인의 역량에 속하는 몫이다. 그럼에도 성실성이 없이는 이런 작업은 불가능에 가까운 일이기도 하다. 내가 염홍철 시인을 만난 것은 두 번이다. 물론 이 이전에도 그를 멀리서 볼 수 있었던 기회는 많았다. 강연에서, TV에서 우연히 혹은 드문드문 보아왔다. 익히 알고 있는 존재를 가까이서 본다는 것은 어떤 깊이라든가 새로운 감각과 불가분의 관계에 놓이는 일이 아닐까.

염홍철 시인을 처음 만난 것은 그가 시로 등단하여 신인상을 받을 때였고, 두 번째는 시집 출판을 준비하고 있을 때였다. 우선 그에게서 받은 첫 인상은 소박하다는 것이었다. 이런 감각은 권위적인 모습과는 매우 다른 것이고, 더구나 행정가에게서 얻을 수 있는 것은 더더욱 아니었다. 그리고 두 번째 만남에서 받은 또 다른 모습은 성실성이었다. 그는 하나의 사실이나 사물에 대해서 쉽게 판단하거나 결정하지 않았고, 매우 진지하게 사유하고 탐색했다. 그런 연후에 그는 어떤 쟁점에 대해 결론을 내렸다.

이런 인상들을 갖고 그의 시집을 넘겨 받았는데, 인간 염홍철이 그러한 인격의 소유자라면 그가 쓴 시란 무엇이고, 또 그가 추구해낸 시 세계는 무엇일까가 자못 궁금해지지 않을 수 없었다. 염홍철이라는 표면적인 인상과 내면의 깊이를 담고 있는 서정시의 세계는 어떻게 구별될 것이고, 또 그 동질성이란 어떻게 존재하는 것일까가 바로 그것이다.

이런 의문들은 어느 시인에게서나 받을 수 있는 것이긴 하지만 시인의 특이한 이력 때문에 더욱 궁금한 것이 사실이었다. 그러나 이런 의혹의 꼬리표들이 선입견에 불과한 것임을 알게 되는 데에는 그리 긴 시간이 걸리지 않았다. 굉장한 행정가라는 선입견이 가져다 준 오해야말로 그의 작품 앞에서 대번에 무너졌기 때문이다. 뿐만 아니라 시인의 품격과 작품의 세계가 따로 있는 것이 아니고 결국 쌍생아였다는 사실 또한 알게 되었다. 소박함과 성실함이라는 염홍철 시인의 겉 이미지는 작품의 그것과 하나도 다르지 않았던 것이다. 염홍철은 끊임없이 자신을 되돌아보고 반추하면서 자기 정체성을 곧추 세워온 시인이다. 그 겸손한 자세와 겸양의 태도가 시인 염홍철, 정치가 염홍철을 동일하게 만들어왔던 것이다.

염홍철 시인이 이번 시집에서 다룬 세계는 매우 다양하다. 그 대강을 분류하면 다섯 가지 정도로 나뉜다. 우선, 부모님에 대한 효의 문제라든가 자신의 가족사를 다룬 시들이 있고, 자신의 정치적 고향인 대전에 대한 사랑을 담은 노래도 있다. 뿐만 아니라 기독교인으로서 가져야 할 하나님에 대한 은혜와 사랑을 읊은 시와 이를 통해 얻어지는 자신에 대한 끊임없는 성찰을 담은 시들도 있고, 함께 공존하는 세상에 대한 염원을 노래한 시들도 있다. 일상인으로서 시인이 감각할 수 있는 세계는 어떤 것이든 그의 시의 소재가 된 것이 이번 시집의 특색이라 할 수 있다. 물론 이런 여러 주제들 가운데 첫 번째 놓이는 것은 시인 자신의 내면의 문제, 곧 자아 성찰에 관한 것이다.

> 지은 죄 용서해 달라는 참회의 눈물 흘린다.
> 하나님 그 기도 들어주시고 응답 주신다.
> 그리고 나서
> 똑같은 죄를 다시 짓는다.
> 똑같은 단어로 다시 기도를 드린다.
>
> 그래도,
> 하나님은 다시 용서해 주실까?
> 회개의 진정성 없으면,

같은 죄 반복하면,
삶의 질적 변화 없으면,

그러나,
기도드리는 순간은 참회의 진정성 있다.
참회의 진정성 있어도
또 다시 죄를 지을 수 있다.

굳게 굳게 다짐해도
나눔, 섬김, 희생과 사랑의 실천 이렇게 어렵다.
하루에도 몇 번씩 마음을 비워도
이기심, 욕망과 미움을 없애기 힘들다.

오늘도 하나님 말씀을 어겼다.
수없이 마음속 죄를 지었다.
마지막 회개의 기도라 다짐 하면서
진정으로 참회의 눈물 흘린다.

"하나님 아버지
죄 짓고 회개하고, 다시 죄 짓고 회개하는
이 반복의 고리를 끊어 주시옵소서"

－「기도드린다」 전문

인용시는 시인의 내면을 들여다볼 수 있는 자기 성찰의 작품이다. 존재의 완성에 대한 인간의 꿈은 인간의 역사만큼이나 오래되어 왔다. 그러한 모양새를 어떤 사람은 사랑의 완성이나 죽음에서 찾기도 하고, 경우에 따라서는 해탈에서 찾기도 했다. 또 어떤 사람은 절대자에 기투하여 그 속에 육박해 들어감으로써 존재론적 완성을 이루어낸 경우도 있다. 이런 고민의 흔적들을 보면, 존재론적 불안이야말로 인간이 성취해내야 할 궁극적인 목적의 계기인 것처럼 비춰지는 것이 사실이다.

염홍철 시인이 고민하는 부분도 여기서 크게 벗어나지 않는다. 다른 모든 사람과 마찬가지로 시인도 ‘죄’라는 덫으로부터 자유롭지 못한 까닭이다. 시인이 지은 죄가 윤리적인 것인지 혹은 원죄에 가까운 것인지는 명확하지 않다. 그러나 그것이 어떠한 것이든 일상의 삶속에서 얻어지는 죄임은 분명할 것이다. 시인은 그러한 죄로부터 벗어나 하나의 완벽한 인간이 되고자 계속 회개하고 기도한다. 이러한 겸허의 자세는 인간으로서, 시인으로서의 성실성 없이는 불가능한 태도일 것이다. 그러나 이런 끊임없는 구도자적 자세에도 불구하고 그러한 죄들이 쉽게 사라지지 않음은 당연한 일이다. 인간에게는 그러한 죄의 늪으로부터 벗어날 수 없는 무수한 장치들로 둘러싸여있기 때문이다. 그러한 환경이 오히려 인간을 인간이게끔 만들고, 또 그로부터 끊임없이 벗어나려는 것이 인간의 본모습이 아니겠는가. 다만 중요한 것은 죄를 만들어내는 환경을 멀리하고, 여기서 초월하려는 의지와 노력에 있을 것이다.

이런 맥락에서 보면, 염홍철 시인은 매우 투철하고 진지한 사람이다. 그는 인간에게 놓인 죄의 실체를 분명히 알아내고, 여기서 벗어나려는 끊임없는 자기노력을 하고 있기 때문이다. 그는 죄의 근원이 욕망과 이기심, 미움과 같은 정서임을 잘 알고 있다. 잘 인지하고 있기에 이를 참회하고 극복하는 방법 또한 능히 이해하고 있다. ‘나눔’, ‘섬김’, ‘희생’, ‘사랑’의 실천과 같은 긍정적 정서의 함양들이 바로 그러한 정서들이다.

①당신이 내게 큰 복 주셨으니

나의 재물 모두 당신께 바칩니다
당신이 사랑하는 사람 위해 쓰게 하소서

당신이 내게 화평 주셨으니
나의 시간 또한 당신께 바칩니다
당신의 뜻대로 필요에 사용케 하소서

당신을 그대로 본받고 싶습니다
당신 이 땅에서 행하신 사랑과 희생을 따라
작은 길이라도 걷게 하소서

– 「헌신은 나의 축복」 부분

②성공은 돈과 명성, 권력의 축적 아니고
자기만 위한 목표달성은 더욱 아니다
타인 밟고 얻은 돈이나 명성
더욱더 성공은 아니다

해맑은 아이 웃음 기쁨 넘치고
샛노란 나리꽃에 따뜻한 미소 짓고
없는 자의 차가운 삶 꼭 쥐어 녹여주는 손,

가진 것 없어도 화창한 봄볕 마음 따뜻하고
명성 없어도 파란 가을 하늘 평안 있는 삶,

자신을 알고
작은 일에도 감사하며
모자라도 만족하는 삶,
그 풍성한 기쁨이 진정한 성공이다
아름다운 손

– 「높은 삶」 부분

반성과 겸손의 감각이 따르지 않는 실천이란 허위위식에 불과하다. 내면은 이러한데 행동이 그러하지 않는다면, 그것은 위선자나 이중인격자의 태도일 따름이다. 일상의 삶을 살아가다 보면, 이런 종류의 인간을 만나는 것은 어려운 일이 아니다. 자신을 감추고 남의 장점이나 단점에 대해 말하는 사람들을 허다하고 보아오지 않았던가. 헌신에서 비롯된 건강한 삶이란 철저한 자기반성이 따라야 그 진정성을 담보할 수가 있는 것이다. "헌신은 나의 축복"이라는 시인의 표명에서 진실을 느끼는 것은 이 때문이 아닐까.

작품 ①은 하나님이 내려주신 은혜와 사랑을 통해서 자신의 올곧은 삶을 일구어내는 시인의 겸허한 자세를 보여준 시이다. 신은 절대자이기 이전에 사랑의 완성자이다. 뿐만 아니라 이 세상에 현존하는 모든 사물들을 위해 존재하는 희생자이기도 하다. 그러나 염홍철 시인은 그러한 사랑과 희생을 절대자의 몫으로만 돌리지 않는다. 만약 그러하다면 이 작품은 어떤 특정 종교를 미화한 호교시의 성격을 벗어나지 못했을 것이다. 시인의 의도는 하나님을 찬양하고 찬미하는, 그리하여 그는 신을 지상적 존재와는 멀리 떨어진 초월적 존재로만 인식하지 않는 것이다. 그 절대자는 바로 지금 여기에 있는 존재이다. 더 나아가서는 그러한 사랑의 실천과 희생의 봉사정신을 자기화시켜 시인 자신이 감당하고 실천해야할 몫으로 돌리기까지 한다.

작품 ②는 사랑과 희생 정신으로 무장한 시인이 바라보는 바람직한 삶의 자세, 곧 '높은 삶'이란 어떤 것이어야 하는가에 대해 읊은 시이다. 시인이 판단하는 성공한 삶이란 '돈과 명성, 권력의 축적'에 있지 않다. 게다가 "자기만을 위한 목표달성"이라든가 "타인 밟고 얻은 돈이나 명성 역시 더욱더 성공"은 아니라고 생각한다. "해맑은 아이 웃음 기쁨 넘치고/샛노란 나리꽃에 따뜻한 미소 짓고/없는 자의 차가운 삶 꼭 쥐어 녹여주는 손"이 있고, "가진 것 없어도 화창한 봄볕 마음 따뜻하고/명성 없어도 파란 가을 하늘 평안 있는 삶"과 "자신을 알고/작은 일에도 감사하며/모자라도 만족하는 삶"만을 '진정한 삶', '성공한 삶'으로 보고 있는 것이다.

건강한 삶과 공존하는 사회가 어떤 것인가를 염두에 놓고 보면, 염홍철 시인이 말하는 이런 선언들은 대부분 모범정답에 가까운 것들이다. 따라서 염홍철 시인의 이러한 정언명령들은 자칫 잘못하면, 공소한 음성으로 비춰질 수도 있다. 어떤 선언적 정서나 선시적(禪詩的) 감각들이 주는 공허한 메아리를 익히 들어온 까닭이고, 잠언이라든가 훌륭한 음성들이 삶의 현장과 긴밀히 연결되는 경우는 거의 없었기 때문이다. 그러나 염홍철 시인은 이와 매우 다른 경우이다. 시인에게 자기 겸손과 겸양의 자세는 거의 생리적인 것이어서, 여기에 어떤 가식이나 위선의 감각을 들이댈 어떠한 여백도 남겨놓지 않고 있다. 그만큼 겸허의 자세는 시인에게 일상화되어 있고, 생리적으로 체득되어 씻겨지지 않는 잔존물로 남아 있었던 것이다.

시인의 이런 감각은 신과 같은 절대자에 기투했을 경우에 표나게 드러나지만, 그러나 그 외연이 확장된다고 해서 크게 달라지지 않는다. 가령, 자연을 소재로 한 작품의 경우를 예로 들어보아도 마찬가지이다. 염홍철 시인은 자연으로부터 낭만이나 풍류의 감각을 들이대거나 인유하지 않는다. 자연 역시 시인에게는 배움의 매개이고 교훈의 대상일 뿐이다.

국화가 향기를 마음껏 날리고

높고 파란 하늘이
마음속 찌꺼기 다 녹여 버리지만
그래도 가을은 슬프다.

낙엽이 나를 슬프게 한다.
언젠가는 나무줄기 같이 싱싱하고 파랬지만
점점 핏기 잃고 땅위에 떨어진다.

우리 낙엽을 밟으며
정취와 행복 느낄 수 있지만
발아래 낙엽은 슬프다
바람에 날리는 한 잎 낙엽은
쓸쓸하다.

세상에서 가장 아름다운 색깔이지만
아주 짧게 자태를 뽐내다가
단풍은 곧 지고 만다
그러나 단풍과 낙엽이 슬프기만 하랴

밤이 깊어야 새벽이 오듯
버려야만 얻을 수 있고
죽어야만, 우리는
다시 살 수 있다.

―「죽어야 다시 산다」 전문

자연이 인간에게 일러주는 법칙 가운데 가장 흔한 것은 순환의 논리이다. 가령 "빈손으로 왔다가 빈손으로 간다"라거나 "자연에는 거짓이 없다"는 말은 이런 맥락에서 나온 담론들이다. 인과론의 철저한 논리가 지배하는 것이 자연의 세계이고, 소위 욕망과 같은 인간적인 맥락이 틈입할 공간을 허용하지 않는 것 역시 자연의 세계이다. 「죽어야 다시 산다」가 주장하는 것도 그 연장선에 놓인다. '낙엽'이 조락의 상징이라면, 무성한 잎줄기는 욱일승천하는 욕망을 상징한다. 욕망이 시들 때, 인간은 가장 힘없는 존재가 되고, 희망없는 존재가 된다. 낙엽이 시인에게 슬픈 정서로 다가오는 것은 이 때문일 것이다. 그러나 그것이 슬픔의 객관적 상관물이 될 수 없음은, 낙엽이 또 다른 생의 원천이기에 그러하다. 시인이 '낙엽'으로부터 읽어내는 함의는 여기서 찾아진다. "밤이 깊어야 새벽이 오듯" "버려야만 얻을 수 있고, 죽어야만, 우리는 다시 살 수 있는" 논리가 바로 그것이다. 버릴 경우에만 얻을 수 있다는 이 역설의 논리야말로 자연이 인간에게 가르쳐주는 최대의 진정성이다.

염홍철 시인에게 자연의 이법이나 우주의 이법은 멀리 있는 섬이 아니다. 평범하지만 심오한 이런 진리들은 시인에게는 또 다른 하나님으로 다가온다. 그것은 그가 우러르고 숭상해야 할, 인간으로서 살아나가는 데 뛰어난 방향타 역할을 하게 해주는 매개항들인 것이다. 시인은 이러한 건강성을 육화시켜 자기화함으로써 이를 생리적인 차원으로까지 승화시키고 있다.

현존하는 인간들의 궁극적인 지향점이 유토피아에 있음은 잘 알려진 일이다. 유사 이래로 모든 철학자들의 고민이 여기에 있었고, 종교적 구원의 음성이 흩날린 것도 이 지점에서였다. 자아와 세계의 불협화음을 창작의 기본 배음으로 깔고 있는 시인들의 경우도 여기서 예외가 될 수는 없다. 보다 나은 미래, 보다 나은 삶을 위해서 방황하고 고민하는 것도 유토피아의 실현과 불가분의 관계에 놓이는 것이기 때문이다. 시인 염홍철의 삶 또한 여타의 철학자나 종교인, 혹은 시인의 그것과 크게 다르지 않다. 그가 꿈꾸어 온 세상 역시 유토피아적 세계와 밀접한 상관관계를 맺고 있는 까닭이다.

　　　푸른 아침에 창문을 여니
　　　상크름한 공기 가슴에 파고든다
　　　새 한마리 방으로 날아들 듯해
　　　두 손 벌리고 기다린다

　　　나만 잠에서 깨어난 게 아니구나
　　　나무도
　　　아파트도
　　　자동차도 하품하며 일어나는데
　　　골목 가로등만 오직 졸고 있다

　　　푸른 아침 향긋한 풀내음에
　　　작은 바람 하나 다짐한다
　　　오늘 만나는 모든 사람 배려하고 사랑하자

　　　내게 상처 입힌 사람 떠 올려
　　　그 사람도 이해하고 용서하자

　　　내게 고통 이겨내는 인내심 가르쳤으니
　　　그 사람 나의 스승이다

　　　분노와 미움 이기고
　　　세상 이해하고 사랑하자 굳게 작심하니
　　　이 푸른 아침 모두가 하나다

－「푸른 아침」 전문

　　염홍철 시인이 꿈꾸는 유토피아는 인용시에서 보듯 더불어 함께 사는 세상이다. "오늘 만나는 모든 사람 배려하고", "내게 상처 준 사람을 이해하고 용서하며", "분노와 미움 이기고/세상 이해하는" 삶이다. 곧 푸른 아침에 모두가 하나되는 세상이다. 공동체하면 흔히 떠올려지는 것 가운데 하나가 경제적 평등임을 감안하면, 그가 꿈꾸는 공동체는 정서적 이해와 평등에 가깝다. 따라서 염홍철 시인이 이해하는 유토피아는 다분히 윤리적이다.

> 바다의 눈빛 갈매기들아,
> 너희들만이라도 경쟁이나 다툼 벗어 던지고
> 흙과 물, 햇볕과 바람, 나무와 풀들과 함께
> 자연 그대로의 자유를 찾아 더 높이 날려무나
>
> —「갈매기」 부분

> 오늘도 내 하얀 손 들여다보며
> 외로움과 상실감에 쌓여 울고 있는
> 어느 한 사람에게도
> 나 위로와 희망으로 따뜻한 손 되려 다짐한다
>
> —「아름다운 손」 부분

인용 작품들 역시 염홍철 시인이 갈망하는, 더불어 사는 사회의 모습이 무엇인지에 대해 말하고 있는 시이다. 시인은 우선 갈등과 억압을 벗어난 자유의 세계를 꿈꾼다. 그러한 염원을 염홍철은 「갈매기」라는 시에서 '갈매기'를 통해서 읊어낸다. 통상적인 의미에서 새는 비상의 상징이다. 창공을 향해 끊임없이 비행하는 그러한 새의 이미지를 통해서 자유의 의미가 읽혀지는 것은 이 때문이다. 시인은 그러한 새의 이미지를 통해서 모든 억압과 갈등을 뒤로한 채 끊임없이 펼쳐나가는 자유를 꿈꾼다.

「아름다운 손」은 사회의 어두운 구석에서 외로움과 상실감에 젖어 울고 있는 소외된 자에 대한 사랑을 읊은 시이다. 사랑은 밝은 태양을 지향하지 않는다. 그것이 빛을 발하는 시기는 어두운 시간과 공간에 있을 때이다. 시인의 사랑이 진실되고 따뜻하게 느껴지는 것은 그것이 어두운 시공간에서 보듬어지고 있기 때문이다. 사회의 구석진 곳에서 밝은 햇빛으로 나오도록 매개하는 것이 시인의 사랑의 손이다.

염홍철 시인은 짧지 않은 시간에 많은 시들을 썼고, 그 시편들을 모아서 이번에 첫 시집을 상재하게 되었다. 시에 대한 이러한 열정이야말로 그의 성실성을 증명해준다. 뿐만 아니라 그는 삶에 대한 진정성이 무엇이고, 그것이 실천되는 사회의 모습이 어떤 것이 되어야 하는 것을 분명히 인식하고 있었다. 염홍철 시인의 경우에 있어, 사회에 대한 외침들이 근거 없는 것이라든가 공허한 메아리로 반향되지는 않는다. 어떤 정치적 선언이나 잠언류의 시들에서 흔히 발견할 수 있는 공소한 외침들을 염홍철의 시에서는 발견할 수가 없기 때문이다. 그 진지한 육성이 어디에 뿌리를 두고 있는가를 파악하는 것은 전적으로 독자의 몫이긴 하지만, 무엇보다 염홍철 시인만이 갖는 겸허한 구도자적 자세에서 찾아지는 것이 아닐까 한다.

시인은 자신을 끊임없이 낮추어 왔다. 그 낮음의 자세가 그 심연을 알 수 없는 땅 밑이라 해도 그는 개의치 않고 자신을 거듭거듭 낮추어 왔다. 그 낮은 자세가 용서와 회개의 감각이었다. 시인은 하루만 반성하고 끝나는 것과 같은 단발마적인 시류를 철저하게 거부해 왔다. 염홍철 시인에게서 죄에 대한 성찰의 시간들은 지속적인 것이었고, 경우에 따라서는 영원으로 나아갈 듯한 모양새를 갖추기까지 했다. 염홍철 시인에게 반성이란 일회적인 계기나 우연의 감각과는 거리가 멀었던 것이다. 그는 하느님으로부터는 용서와 화해, 사랑의 정신을 배웠고, 자연으로부터는 순리의 법칙과 이법을 체득했다.

이런 낮은 자세에서 우러나오는 것이었기에, 구도자로서 그가 행하는 발언들은 애정어린 것이었고 진실한 것이었다. 염홍철은 그 겸허한 자세에서 우러나오는 담론들을 현실의 장으로 끌어들이고 싶어 했다. 우리는 그 담론의 끝에서 진한 유토피아의 향기를 맡을 수 있었다. 이른바 작가적 실천과 문학적 실천이 만나는 지점인 것이다. 그 지점에서 그가 세우고 싶은 사회란 이런 것이었을 것이다. 사랑으로 하나가 되는 사회, 용서로 화해가 되는 사회, 상호 이해로 갈등이 없는 사회가 바로 그것이다. 다시 말하면, 사랑과 용서, 그리고 이해로 하나가 되는, 밝은 태양이 비추는 사회, 푸른 오월의 향기가 넘실대는 희망찬 사회가 염홍철 시인이 꿈꾸는 사회일 것이다. 그는 그 희망찬 사회의 건설을 위하여 한편으로는 하나님께 기도하고, 또 다른 한편으로는 그것을 실천할 약속들을 시라는 글쓰기를 통해서 계속 다짐해나갈 것이다.

세상을 보는 다양한 방식들

인간에게 세계는 카오스였다. 진보란 이 카오스를 인식 가능한 것으로 만들어 체계적으로 분류하고 종합해 가는 과정이라 언명해도 그리 틀린 말은 아닐 것이다. 인간에게 있어서 체계의 범주, 더 나아가 관리의 범주 안에 들어오지 않는 것은 공포를 주는 대상이거나 사회라는 동일성의 범주에서 추방되는 대상에 속할 것이다. 진보적 사유라는 가장 포괄적인 의미에서 계몽은 예로부터 인간에게서 이러한 공포를 몰아내고 인간을 주인으로 세운다는 목표를 추구해왔지만 아도르노와 호르크 하이머의 표현대로 "완전히 계몽된 지구에는 재앙만이 승리를 구가하고 있다."

이들이 제기한, 이러한 진보의 과정에서 왜 인류는 진정한 인간적 상태에 들어서기보다 새로운 종류의 야만 상태에 빠졌는가 하는 문제는 반세기가 훨씬 지난 오늘날에도 여전히 유효한 질문이 되고 있다. 이는 인간이 근대 사회로 나아가는 도정에서 측정 가능성, 유용성이라는 척도에 들어맞지 않는 어떠한 '의미'들을 끊임없이 포기해온 결과이며 종합되지 않는 파편들을 희생하고 배제해 온 결과이다.

진보라든가 계몽이 던진 여러 의문점들은 이후 많은 시인들의 관심이 되어 왔다. 주제의 빈약이나 소재의 빈곤에 따른 결과로서 시에 선택되는 것이 아니라 우리를 둘러싼 환경이 시로하여금 필연적으로 그렇게 만든 것이다. 따라서 근래에 표현되는 시편들이 이런 주제들을 집중적으로 다루는 것은 매우 당연한 현상이라 할 것이다.

어둠도 추위같이 깡깡한 새벽
밤새 주인을 기다리던
어시장 생선 같은 눈들이 번득인다
집어등 불빛 아래
어둠을 헤쳐 온 눈들이 고여 있다
등 떠미는 가난에 넘어지지 않으려고
깜깜한 수면 위를 뛰어 오르려는 물고기들
눈대중으로 달아 허기진 근력이 팔리고 있다
어둠은 동공으로 심지 타듯 타 들어가며
공치는 날은 새는데
야광으로 빛나던 절박의 혼들
화톳불이 꺼지자
갈 데 없이
잿빛 눈빛으로 꺼져가고 있다

―송세헌, 「인력 시장(人力市場)」

사르르 잠겨들던 사토가
어느센가 활토되어 자라난다
휘영청 비틀거리는 대지는
어느새 마디마디 선으로 연결되고
피어오르던 아지랭이는
진공의 블랙홀로 빨려간다

빨강 녹색 홍색으로 버물어진
세상 구석구석에는 바퀴살처럼
엉기어 어지러이 굴러간다
톱날에 깍인 가로수는 각진 모서리를
수줍게 내보이고, 잘려진 팔, 다리는
틀니빠진 해골처럼 여기저기 내팽겨진다
빌딩의 마디마디는 칼날처럼 빛난다.
자꾸만 각져가는 세상,세상.
무너져가는 구건물, 잘려가는 가로수 밑에
빌딩의 그림자가 잠자고...
그위로 내가 걷는다.

– 김중근, 「세상」

　위 작품들은 "진정한 인간적 상태가 아닌 새로운 종류의 야만의 상태"를 잘 드러내 보여주고 있다. 송세헌의 「인력 시장(人力市場)」에서는 제목에서도 간취되는바 하루 노동력을 팔기위해 나온 사람들을 '밤새 주인을 기다리던 어시장의 생선들'에 비유하고 있다. 집어등 밑에 모이는 물고기들이 결국 포획되고 마는 것처럼 '등 떠미는 가난에 넘어지지 않으려고' 인력시장에 나온 '허기진 근력들', '절박한 혼들'이 버티어 낸다는 것은 그리 쉬운 일이 아니다. '잿빛 눈빛으로 꺼져가고 있다'는 마지막 행은 이를 방증해 준다.

　김중근의 「세상」에서는 이러한 현실을 '자꾸만 각져가는 세상'으로 현현하고 있다. '휘영청 비틀거리는 대지'가 '마디마디 선으로 연결'되고 있다는 표현 또한 같은 의미이다. 직선은 권력성을 내재하고 있다. 곡선의 다양성을 배제하고 획일적이며 측정 가능한, 그런 의미에서 일목요연하고 효율적인 대상으로 자리한다. 이러한 직선적 세계를 위해서는 무정형한 자연이나 소외된 특수자, 나와 다른 비동일자는 배제되고 축출되어야 한다. 위 시에서 '각진 모서리', 칼날처럼 빛나는 '빌딩의 마디마디'는 지배 구조 속에 들어있는 직선의 세상이다. 이에 반해 '잘려진 팔, 다리', '무너져가는 구건물'은 직선의 세계로 향하는 도정에서 배제되고 잊혀지는 '의미'들인 것이다. 이 '각'은 박권수의 작품에도 등장한다.

명함을 쓰레기통에 넣다가 나도 따라 쑥 들어갈 때가 있다

구겨진다는 것은
한번쯤은 사람의 손을 탔다는 얘기다
모모씨는 오늘도 번듯한 도로를 가로질러
왁스로 세운 머리를 다듬고
출입문의 높이에 맞는 마음의 각을 세우고
자신을 길들이고 있다
세월을 세일질 하기엔 너무 젊은 나이
등골 조여 가며 헤헤거리는 그의 옷깃엔
점심에 먹다 흘린 풀빵 자국이 속절없이 웃고 있다
그림자를 밟고 서있을 때가 제일 든든하지
해 떨어지기 전에 하루해를 다 마셔버리겠다고
쉼표 없이 뛰어든 아스팔트 위에
그의 등 뒤로 정지된 햇살

세상에 모든 각들에 선을 그어대던 해가
오늘만큼은 구겨진 것들의 골을 따라
웃고 있다, 웃고 싶다

—박권수, 「해가 취해 웃다가」 전문

박권수의 시에서 '번듯한 도로', '왁스로 세운 머리', '출입문의 높이' 등은 현대 도시를 표상하는 상관물이다. 화자는 이러한 도시에서

스스로 하나의 상품으로 '자신을 길들이고 있'는 세일즈맨을 응시하게 된다. 그 응시는 사실 세일즈맨의 명함을 구겨 쓰레기통으로 넣는 행위에서 시작된다. "구겨진다는 것은/ 한번쯤은 사람의 손을 탔다는 얘기다" 화자의 손을 탄 명함은 그 유용성에 따라 명함집에 꽂히게 되거나 구겨져 쓰레기통에 들어가게 된다. 이 시에서는 후자의 경우를 그 예로 들어 표현하고 있다. 그런데 화자는 여기에서 그치지 않고 명함을 따라 쓰레기통으로 들어간다. 화자의 의식이 쓸모없음으로 분류된 명함이 아니라 명함의 주인인 세일즈맨에게 가 닿았기 때문이다. "세월을 세일질 하기엔 너무 젊은 나이"라는 표현에서 이 세일즈맨 또한 자본주의 산업구조 중 하나의 소모품이라는 데에 닿아있는 화자의 인식과 그에 대한 안타까운 심정을 엿볼 수 있다.

이 시에서 주목되는 것은 '세상에 모든 각들'과 그 대척점에 있는 '구겨진 것들'에 대한 인식이다. '세상의 모든 각들'은 그야말로 측정 가능성, 유용성의 척도에 어긋나지 않는 합리성을 상징하는 것이고 '구겨진 것들'은 여기에서 소외되고 배제 된 '의미'에 해당하는 것이다. "세상에 모든 각들에 선을 그어대던 해가/ 오늘만큼은 구겨진/ 것들의 골을 따라/ 웃고 있다, 웃고 싶다"라는 마지막 연은 그 연장선에 놓인 경우이다. 해는 모든 대상을 고루 비춘다. 그러므로 '세상에 모든 각들에 선을 그어대'는 해는 주체의 위치에 있는 인간, 더 구체적으로 화자 자신을 의미한다. 마찬가지로 구겨진 것들의 골을 따라 웃고 있는 대상, 웃고 싶은 대상 또한 화자 자신인 것이다.

이번 동인들이 펴낸 시세계는 근대와 같은 혹은 자본의 생리와 같은 거대 주제만을 다룬 시만 있는 것이 아니라 일상의 평범한 진실, 애잔한 인생사, 삶의 애환 등을 다룬 시들도 있다. 이러한 작품들은

시가 흔히 가질 수 있는 관념 편향의 경향 한계를 극복해주고 시의 구
체성을 확보해준다는 데 그 의미가 있는 경우이다.

이파리의 텃밭도 없이
도둑처럼 찾아왔다가
한 웅큼씩 내어던진 목련 꽃덩이를
주워 보신적이 있나요.
그것은 검게 멍이 들어있어
평생을 농사만 지어온 할아버지라도
알아보지 못했을 것입니다.

점점이 밀려와 외발집게 갯게의
발등을 씻고 달아난 포말을 만져본 적이 있나요.
그것은 너무도 짧아
평생을 고기만 잡아온 뱃사람이라도
쉽게 건져올리지 못했을 것입니다.

그대는 지금
날숨을 멈출때마다 속삭이는
내 작은 목소리를 들어보신 적이 있나요.
그것은 너무도 부드러워
평생을 함께 살아온 당신이라도
쉽게 따라부르지 못했을 것입니다.

ー이정구, 「문득」

일상적 세계란 개인에게 매우 익숙하고 낯익은 세계여서, 본연적인
어떠한 것이 이 일상적 세계를 통해 드러나기란 매우 어려운 일이다.
근대 산업사회에서 형성된 일상성은 진보의 이면인 폭력과 그로 인한
상처마저도 익숙한 무엇으로 만들고, 또 놓아버리지 말아야 하는 것들

또한 일상성 속에서 미끄러져 가도록 만든다. 이정구의 작품에서 '평생을 농사만 지어온 할아버지', '평생을 고기만 잡아온 뱃사람', '평생을 함께 살아온 당신'은 바로 나름대로의 일상적 세계에 자리하고 있는 인물군이다. 그리고 '검게 멍든 목련 꽃덩어리'나 '외발집게 갯게의/ 발등을 씻고 달아난 포말', '날숨을 멈출 때마다 속삭이는/ 내 작은 목소리'는 이러한 일상성 속에 미끄러져간 '의미'들이다.

> 저만치
> 서서
> 나를 안으라
>
> 너무 가까이 다가와
> 질식시키지 않도록
>
> — 오연옥, 「관계」

  아주 높이 굴뚝같은 마음으로 하늘길을 찾았습니다만 뭉글뭉글 지나가는 구름 근처에서 그 길을 잃고 말았습니다.

  잔뜩 목을 뒤로 꺾고 올려다보는 지상에서는 하루해가 짧았습니다.

> — 주영만, 「그리움-연기」

  짧은 형식이긴 하지만, 일상의 진실을 이만큼 압축해서 표현하는 것도 매우 어려운 일일 것이다. 인간관계라는 측면에서 현대를 과거와 비교할 때, 가장 크게 차이 나는 것은 그 만남의 휘발성에 있을 것이다. 현대성의 특징과 만찬가지로 현대인들은 너무 쉽게 만나고 헤어진다. 뿐만 아니라 그 만남의 과정도 지나치게 농도 짙거나 강렬하다. 그러는 한편으로 그 반대의 사례도 똑같은 스피드로 이루어진다. 그러니 인용시와 같은 짧지만 굵은 담론이 형성되는 것이 아닐까.

「그리움-연기」는 수채화같은 풍경으로 인간의 소박한 욕망을 표현한 아름다운 시이다. 뿐만 아니라 그러한 아름다움 속에서도 인간사의 덧없음과 같은 교술적 교훈 또한 일러주고 있는 시이다. 꿈같이 흘러가는 욕망, 그러나 거대한 자연 앞에 무력해질 수밖에 없는 인간의 욕망을 이렇게 자연스럽게 표현하는 것도 쉬운 일은 아닐 것이다.

> 쐐주로 내 목숨을 태운다
> 순수한 불꽃이 인다
> 탐나도록
>
> 뙤약볕 아래 내 젊음을 산화시킨다
> 공기 한 분자가
> 칸나 꽃대궁을 흔들고 간다
>
> 王子호동과 낙랑公主
> 자명고를 찢도록
> 눈물로 뚫는 바위
>
> 千年쯤 걸릴 나의 戀書
> 가장 높은 곳을 향하는
> 가장 짧은-

—조석현, 「나의 詩」

이번 동인들의 작품세계와 사뭇 다른 시론시이다. 한편의 시가 태어나는 과정을, 또 시인에게는 시가 어떤 것이어야 한다는 것을 참신한 비유를 들어 표현한 작품이다. 시란 그것이 하나의 유기적 구성물이 되기까지는 고통의 과정이고, 또 한 번 태어나면 순간의 정화나 유희를 위한 순간의 것이 아니고 영원의 것이어야 함을 말하고 있다. 그러한 시가 되기 위해서는 시인의 장대한 욕망 없이는 불가능하고, 그것은 결국 시인의 예술혼과 결부되는 것이 아닐까 한다. 그런 면에서 이 작품의 시인의 것이면서 예술 일반이 추구해야하는 보편의 것이기도 하다.

귀잡수시고   정신없으신
구순의 노부가 요양원에 가셨다.

이번에는
지체장애 노모께서
낙상하여   요양원에 가셨다.

어머니 계신 벌곡의 주빌리
들꽃방에 아버지를 모셔놓으니
치매 노부가 이방저방 누굴 찾으신다.

어머니께서는
머리카락 보일라
이불을 뒤집어 쓰셨단다

예전엔 들에 나가신 부친을
온종일 모친이 찾아 다니셨는데
이 순례는 언제까지 이어질까

이승의 한 모퉁 춘삼월에
구순의 소년과 소녀는
술래잡기로 하루를 보낸다

—권주원, 「순례」

가을 거리 어디라도
지나간 시간들 껴안고
가지런히 서 있는 가로수처럼
레몬색으로 시리게,
남편 자식 시집 살이에
한 번도 해보지 못한
어머니의 나들이
느리게,
느리게 지나가야
은행잎은 선명해지고,
무뚝뚝한 남편 옆에서
어색해하는 자식들 앞에서,
책깔피 속 사그러져가는
잘 떠오르지 않는
구르몽의 한 대목, 그래도
아름답다고, 그렇지 않냐고
익숙치 않은 커다란 웃음에
속도를 줄이라고 채근하시던
어머니, 오십줄 훌쩍 넘어버린
내 어머니.

–이원효, 「대청댐 가는 길」

시의 소재는 헤아릴 수 없이 많다. 부모님 또한 시에 많이 등장하는 소재 중 하나이다. 동일한 소재를 가지고도 시인들마다 그려내는 이미지와 의미들은 천차만별이다. 부모님을 소재로 한 시 또한 시인에 따라 분위기와 내용이 다른 것은 사실이지만 그 기저에 흐르는 감성은 공통되다 할 수 있다. 그것은 개인적인 체험은 다를지 몰라도 '부모'라는 기표에 공유하고 있는 정서가 있기 때문일 것이다. 위 시들은 부모님의 혹은 부모님과의 일상의 한 단면을 담담하게 그려주고 있다. 감정을 많이 드러내지 않는 거리감이 오히려 독자로 하여금 한 발짝 다가서게 하는 데 성공하고 있는 작품들이다.

권주원의 「순례」는 구순의 노부모가 요양원에서 누군가를 찾아다니고 있는 행위를 순례에 비유하고 있다. 이 누군가를 찾아다니고 있는 행위는 정신지체, 혹은 치매에 연원하고 있는 것이기도 하면서, 서로를 돌보고자, 의지하고자 찾아다니던 '예전'의 모습을 투영하고 있기도 하기에, '순례'라는 시어가 주는 감동은 결코 가볍지 않다.

이원효의 「대청댐 가는 길」 또한 어머니와의 한 때를 무겁지 않게 그려내고 있는 시이다. 이 시에서는 '지나간 시간들', '느리게/ 느리게', '사그러져가는', 등과 같은 시간의 흐름과 관계된 시구와 '한 번도 해보지 못한', '잘 떠오르지 않는', '익숙지 않은' 등과 같은 부정문들이 직접적이지 않으면서도 긴밀하게 연결되고 있는 것에 주목할 만하다. 이러한 연결은 '어머니' 앞으로 흘러간 세월과 그 세월동안의 희생을 간접적으로 그러나 진하게 드러내는 장치가 되고 있다.

나목(裸木)이
무너지듯 기댄다

옆에 있던 헐벗음이
그 무게를 온전히 받는다

자신도 고개 떨구고
못내 같이 기댄다

누가 먼저랄 것도 없이

둘은 서로의 상처를 핥고

그렇게 겨우
새살 돋은 아침

자신의 무게를 빼내어 절룩절룩
다시 세우는 길

그래그래, 뒤돌아보지 않기
자꾸 돌아보며 울지 않기

– 김승기, 「동행」

꽃과
꽃 아닌 것

숲과
숲 아닌 것으로

산은
가득 차 있다.

걷다
서다

아지랑이 같은

봄 날
산 숲

바람과
바람 아닌 것

너와
너 아닌 것으로

봄은
가득 차 있다.

- 김명수, 「봄산」

　　김승기의 「동행」과, 김명수의 「봄산」에서의 자연은, 현실의 자아가
꿈꾸는 유토피아적 공간으로 제시되고 있다. 위 시들에서 자연은 '헐
벗음'이면서도 '가득 차 있음'이다. 이는 자연의 순환성으로도 해석될
수 있고 또 한편으로는 있는 것이 자연이라면 '없음' 또한 자연이라는
의미, 즉 '있음'과 '없음'의 이원적 경계가 사라진 합일의 세계가 바로
자연임을 의미한다고 볼 수 있다. 위 시들에서 자연은 상처받은 대상
이 돌아가고자 하는 곳(「동행」), 자아와 타자의 조화로 충만함을 이루는
곳(「봄산」), 소외와 고립이 없는 근원적 세계, 유토피아인 것이다.

　　자연은 영원한 근원이자 모태이다. 에른스트 피셔는 서정시의 본질
을 '근원으로 돌아가고자 하는 욕망'으로 보았다. 이때의 근원이란 소
외와 고립이 없는, 대상과의 지속적인 관계 속에서 합일과 조화를 이
루는 원형적 시공간을 의미한다. 이러한 근원은 전언한 바와 같이 진
보와 더불어 도구적 이성에 의해 상실되고 만다. 세계는 계속 진보한
다. 인간은 진보를 포기할 수 없으면서도 파편화된 자아의 인식으로
말미암아 근원에 대한 향수 또한 포기할 수 없는 양면적인 존재로 자
리하게 된다. 서정시가 끊임없이 조화와 합일의 유토피아적 환상을 발
현하는 이유가 바로 여기에 있다.

시에서 이러한 세계를 구축하는데 꼭 자연을 소재로 할 필요는 없다. 이번 동인지는 시인들이 다양한 소재를 통해 다성적, 다각도적으로 상실된 세계를 은밀하게 불러들이고 있음을 확인시켜 주었다. 이는 현대 사회에서 끊임없이 포기했던 '의미'의 편린들을 다시 복원하는 작업에 다름 아니다.

저자┃송기한

충남 논산출생
서울대학교 국어국문학과 졸업
동 대학원 졸업. 문학박사. 문학평론가
UC버클리 교환교수
현재 대전대학교 국어국문학과 교수

주요저서

『문학비평의 욕망과 절제』
『1960년대 시인연구』
『21세기 한국시의 현장』
『한국 현대시와 근대성 비판』
『한국 현대시와 시정신의 행방』
『개화기 시가 사전』 등이 있음

역락비평신서 24

문학비평의 경계

인 쇄 2012년 5월 29일
발 행 2012년 6월 12일
지은이 송기한
펴낸이 이대현
편 집 박선주
디자인 이홍주
펴낸곳 도서출판 역락
　　　서울 서초구 동광로 46길 6-6(반포4동 577-25) 문창빌딩 2층
　　　전화 02-3409-2058(영업부), 3409-2060(편집부)
　　　팩시밀리 02-3409-2059
　　　이메일 youkrack@hanmail.net
　　　등록 1999년 4월 19일 제303-2002-000014호
ISBN 978-89-5556-348-1 93800

정 가 23,000원
• 잘못된 책은 구입처에서 교환해 드립니다.

역락비평신서 편집위원

서경석 · 정호웅 · 유성호 · 김경수